JN095573

話を戻そう

竹本健治
Takemoto Kenji

光文社

話を戻そう　目次

…門時計
…升《ホ》リテ時ヲ指《サ》シ
…ヲ打其鯉升リ
…ル時ハ次ノ鯉亦
…ル時ノ長短モ又
…然ト為ス仕法ナリ

…年自鳴鐘
ニ流布スル時計ト異ヒ春夏秋冬昼夜ノ
…短ハ加減スルニ及バス自然《オノツカラ》時刻ニ随《シタカツ》テ旋
…ス時ノ鐘ハ刻限ノ遅速ナク前鐘本鐘共ニ
…ヲ發ス亦二十四節氣又二十八宿星ヲ指ス或ハ月ノ盈虚《ミチカケ》ヲ
…ル發條《ゼンマイ》ヲ巻テ一年ニ四五度ニ過ズ車ノ製《ツクリカタ》ム

…天時計
陽日日運行シ黄道線ヲ右旋
…ル故ニ赤道ノ南北緯行ヲモ為ス
球ノ面ニ十二時ノ表ヲ記ス
…ト地ト相合テ時ヲ知リ
…ニ夜ノ長短モ備ル鐘
…小時ニ従ヒテ響ク

解別
板ニ出

ム和蘭ノ製ト同法ナリ
時計ノ體ハ千般ニ製出ス
予始テ發明スル處
ノ奇巧ナリ

カバー写真　今 道子（ＰＧＩ）
造本・装幀　間村俊一
図版制作　まるはま
扉画像提供　国立科学博物館

話を戻そう

商人屋敷の怪

現在の佐賀駅から西に一キロちょっと、やや北寄りに位置する、桜の名所として親しまれている神野《こうの》公園には、佐賀藩十代藩主・鍋島直正《なべしまなおまさ》公の別邸が今も残り、かねてから「神野のお茶屋」と呼ばれていた。

藁葺《わらぶ》き屋根の一棟と、同じく藁葺きだが四方廻《しほうまわり》屋根という中庭を囲んだ特殊な構造の一棟からなるのが「無限青山亭《むげんせいざんてい》」だが、実際に見ると、大名の別邸としてはいささか質素の感を禁じ得ないだろう。ここから直正の華美や豪奢《ごうしゃ》を好まない性格や、若くから藩の財政改革に尽力《じんりょく》した気骨を読み取る者もいるに違いない。

直正はここにたびたび家臣や藩内の領主を招き、労《ねぎら》いもてなし、また自由闊達《かったつ》な意見交換の場とした。それどころか、しばしば一般に開放し、詰めかけた領民たちとともに桜や紅葉を楽しんでさえいる。そんな上下分け隔てない風通しのよさを好む気風は、当時の大名としてかかなり異色といえよう。

そして時は文久二《ぶんきゅう》（１８６２）年の七月、その日も功労のあった家臣たちを招き、茶会を行ない、ギヤマンのグラスで洋酒を振る舞い、庭園の池を巡《めぐ》りながら種《くさ》ぐさに語りあったのだが、やがて陽《ひ》も落ち、客たちもすっかり引き払ってしまい、池畔《ちはん》に出した露台でゆったりグラスを傾けている直正に、

「お疲れさまでございます」

と、近習頭《きんじゅうがしら》の古川松根《ふるかわまつね》が声をかけた。直正より一歳上で、同じ江戸藩邸で生まれ育ち、幼い頃から遊び相手、学友として側近に侍《はべ》り、終生、直正に最も近く親しく仕えた人物である。

「うむ」

と、宵闇を映す池に眼《め》を向けたまま返す直正の声には、やはり幾許《いくばく》か疲れの色が滲《にじ》んでいる。幕末期に生きた人物の多くには写真が残っており、直正もその例に洩《も》れない。それを見ると、かなり肉薄《にくうす》な細長い顔。眼も細く、やや陰気そうで、何を考えているのか読み取りにくい人物ではないかという印象を受ける。

――閑叟《かんそう》さまは元来壮健の質《たち》ではない。根っからの明朗快活な性格でもない。なのにこうして自ら家臣たちにも細やかに気を配り、それぞれの自由な意見を吸いあげ、なおかつ和を乱さぬように取り持とうとなさるのは大変なこと。何と有難いことであろうか。つくづく我が殿が閑叟さまでよかった。ほかの者も口には出さずとも、みなそう思っているに違いない。

胸のなかで改めてそう思ったとき、

「ここまで来たのよのう」

やはり池に眼を向けたまま直正が呟《つぶや》いた。

「は？」

「はじめのうちは金喰《かねく》い虫の《反射炉》や《精煉方《せいれんかた》》などに現《うつつ》を抜かすのはやめろやめろと煩《うるさ》かったではないか。賛成の声など無きに等しかった。これは儂《わし》の唯一の道楽だから何も言わずにやらせてくれと突っ走ってきたがな。それがここ最近はどうじゃ。とんとそういう声を聞かん」

なるほど。その道のりに想いを馳《は》せて感慨に耽《ふけ》っておられたのかと得心した松根は、

「それは当然でございましょう。大砲製造も順調。蒸気船製造への道筋も着々とついておりますし、何よりオランダ式兵術砲術の導入により、我が藩の兵力はもはや諸国随一。閑叟さまの一挙手一投足は今や尊皇《そんのう》派、佐幕《さばく》派にかかわらず、日本じゅうに注目されております。先見の明もここに極まれり。そうなった今、もはや異を唱える者があろうはずはございませぬ」

阿《おもね》りや追従《ついしょう》などかけらもない、心の底からの尊敬をこめて言い切った。

さて、早速だが、ここで説明しておく必要があるだろう。まず話に出た《反射炉》だが、これは金属を融解するための炉の一種である。世界的に十八世紀から十九世紀にかけて、主に鉄の精錬に使われた。その特徴は、熱を発生させる燃焼室と精錬を行なう炉床《ろしょう》が別室になっていて、燃焼室で発生した熱をいったん天井や壁で反射させ、そばに配置された炉床に集中させることからそう呼ばれる。

直正は異国の外敵に対抗するには精度が高く、飛距離の長い洋式大砲が必須で、しかも輸入

に頼るのではなく、国内での生産の必要性をいち早く痛感し、幕府にもそのことを含めて海防の強化策を提言していたが、却下されてしまったため、独力で製造する決意を固めた。しかし従来の日本の技術では青銅製の大砲が精いっぱいであり、鉄製の大砲鋳造《ちゅうぞう》は困難なので、外国式の融解炉がまず必要となる。そこで直正は入手したオランダの技術書を藩の蘭方医・伊東《いとう》玄朴《げんぼく》らに翻訳させ、また既に小型の反射炉を試作していた伊豆韮山《にらやま》代官の江川英龍《えがわひでたつ》に協力を仰ぐなどして、ついに嘉永《かえい》三（１８５０）年に佐賀城から北西の築地《ついじ》に反射炉を一基二炉建設。しかし大砲鋳造に関しては失敗に次ぐ失敗の繰り返しだったが、それにも挫《くじ》けず二基目（都合四炉）を増設し、ようやく安定した鋳造が可能になったのは翌々年五月の十四回目の試作においてだった。

――そう。生まれてこのかた、あのときほど嬉しいことはなかった。憚《はばか》りながらこの古川松根、男泣きに泣いたものだ。いや、周囲の反対を押し切って邁進《まいしん》してこられた閑叟さまは、その何十倍、何百倍も嬉しかったに違いない。ましてその翌年、あの黒船来航に慌てふためいた幕府が閑叟さまの先見の明を認め、我が藩に鉄製大砲五十門の製造を依頼するにおいてをや。

松根が思わず追憶に囚《とら》われたのをさておき、説明を続けよう。

《精煉方》とは、大砲鋳造に成功した嘉永五（１８５２）年、佐賀城から北西の多布施《たふせ》に開設された理化学研究所をいう。はじめは大砲鋳造に資するための、蘭書の翻訳、様ざまな薬剤や火薬、また弾丸などの研究・製造が主だったが、やがて蒸気機関や電信機の研究、さらにガラス、せっけん、写真機なども製造した。当時の日本としては図抜けて近代化の道を走っていた佐賀藩のなかでも、その中心的な存在といえるだろう。

なお、先程から松根が直正のことを「閑叟さま」と言っているのは、この物語の前年の文久元（1861）年、直正が家督を息子の直大《なおひろ》に譲り、隠居して「閑叟」と号したことによる。「暇な老人」という意味だが、このとき直正は四十六歳、直大は十五歳（歴史ものでは数え年での表記が通例かと思うが、この物語では基本、満年齢での表記で一本化するので了解されたい）なので、形式的にせよ藩主という重責から離れて、これからは好きなことを好きなようにするという意味だろうし、実際に周囲からもそう受け止められていた。

さらにここでお断りしておくが、直正は文化《ぶんか》十一（1814）年十二月七日に生まれた。幼名貞丸《さだまる》。四歳で直謀《なおかず》、七歳で直正となったが、十歳で十一代将軍徳川家斉《いえなり》の娘・盛姫《もりひめ》が正室となったことから、文政《ぶんせい》十（1827）年に偏諱《へんき》を賜り（名の片方の文字を戴くこと）、斉正《なりまさ》と称した。以降はずっとその名で通し、明治三年（1870）に再び直正に戻した。従ってこの時期の彼には本来「斉正」の名を使うべきところだが、「直正」の名が現在あまりにも定着してしまっているので、この物語でもその名を使うことにする。昔の人は名前がコロコロ変わったり、号や異名や通称がいくつもあったりでややこしいことこの上なく、ほかの人物についても同様のことがあるので了解されたい。

はてさて、物語の冒頭から情報量が多くなって申し訳ないが、ついでに大枠の背景も説明しておこう。直正がなぜここまで海防の重要性や鉄製大砲の鋳造にこだわり、ひいては佐賀藩の近代化を推し進めるに至ったかについては、大きく二つの要因がある。一つは謹厳実直でありながら、めっぽう好奇心旺盛で、とりわけ蘭癖《らんぺき》（オランダかぶれの意）と称されるほど蘭学を愛好する直正自身の資質。もう一つは佐賀藩の置かれていた特殊な事情による。これは大事な点なので、是非ともしっかり押さえておいて戴《いただ》きたい。

　佐賀藩は江戸期の唯一の貿易港である長崎の出島《でじま》に近いことから、福岡藩と一年交代で長崎警備を命じられていたが、参勤交代における江戸での滞在期間の軽減というわずかな代償では到底補えず、その負担は代々藩財政に重くのしかかっていた。そんなところに勃発《ぼっぱつ》したのが文化五（1808）年の《フェートン号事件》である。

　これは遠くナポレオン戦争の余波で、オランダ船拿捕《だほ》を目的とするイギリス海軍のフェートン号が偽装のオランダ国旗を掲げて長崎へ入港、迎えようとしたオランダ商館員二名を拉致《らち》し、武装ボートで港内を威嚇《いかく》巡回しつつ、水や食料を要求するという前代未聞の事件だった。長崎奉行は佐賀・福岡の両藩にフェートン号の抑留、もしくは焼き討ちを命じたが、その年の警備当番だった佐賀藩は長らく続いた泰平《たいへい》ゆえの油断もあり、またオランダ船の入港予定のない時期だったため、本来の人員の十分の一の百名ほどしか配備しておらず、この事態に全く対応できなかった。結果的には水や食料を受け取ったフェートン号は捕虜を解放し、悠々と長崎港を去ったのだが、長崎奉行が国辱を晒《さら》したとして自害切腹し、佐賀藩でも勤番頭《きんばんがしら》二名が切腹させられ、さらに幕府は当時の藩主で直正の父である鍋島斉直《なりなお》に江戸藩邸での百日の「逼塞《ひっそく》」を命じた。

　この期間内は、藩内にも歌舞音曲《かぶおんぎょく》はもとより、商人は酒売り、職人は唐臼搗《からうすつ》き、油搾り、鍛冶《かじ》、桶《おけ》作りなどの賑やかな音を発するもの、社寺の祭礼や法会《ほうえ》、市《いち》や講の開催はおろか、月代《さかやき》（丁髷《ちょんまげ》頭の前額から頭頂にかけての部分）を剃ることまでが禁止され、死んだようにひっそりした正月を送ったことは人びとに長らく強烈な記憶として残った。これは直正が生まれる六年前のことだが、周囲の者から折に触れて繰り返し聞かされ、彼にとっても藩の大失態として幼少から強く意識に刷りこまれていた。

　文政十三（１８３０）年に十五歳で藩主を襲封《しゅうほう》し、生まれ育った江戸藩邸から初めて佐賀入りした直正は、ただちに長崎を視察し、警備の重要性を痛感。以後、藩の財政再建を推し進めながら、長崎警備の体制を着々と充実させていった。そんな直正をさらに愕然《がくぜん》とさせたのが、１８４０年から二年間続いたアヘン戦争で、大国であるはずの清《しん》がイギリスに敗れ、いいように蹂躙《じゅうりん》されているという情報を聞き及び、西洋の列強がいかに軍事力で東洋を圧倒しているかを知ったことだった。

　しかし幕府は相変わらず危機感が薄く、既に述べたように様ざまな提言を繰り返してきたがなかなか容《い》れられないので、やむなく直正は佐賀藩独自での軍事力の増強を加速させてきた。ようやく幕府が否応なく眼を醒《さ》まされたのは嘉永六（１８５３）年のペリー来航によってだが、時既に遅し。測量と称して港内深く武装艇を侵入させたり、独立記念日の祝砲という名目で空砲百発を発射したりと、威嚇たっぷりに開国を迫られ、翌年の再来航でついに日米和親条約を結ばされるに至って、幕府の威信はダダ下がりに下がるいっぽう。直正はかつてのフェートン号事件の拡大再現版を見せつけられる想いで、「言わんこっちゃない」と苦々しく吐き捨てたものだ。

　とはいえ、この黒船来航を機に急速に盛りあがってきた尊皇攘夷《じょうい》派による倒幕の気運には、直正はこれまた苦々しい想いを禁じ得なかった。西洋の列強が東洋諸国を植民地にしようと虎《こ》視眈々《したんたん》と狙っているこの今、国内で二派や三派に分かれて争っている場合ではない。挙国一致して巨大な外敵と対抗しなければならないのだ。外敵との対抗を第一とするという点では直正は攘夷派といえるが、一貫して佐幕派であり、天皇と幕府が連帯すべきだとする公武《こうぶ》合体派だった。直正に言わせれば、単純な攘夷派は西洋列強の軍事力がいかに強大であるかを見誤っている。ましてその言葉を錦《にしき》の御旗《みはた》にして自分の血の熱さを誇りたいだけの輩《やから》などもってのほかだ。口で威勢よく攘夷、攘夷と喚《わめ》き、戦えば毛唐《けとう》などに負けるわけがないと豪語する連中は、所詮《しょせん》、夢物語やお伽噺《とぎばなし》のなかで生きているに過ぎないのだ。

常づね直正の胸中にわだかまる想いをそのときもふと洩らすと、

「そういえば、江藤《えとう》めも――。彼奴《きゃつ》が脱藩に走るとは、つくづく残念でございました」

松根も腹立たしげに唸《うな》った。

「あ奴か」

直正は平たく潰したような、それでいて眼つきの鋭い、聞かん気の強そうな若者の顔を思い浮かべた。

直正は藩主を継いだのち、財政再建とともに教育の強化に努め、天保《てんぽう》十一（1840）年に藩校の《弘道館《こうどうかん》》を松原小路《まつばらこうじ》から北堀端《きたほりばた》に移転拡充し、予算も大幅に増額した。また、教師陣にも全国的に超一流の学者たちを揃えた。直正の打ち出した教育方針は厳格極まりないスパルタ式で、一定年齢までに所定の課業を卒業できない者は、その家の家禄《かろく》を削減し、藩の役職からもはずすという厳しいペナルティまで科している。これにより、それまで世襲制に安穏《あんのん》としていた役人たちにとって子供の成績が家の一大事となった。こうした苛酷《かこく》ともいえる文武奨《しょう》励《れい》に生徒たちもよく応え、優秀な人材が続々と輩出された。現在《佐賀の七賢人》と称される幕末から明治にかけて活躍した人物たちのうち、筆頭の直正を除いて、島義勇《しまよしたけ》、佐野常民《さのつねたみ》、副《そえ》島種臣《じまたねおみ》、大木喬任《おおきたかとう》、江藤新平《しんぺい》、大隈重信《おおくましげのぶ》はすべて弘道館の出身である。

江藤新平は成績優秀だったが、役人の父親が職務怠慢で解職・永蟄居《えいちっきょ》となったため極貧の環境に陥り、途中から弘道館教諭でもあった国学者の枝吉神陽《えだよししんよう》の私塾に移った。ちなみにこの神陽は「佐賀の吉田松陰《よしだしょういん》」とも呼べるカリスマ的人物で、彼が興《おこ》した尊皇倒幕の政治結社《義《ぎ》祭同盟《さいどうめい》》には先に並べた弘道館出身者のうち、神陽の実弟の副島種臣をはじめ、佐野常民を除く五人全員が参加している。

新平は安政《あんせい》三（１８５６）年、二十二歳のときに開国の必要性を説いた長文の意見書『図海《とかい》策《さく》』を執筆。直正はこれを読み、特にそのなかで主張されている蝦夷地《えぞち》開拓論にいたく感服し、ただちに島義勇に命じて蝦夷地と樺太《からふと》を探検調査させたほどだった。

これにより、新平は砲術を研究する《御火術方《ごかじゅつかた》》目付《めつけ》に抜擢《ばってき》され、代官所手許役《てもとやく》を経て、この文久二年には藩の輸出品を管理する代品方《かわりしなかた》に移っている。いわばかなり眼をかけられていたわけで、松根からすれば脱藩という行動は直正に対する大きな裏切り以外の何物でもないのだ。

けれども直正は依然宵闇を深める庭園を見やったまま、

「まあしかし、あ奴の気持ちも分からんでもない」

かすかな憂愁を含めて呟いた。

新平の脱藩には、その年の一月に起こった《坂下門外《さかしたもんがい》の変》が大きく関わっている。これは二年前の《桜《さくら》田《だ》門外の変》で井《い》伊《い》直弼《なおすけ》が暗殺されたのち、老中の安藤信正《あんどうのぶまさ》が直弼の開国路線を継承して公武合体を推進し、その流れで幕府が和宮親子《かずのみやちかこ》内親王の徳川家茂《いえもち》への降嫁《こうか》（皇族女子が非皇族に嫁ぐこと）を決定したことに憤激した尊皇攘夷派の水戸《みと》藩浪士ら六人が、江戸城坂下門外にて信正を襲撃し、負傷させた事件である。六人は暗殺の目的を遂げることなく斬殺されたが、計画立案の中心人物である宇都宮藩の儒学者・大橋訥庵《おおはしとつあん》も捕らえられ、このとき、藩命で江戸に遊学し、訥庵に師事していた佐賀藩士の中野方蔵《なかのほうぞう》も関与を疑われて逮捕投獄されたのだった。同じ弘道館出身の親友であり、義祭同盟の盟友でもあった新平や大木民平《みんぺい》（のちの喬任）らが藩に訴え、幕府に助命と身柄の引き渡しを求めたが、叶うことなく五月二十五日に獄死。新平は「吾人《ごじん》にして起《た》たずんば誰か復其《またその》志を継ぐものあらんや」と誓い、脱藩を決行したのはこの六月二十七日だった。このとき、二十八歳。

ちなみに首謀者の訥庵は宇都宮藩家老らによる赦免《しゃめん》の働きかけで七月八日に出獄し、宇都宮藩邸に預けられたが、その直後に急死している。毒殺であったらしい。

「どうもこれまで神陽ら尊皇倒幕の連中に寛容であり過ぎたのではございませぬか。何しろ、義祭同盟には郷士連中のみならず、長らく我が藩の執政をお務めなされた茂真《しげまさ》さまや、国家老《くにがろう》の直暠《なおてる》さままでが加わっておられますゆえ」

茂真は須古《すこ》鍋島家当主の鍋島茂真、直暠は白石《しろいし》鍋島家当主の鍋島直暠である。

これにも少々説明の必要があるだろう。佐賀藩には本藩直轄領以外に三支藩の鹿島《かしま》鍋島家・小城《おぎ》鍋島家・蓮池《はすのいけ》鍋島家、親類として白石鍋島家・川久保《かわくぼ》神代《くましろ》家・村田《むらた》鍋島家・久保田《くぼた》村田家、親類同格として諫早《いさはや》家・多久《たく》家・武雄《たけお》鍋島家・須古鍋島家による各自治領があり、ややこしく入り組んでいた。江戸幕府の老中や若年寄といった幕閣に譜代大名が選ばれて就《つ》いたのと同様、これらの各当主から選ばれて本藩の執政を務めるシステムである。なお、この物語では特に武雄鍋島家がたびたび取りあげられることをあらかじめ言い添えておこう。

「このままではまた脱藩が続いたり――いえ、それならまだよいのですが、もっとよからぬ、何かとんでもない行動に走る者が出はしないかと。そう、例えば今長崎にお遣《つか》わしの大隈なども、まだ若いだけに、きっかけひとつでどういう行動に出るか」

するとナ直正はようやく松根のほうに体ごと向きなおって、

「八太郎《はちたろう》か。奴の去年のオランダ憲法の講義は面白かったな。そのすぐあとに遊学を申し出てきおって、今は長崎のチャプレン（牧師）に英語や数学などを学んでおるというが、儂のことなどまるで畏《おそ》れておらん面構《つらがま》えが小憎らしくも頼もしいよの」

八太郎というのは大隈重信の幼名である。彼が重信と呼ばれるようになったのは明治にはいってからであった。

「もう七年にもなるか。あ奴が弘道館の教育は儒学中心で古臭い、改革せよとの論陣を張り、それが南北の寮に分かれての殴りあいの大喧嘩に発展したのは愉快じゃったな。あ奴はその首謀者ということで退学させられたが、しばらくして許されても弘道館には戻らず、《蘭学寮》に移ったのにもしたりと思わせられた。精煉方で造った蒸気機関車の模型走行を披露したのがあの騒ぎの前で、驚き騒ぐ皆のなかでも、とりわけあ奴の眼をまるくした顔が今も忘れられんが、よほどあれが効いたんじゃろうな」

そんな言葉がまた楽しげで、松根は、ああ、この方はつくづく才に充《み》ちた若者がお好きなのだなと改めて思った。様ざま考え方は違うにせよ、耳を傾けるべきところはきちんと傾け、学ぶべきところがあれば素直に教えを乞おうとまでする。そして彼らをそれぞれ適した役どころで重用する。全くその懐の深さにいくたび驚かされてきたことか――。

補足しておこう。ペリー来航の陰に隠れてこちらはあまり知られていないが、同じ嘉永六年、ペリーの一ヵ月半後にロシアのプチャーチンも艦隊四隻を率いて長崎に来航し、長崎奉行を介して開国を要求している。プチャーチンは威圧的なペリーと違い、極めて友好的な態度だった。直正の命で艦内の調査が行なわれ、このときプチャーチンは蒸気機関車の模型の走行を士官室で披露したのだった。ちなみに、翌年に再来航したペリーも蒸気機関車の模型を持ち寄り、幕府に献上しているのが面白い。

ともあれ、艦内調査に同行した御火術方の本島藤太夫《もとじまとうだゆう》と精煉方の中村奇輔《なかむらきすけ》もそれを見、驚嘆したのだが、何しろ予備知識も全くなかったので、どういう仕組みかさっぱり分からなかった。しかしのちにオランダ人から聞いて原理だけ理解した二人はその模型の復元製作を決意し、直正に願い出て許可を得、苦心惨憺《くしんさんたん》の試行錯誤の末、二年後に完成させて、蒸気船の模型とともに直正の前で公開実験を行なったのである。この蒸気機関車の模型は長さ三十九・八センチ、高さ三十一・五センチ、幅十四センチ。現物は現在佐賀市の徴古館《ちょうこかん》にあり、また複製模型も佐賀県立佐賀城本丸歴史館ほか、さいたま市や京都の鉄道博物館で見ることができる。

ところで直正の言葉に出た《蘭学寮》というのは、弘道館の教科はあくまで儒学が中心であり、蘭学は地理や数学などとともに選択科目のひとつに過ぎなかったので、嘉永四（1851）年に新たに設けた教育施設である。はじめは医学が中心だったが、安政二（1855）年に御火術方の敷地に移転され、物理や化学、また兵学や砲術等、広く蘭学を教えるようになった。

　とはいえ、そもそも佐賀藩は伝統的に保守的な気風が強く、その頃もまだまだ蘭学を異端のもの、耶蘇《やそ》教の息のかかった、人心を惑わす危険なものとして卑《いや》しむ空気が支配的で、その傾向は生徒たちのあいだでも根強く、直正の様ざまなテコ入れにもかかわらず、『鍋島直正公伝』によると「入学したる者わずかに秀島、小部ら三、四人のみ」という具合だった。そんな状況下、八太郎が弘道館に戻らず、蘭学寮に移ったのは直正にとって強く見どころを印象づける行動だっただろう。

「若者に眼をおかけになるのも結構ですが、このまま尊皇倒幕の動きを放置していては藩政を歪《ゆが》めることになりはせぬかと」

　松根は少し食いさがってみたが、

「まあ、行き過ぎは咎《とが》めるにせよ、議論は活発、自由に、風通しよくという儂の基本方針は変わらんよ。神陽にしても、考え方の違いはあるが、やはり稀《まれ》に見る傑物ではあるしの」

　そこまで言われては引きさがるしかなかった。

「そんな辛気臭《しんきくさ》い話は打っちゃって、もっと面白い話をせんか。これは町方の者から聞いたのじゃが――ああ、そちも座れ、そのグラスでよかろう――まあ一杯やれ」

　手ずから松根のグラスにワインを注ぎ、語りだした。

「これは岸川町《きしかわまち》の、ある商人屋敷でのことだ。梅雨明け間近のある夜、亥《い》の刻《こく》（およそ午後十時の前後二時間）頃、奥方の寝所で、ひそやかな雨音に混じって何やらかすかな物音が聞こえた。じっと耳をすませると、カサカサ、カサカサという、何かを引っ掻《か》くような音だ。たまに天井裏をネズミが走りまわることがあるが、そういう音ではない。どこかに穴があいていて、ひっかかった枯葉か何かが風で鳴っているのかと思うが、どうもそういう音でもない。しかもどこから聞こえてくるのかよく分からない。天井から聞こえてくるような気もするし、壁からのような気もするし、いや、ひょっとすると床下からかという気もする。それがしばらく続き、ふっと掻き消えたかと思うと、またしばらく続くという繰り返し。とにかくこれまで聞いた憶えがない音なので、いったい何なのだろうと、どんどん気になっていった」

「閑叟さま、なかなかお上手でございますな」

「それでもその夜は半刻《はんとき》（約一時間）ほどでいつのまにか聞こえなくなり、それで終わった。ところが次の夜もしとしとと降る雨で、亥の刻頃になると、またどこからともなくカサカサ、カサカサと聞こえてくる。それですっかり気味悪くなって、奥方は旦那にそのことを言い、行ってみると、確かにその通りだ。二人して、はて何の音だろう。まさか狐狸《こり》妖怪の類《たぐ》いではあるまいにと気味悪がっているうちに、これも半刻ほどしていつのまにか消え去った」

「ふむ」

「そして三日目。やはりしとしとと降る雨の夜。亥の刻になるとやはりあのカサカサ、カサカサという音が聞こえてくる。ああ、どうしたことか、気味悪いと言い交わしているうちに手代《てだい》や子供たちも何事かとやってきて、すっかり大騒ぎになった。さて、そうなると次の日にはたちまち噂《うわさ》がひろがって、何かよくないものに魅入られたのではないか、何か気づかずにしくじりをしてしまったのではないか、野狐《やこ》か、貉《むじな》か、何やらいう物《もの》の怪《け》か、いや、怨霊だ、呪いだ、祟《たた》りだ、そがんいうないば、こん前、あん家の木戸ん上ばひょこひょこひょこって歩きよっおかっぱ頭の気色の悪か子供ん影ば見た、ああ、そいないば俺《おい》も見た、こぎゃん小《こー》か子供やった、雨のしょぼしょぼしょぼ降いよっ夜道ば歩きよったけん、ひょかっと声ばかけたぎ、振《ふ》い返ってにいっと笑いよった、まあそん顔の恐《えす》かったこと……などと、あちらでもこちらでも好き勝手の言い放題。困った旦那に縋《すが》られて、町方の附役《つけやく》がひと渡り屋敷を隅ずみまで調べてみたが、音の正体はさっぱり分からない」

興《きよう》が乗ったのか、あとのほうは江戸育ちの直正が見様見真似《みようみまね》の佐賀弁を交えて喋《しやべ》るので、松根は思わず吹き出しそうになった。

ここでちなみに書き添えておくと、「雨のざあざあざあ降る」とか「障子のかたかたかたかた鳴る」など、擬音語・擬態語を三回繰り返すのが佐賀弁の特徴のひとつで、次第に廃《すた》れつつあるが、これを踏まえて、現在の佐賀市立図書館や佐賀新聞社を含む広い緑地は「どんどんどんの森」という名称で親しまれている。直正はこれを面白く思ってわざと強調してみせたのだった。

「さて、そこでこの話を聞きつけたのが岩次郎《いわじろう》だ」

その名には聞き憶えがない。

「……はて、岩次郎と申しますと？」

松根が首を傾《かし》げると、

「久重《ひさしげ》の孫じゃよ」

「ああ、あの」

眼鼻の整った利口そうな顔を思い出して、松根は頷《うなず》いた。

「あ奴、妙に人懐っこうて、儂にも物怖《ものお》じせず話しかけてきおる。以前からその附役とも気安かったのじゃろう。その夜、自分も附役といっしょに屋敷に泊まりこめるように頼みこんだ」

「ほほう」

「岩次郎が言うには、怪異は常に亥の刻に起こっている、そこがこの一件の肝《きも》だ、その時刻に調べてみなければ事の本態を取り押さえることはできないだろうと。なるほどそれはもっともだし、家人のほうも藁《わら》にも縋りたい気持ちだったので、元服《げんぷく》まもないような小僧っ子の依頼がすんなり通ることになった。そして小糠雨《こぬかあめ》降り続くその日の宵過ぎ、傘片手にやってきた岩次郎は、件《くだん》の部屋で亥の刻が近づくと、懐から不思議なものを取り出した」

「不思議なもの？」

「お猪口《ちょこ》のような恰好《かっこう》の木の器が二つ、両底を十寸（約三十センチ）ほどの天蚕糸《てぐす》で繋《つな》いだものだ。それは何だと訊《き》くと、聴診器だと言う」

「聴診器？」

「知らぬか。モーニッケが我が国に伝えた、心の臓や肺の臓の音を聴く器具じゃ」

松根は久びさに聞いた名に、

「モーニッケどの！　お懐かしい。疱瘡《ほうそう》の苗植えではひとかたならぬお世話になり申した。我が藩の恩人でございます」

疱瘡とは痘瘡《とうそう》ともいい、天然痘のことである。感染力が極めて高く、全身に膿疱《のうほう》を生じ、治癒しても瘢痕《あばた》を残し、致死率が二割から五割という恐ろしい伝染病である。

「そう。ちょうどこの別邸が建った頃に疱瘡が大流行して、赤絵《あかえ》がとぶように売れておったな。かねがね伊東玄朴に疱瘡の予防には牛痘《ぎゅうとう》法が安全で効くと聞いておったので、牛痘の痘苗《とうびょう》を取り寄せるよう、オランダ商館に出入りを許されておった楢林宗建《ならばやしそうけん》に命じたのじゃが、来朝する際、それに応えてくれたのがモーニッケじゃ。初回の牛痘の漿《うみ》は長旅で変質してうまくいかんかったが、翌年、今度はより近くのオランダ領東インドから、しかも宗建の案で瘡蓋《かさぶた》のかたちで取り寄せたところ、宗建の三児のうち、一人でうまく水疱があらわれた。それまで牛痘の痘苗の取り寄せの試みは何度もあったが、いずれも不首尾に終わったという話じゃったから、この報《しら》せを聞いたときは嬉しかったぞ」

例えば、かつてシーボルトも来日後に牛痘法を試みたが、やはり長旅による痘苗の変質のせいか、失敗している。また、中国から伝わった人痘法もそれ以前から行なわれてはいたが、そのまま発病してしまう危険性が高いので、あくまで散発的な試み以上のものにならなかった。

「ようく憶えております。嘉永二（１８４９）年のことでございましたな。閑叟さまのお偉いところは、長崎から届いたその苗を、民草《たみくさ》が余計な疑念や惧《おそ》れを抱かぬようにと、真っ先に直大さまにお植えになったことでございます。そのお蔭《かげ》で、若殿さまからお分け戴いた有難い苗じゃということで、種痘はたちまち藩内にひろまり、ひいては諸国にもひろまって大勢の命を救いました。実を申しますとあのとき、もしや直大さまに大事がありはせぬかと、この松根も内心ひやひやでございましたが」

「角が生えるか、牛になるかと思うたか」

松根は言葉を詰まらせ、

「これは。お人が悪うございますぞ」

「許せ。心配をかけた」

直正はそう言って笑ったが、実際、牛痘の痘苗を使って種痘をすると角が生える、牛になるというデマがつきまとい、漢方医などには積極的にそう吹聴する者もいて、普及の最大の障害となったのが実状だった。佐賀藩ではそれが少なく、また接種料や医師の負担も藩持ちとしたため速やかに進んだ。のちにモーニッケが日本人は理解力、判断力に優れ、外来文化の取りこみに秀《ひい》で、自己犠牲の精神も強く、とりわけ清潔を好むのが素晴らしいと自著のなかで驚いているのは、宗建や直正をはじめとする佐賀藩での経緯を眺めてのものといっていいだろう。

ついでに説明しておくと、直正の言葉に出た赤絵というのは疱瘡除《よ》けの力があると信じられた赤一色で摺《す》られた絵のことで、鐘馗《しょうき》、達磨《だるま》、木菟《みみずく》、金太郎、桃太郎、張り子の犬、獅子舞、でんでん太鼓等の様ざまなモチーフが描かれ、また源為朝《みなもとのためとも》もよく描かれた。八丈島《はちじょうじま》に疱瘡が流行しなかったのは、流刑後そこに渡り着いた為朝に疱瘡神をはねのける力があったからだと理由づけられたことによる。

「ともあれ、モーニッケどのが聴診器を伝えたというのは存じませんでしたが、それを岩次郎がどうしたと」

松根が話を戻すと、

「うむ、それよ。聴診器というのは木の筒の端に耳当てがついた恰好をしておるが、岩次郎はそれに新案を加え、工夫を施《ほどこ》して使いやすくしたというのじゃな。さて、その夜も亥の刻頃になると、やはりカサカサ、カサカサと音が聞こえはじめた。すると岩次郎はお猪口の片方を自分の耳にあて、天蚕糸をピンと張りながら、もう片方を部屋の壁にあて、その場所をあちこち変えていく——というのをやりはじめた。そうして次々に場所を移していくうちに、四半刻

(約三十分)ほどでとうとう岩次郎は問題の場所をつきとめたのじゃ。それは部屋の外壁に据えつけて作られていた竪樋《たてどい》じゃった」

「竪樋」と、鸚鵡返《おうむがえ》しに呟くと、

「そう。そのなかに一匹のイタチが嵌《は》まりこんでおったのよ」

「イタチですか」

松根は軽く首をのけ反らせ、嘆息した。

「このあたりだという部分の板をはずして助けてやると、そのイタチめ、畜生ながら恩義を感じたのか、岩次郎につきまとうて離れんかったそうじゃ。今でも宵になるとやって来て、しじゅう岩次郎の頭や肩に乗っとるというぞ」

「あの、滅多に人に慣れぬイタチがですか。それは奇態」

「じゃろう。儂も近ぢかその様を拝みに行かねばと思うとるよ」

直正は機嫌よく言ってグラスを仰いだ。

「ならば、某《それがし》も是非」

「ただし、嫌われて屁《へ》をかまされんよう、気をつけんとな」

それには松根も声をあげて笑い、

「それにしても、いやはや、新工夫の聴診器のことといい、たちまちに謎を解いてみせたところといい、さすがに久重どのの孫ですのう」

「うむ。弘道館出にも優秀な者が多いが、血筋の上に、京の《時習堂《じしゅうどう》》で過ごしたゆえか、またひと味違う気風もあるしの。とにかく面白い奴よ」

眼を細めて言う直正に、これもまさにそうではないか、つくづく閑叟さまは才ある若者がお好きであることよと、松根はいたく感じ入った。

さて、ここでこの物語の重要な事実関係を説明しておかなければならない。二人の話に出てきた久重というのは田中《たなか》久重――一般には「からくり儀《ぎ》右《え》衛門《もん》」という名で知られる人物である。

精煉方を作るにあたって、直正は佐野栄寿《えいじゅ》（のちの常民）の蘭学習得の深さとともに、人望と目配りの能力をおおいに買って、その長である頭人《とうにん》に据えることを決め、栄寿左衛門《えいじゅざえもん》という名を与え、またひろく人材を見出すようにと命を下した。栄寿はかねて諸国の塾を巡り歩き、一時期京都の時習堂で蘭学を学んでいたのだが、命を受けて改めて時習堂に赴《おもむ》き、蘭語に習熟した石黒寛次《いしぐろかんじ》、理化学知識抜群の中村奇輔とともに、既にからくりの天才として世に名を馳せながら蘭学吸収のために通塾していた田中久重とその娘婿を精煉方のメンバーとしてスカウトしたのだった。

大目標は蒸気船の製造と聞かされ、まだ若い寛次と奇輔はすぐとびついたのに対し、京都に「機巧堂《からくりどう》」という店を構えて繁昌し、弟子や職工も大勢抱えていた久重はさすがにしばらく躊躇《ちゅうちょ》したが、新たなチャレンジへの熱望やみ難く、嘉永七（１８５４）年、店は弟子に任せて佐賀に渡ったのだった。

少々ややこしいのだが、かつて儀右衛門という名だった彼は、幼い頃から才能を見こんで養い、やがて娘婿になった岩吉《いわきち》にその名を受け継がせ、自身は久重と名乗った。すなわち、儀右衛門という人物は二人いたわけである。そして息子のほうの儀右衛門は、のちに重儀《しげよし》と名乗る。

重儀は久重の数多い弟子のなかでも技量抜群で、最も信頼の置ける右腕だった。この物語では、初代儀右衛門は久重、二代目儀右衛門は重儀で通すのでご了承を。ちなみに、このとき京都の店を任せた弟子が儀左衛門《ぎざえもん》という名なので、混乱しやすい。さらにいえば、明治になって養子であった大吉《だいきち》が二代目の久重を名乗っているので、ややこしさに輪をかけている。田中久重＝からくり儀右衛門の事績を伝える文にはこのあたりの関係を取り違えたものもしばしば見かけるので注意されたい。

久重のそれまでの半生もざっと追っておこう。久重、幼名儀右衛門は寛政《かんせい》十一（１７９９）年、久留米《くるめ》にて誕生。父は鼈甲《べっこう》細工の職人だった。幼い頃から発明の才を発揮し、八歳にして秘密箱方式の「開かずの硯《すずり》箱」を作って周囲を驚かせた。寛政八（１７９６）年出版の細川《ほそかわ》半蔵《はんぞう》の『機巧《からくり》図彙《ずい》』を読み漁り、当時祭りでからくり人形の出し物が流行していたが、その新たな仕掛けを次々と考案して大評判を取った。「からくり儀右衛門」の異名はその頃からので、成人になると九州のみならず大坂・京都・江戸でも興行を行なった。特に「弓曳《ゆみひき》童子」「文字書き人形」「童子盃台《はいだい》」などはからくり人形の傑作として知られる。

三十代半ばには大坂に移り住み、大塩平八郎《おおしおへいはちろう》の乱による火災で家を失ったのち京都へ。折り畳むと携帯用になり、開けば三脚で立つ「懐中燭台」や、頻繁な燃料補給の必要がなく、明るさも蠟燭《ろうそく》の十倍もある「無尽灯《むじんとう》」、十メートル先まで放水できる消火器「雲竜水《うんりゅうすい》」などを次々に発明、販売。早くから時計の修理もはじめたが、もっと本格的に原理から知りたいと、四十代後半にして土御門《つちみかど》家に入門するなどして暦学や天文学、数理学を貪欲《どんよく》に学んだ。折から高名な僧侶より、西洋から伝わった地動説に対抗して、天動説に則した仏教的宇宙観を表わすような時計を作ってもらえないかという注文があり、それらの知識と培《つちか》った技術を傾注して、五十歳のときに三年がかりで作製した和時計「須弥山儀《しゅみせんぎ》」は、見事にその注文に応えた名品だった。これは複数作られ、そのうちの一点は熊本市「時計の大橋」が所有し、セイコーミュージアムに寄託されて常設展示されている。

さらに翌年の嘉永四（1851）年には、西洋時計と和時計を合体させ、その上に二十四節気・七曜・十干十二支《じっかんじゅうにし》による日付・月齢の各表示、京都から見た一年間の太陽と月の動きをあらわす天象儀、打鐘《だしょう》の機能もあり、なおかつ彫金・象嵌《ぞうがん》・螺鈿《らでん》・七宝などの工芸美術を凝らし、しかも一回発条《ぜんまい》を巻けば一年動き続けるという「万年自鳴鐘《まんねんじめいしょう》」を完成。これは久重にとってのみならず、江戸期のからくり技術と工芸の粋が集約された超絶的な最高傑作といえるだろう。

そもそも日本古来の時刻制は《不定時法》といい、季節による昼夜の長さの変化に対応して一刻の長さが変わっていくので、それを時計というもので忠実に表わすのは極めて困難なのだ。いわば、日本の時刻制は時計というものと決定的に相性が悪いのである。この万年自鳴鐘では、文字板の位置・間隔を変化させて不定時法に対応させる「割駒式」という手法を、手動ではなく〈自動で〉行なわせているところが画期的だった。それを成立させるために、現在「虫歯車《むしはぐるま》」と名づけられた、角が生えた虫のような奇妙な形状の歯車に、互い違いに二枚の片歯車を組み合わせて、歯車に回転往復運動をさせているのだが、ひとつひとつの部品のわずかな狂いや誤差が、多くの部品の連動・集積によってすぐに大きなものになってしまうことを考えれば、それらの部品がいかに精妙無比な技術と驚異的な忍耐強さで作られたかが推察できるだろう。

この万年自鳴鐘は久重の没後まもなく故障し、長らく動いていなかったのだが、平成十六（2004）年、これを分解調査し、同じものの復元を目指すプロジェクトが国立科学博物館と東芝《とうしば》によって立ちあがり、メカニズム面だけあげても、時計部担当に元精工舎《せいこうしゃ》の土屋榮夫《つちやひでお》氏、構造分析担当に東京文化財研究所の三浦定俊《みうらさだとし》氏、材料分析担当に京都大学大学院エネルギー科学研究科の冨井洋一《とみいよういち》氏、機構分析担当に東芝研究開発センターの面々といった、当代最高のスタッフ百人体制で開始された。

分解された部品の総数は千点以上になり、ほとんどが久重の手作りであることが確認され、先程の「虫歯車」ほかの数々の機構が解明されたのだが、実は西洋時計の脱進機部分はスイス製の懐中時計のものがそのまま流用され、時計の精度を確保するとともに、その動きがほかのすべての和時計に連動していることも判明した。いずれにせよ、プロジェクトの最中、技術者たちは久重のアイデアの独創性と技術の恐るべき高さに驚嘆の声をあげっぱなしだったという。復元されたレプリカは平成十七（2005）年の「愛・地球博」で公開されたのち、東芝未来科学館に展示され、オリジナルはその翌年に重要文化財に指定され、国立科学博物館に常設展示されている。

この頃、久重は先に娘婿の儀右衛門を入門させていた時習堂に自分も入門し、そこで佐野栄寿左衛門から勧誘を受けるのだが、この時期既に田中父子は中村奇輔や石黒寛次と研究しあった末に蒸気船の初歩的な模型を作り、鷹司《たかつかさ》関白の前で披露しているので、蒸気船建造を大目標とする精煉方には是非とも必要な人材だったわけである。

迷ったとはいえ彼が大転身を決意したのは、既にこの万年自鳴鐘を完成させていたことが大きかった。自分の持てるものをすべて注ぎこみ、からくり技術の頂点を極めたと自覚し、もはやこれ以上のものは作れないと、一時期はいささか燃えつきた気持ちですらいたのだが、そんなところに蒸気船建造という新たな興味へ繋がる進路を示されて、持ち前のあくなきチャレンジ精神に再び猛然と火がついたのである。

この頃、佐賀藩では既に築地の反射炉で鉄製大砲の安定的な鋳造を開始し、製造された36ポンド砲を長崎湾の堡塁《ほうるい》に送って、着々と防備を増強していた。また、ペリー来航に慌てた幕府から、品川台場《しながわだいば》に設置するための大砲五十門の製造を依頼され、築地だけではまにあわないので新たに多布施に二基四炉の反射炉を増設し、まもなく操業を開始しようとしている状況だった。

精煉方での時習堂組四人の活躍はめざましかった。まず石黒寛次が蘭書を翻訳、中村奇輔が図説に基づいて草案を組み立て、寛次がさらに検討を加え、田中父子がこれを潤色《じゅんしょく》しつつ具現化するという抜群のチームワークで、多岐に亘《わた》る難事難題を次々に克服していった。

安政二（1855）年、精煉方が蒸気機関車と蒸気船の模型を作製し、走らせたことは既に述べた。このとき、蒸気船は外輪型とスクリュー型の二型を作っている。またこの年、久重は反射炉での様ざまな動力に水車の導入を提言し、その仕組みを考案した。これにより、それまで大がかりな作業だった大砲の刳《く》り貫きや切断、上げ下ろしがわずかな人数で楽々行なえるようになり、ともすればよそ者への反感を向けがちだった御火術方の空気を信頼と敬愛に一変させたのだった。

翌年には新型小銃用の雷管を製造。さらにその翌年には電信機を製作。直正はこの電信機の一体を従兄《いとこ》であり、同じ蘭癖大名の盟友であり、ライバルでもあった薩摩《さつま》藩主の島津斉彬《しまづなりあきら》に贈呈している――と『鍋島直正公伝』が伝えるが、薩摩側の史料によると、このときに佐賀から薩摩に贈られたのはいわゆる「エレキテル」であり、電信機は逆に薩摩から佐賀に贈られたとされていて、実はどうやらこれが事実らしい。ともあれ、精煉方はこの物語の前年である文久元（1861）年には火薬の製造に成功。また、オランダから購入した蒸気船「電流丸《でんりゅう》」のボイラーの製造を開始した。

そうしたいっぽう、精煉方の面々はオランダ人教官が指導する兵学校にも参加している。

ペリーとプチャーチンの来航の年、幕府はオランダからの提言を受けて海軍創設に向かって動きだし、それまで続いていた大型船建造の禁も解いた。

海軍を組織するためには人員育成のための伝習所がまず必要になる。安政二（1855）年に《長崎海軍伝習所》が開校されることになり、それに先立って六月に蒸気船「スンビン号」が長崎に入港したとき、直正は予備伝習を幕府に申し出、許可された。これは福岡藩との合同で行なわれ、佐賀藩は御火術方から本島藤太夫ほか五人、精煉方から佐野栄寿左衛門、時習堂組四人ほか七人、ほかに水夫として十人が参加している。このとき彼らはスンビン号の構造やボイラーについても存分に観察・学習できた。

ちなみに直正自身も八月にお忍びでスンビン号を視察して気に入り、購入したいと申し出たが、これはオランダ国王から幕府への献上品だからと断られた。そこで直正は同じ型のコルベット艦を発注した。また、直正が電信機も幕府に献上されることを聞きつけ、精煉方にその視察と製作を命じたのもこのときである。

実は直正がオランダの軍艦に乗りこんだのはこれが初めてではない。天保十五（1844）年、オランダ国王の開国勧告の親書を携《たずさ》えた使節船「パレンバン号」が長崎に入港したとき、直正は是非ともと長崎奉行にかけあい、ついに押し切って視察を行なったのだ。こんな大名はほかにいない。船内各所を見てまわり、大砲の操作を見学し、砲術について細かく質問して、大満足の視察だった。視察のお供をした松根がその様子を十八図に亘り記録した絵巻物も残っており、公益財団法人鍋島報效会《ほうこうかい》が所蔵している（長崎市立博物館にも同じ絵巻がある）。見れば分かるが、並の腕ではない。松根は有職故実《ゆうそくこじつ》に通じ、和歌・書画・雅楽を嗜《たしな》み、刀剣や古器の鑑識眼にも優れた多芸多才の人物だったのである。

話を戻そう。

十月、いよいよ本番の長崎海軍伝習所が開校され、航海術、造船学、数学、蒸気機関、砲術実技、銃砲訓練などといった様ざまな教科が教えられた。その第一期生に佐賀藩は幕臣と同じ四十八人を送り、以下、福岡藩三十八人、薩摩藩二十五人、長州《ちょうしゅう》藩十五人、熊本藩六人……と続く。佐賀藩の伝習生は熱心で呑みこみも早く、他藩を圧倒しており、幕府海軍方から学生長として赴任していた勝海舟《かつかいしゅう》もその優秀さに驚いている。そんななかに精煉方の佐野栄寿左衛門、石黒寛次、田中父子もいた。久重はとりわけ蒸気機関に関する知識習得に集中していたが、そこで実習に使われていたスンビン号の蒸気機関がたまたま修理のために分解されることになり、その内部構造を知る絶好の機会も得ることができた。

こののち、佐賀藩はオランダから帆船の「飛雲丸《ひうんまる》」を購入。伝習生たちが六十トンのカッターボート「長崎形《がた》」を建造したのに倣《なら》い、佐賀藩も独自に同じサイズの「晨風丸《しんぷう》」を造った。また、発注していた蒸気船「電流丸」も届き、こうして着々とオリジナルの蒸気船建造への地固めができあがりつつあった。

ところで幕府は四年後に突然伝習所を閉鎖してしまうが、佐賀藩はその前年に現在の佐賀市川副町《かわそえまち》にある三重津《みえつ》に設置していた《御船手稽古所《おふなて》》で、その三隻の船を使い、伝習を続けた。またここは洋式船の修理・造船の本拠地ともなり、田中父子も行き来する時間がどんどんふえつつあった。この《三重津海軍所》跡は平成二十一（２００９）年から発掘調査され、多くの貴重な資料が掘り出されたが、その後保存のために遺跡全体が埋め戻されている。平成二十七（２０１５）年には「明治日本の産業革命遺産」として世界文化遺産に登録された。

さて、前置きがあまりにも長くなったが、岩次郎はこの久重の孫であり、重儀の子である。現在十五歳。嘉永六（１８５３）年、重儀が中村奇輔、石黒寛次とともに久重より一年先に佐賀入りしたとき、六歳の彼もいっしょに連れてこられた。安政六（１８５９）年、十二歳のときにいったん京都に戻って父や祖父が学んだ時習堂に入門し、三年後、再び佐賀に戻ってきたばかりである。

この時習堂についても少し説明しておこう。開いたのは蘭学者であり医者であった広瀬元《ひろせげん》恭《きよう》。大坂で「除痘館《じよとうかん》」を開き、のちに幕府の要請により江戸で種痘普及に尽力したのが緒方《おがた》洪庵《こうあん》だが、京都でそれに並ぶ働きをしたのが元恭であり、こうしたところにも直正や佐賀藩との因縁が見られる。安政三（１８５６）年に出版した訳書『理学提要』は幕末期の科学の入門書として最もまとまったものであり、ほかに医学や兵学などの訳書も多い。時習堂は自由でのびのびした塾風で、輩出した人材には佐野常民を含めた精煉方の面々のほか、幕末は坂本龍《さかもとりょう》馬《ま》と行動をともにし、明治期は不平等条約の改正に辣腕《らつわん》を揮《ふる》うなどして、カミソリ大臣とも呼ばれた陸奥宗光《むつむねみつ》らがいる。なお、元恭の妻イネは久重の末妹で、そうした親戚づきあいの面からも、岩次郎にとって時習堂は遠方ながら身を寄せやすい環境にあったのだった。

「ところで、先程の『岩次郎屋敷の怪音を見破るの段』のなかで、木戸の上をひょこひょこ歩くおかっぱ頭の子供とか、雨の夜道を歩いておる子供に声をかけると、振り返ってにいっと笑った——という話をしたじゃろう」

直正はなぜかそんなことを問いかけてきた。

「はい。閑叟さまの佐賀言葉の巧みさに、思わず感服致した件《くだり》でございます」

「吹き出しそうになっておったくせに。あれは話に興を盛るために儂が即興で加えた尾鰭《おひれ》でないぞ。実際、あのような怪談めいた噂がこの佐賀の城下にひろがっておるというのじゃ。それは町方の者にも聞いて確かめた」

「事実、小さな子供が夜の町を徘徊《はいかい》しておるというのですか。はて、これは面妖」

松根は眉根に捩《ねじ》れた縦皺《たてじわ》を寄せて唸った。

「じゃろう。我が藩には例の化け猫話がつきまとうて迷惑しておるが、こんな夜歩き童子の話は今まで聞いたこともない。しかし町方が言うには、目撃した者に気の迷いであろうと糺《ただ》しても、いえいえ、決して夢でも酒のせいでもございませんと、口ぐちにきっぱり首を横に振りよるそうじゃ」

はてさて、ここでまた説明を割りこませて戴く。「佐賀の化け猫騒動」あるいは「鍋島の化け猫騒動」という言葉を一度でも眼や耳にした方は多いだろう。だが、その怪談話の具体的な内容まで知っている人はぐんと減るだろうし、さらにそれが史実をもとにしたものかどうかまで押さえている人はさらに少ないに違いない。

いろいろバリエーションはあるものの、基本的な大筋はこうである。佐賀藩の二代藩主・鍋島光茂《みつしげ》が、臣下の龍造寺又七郎《りゅうぞうじまたしちろう》（あるいは又一郎《またいちろう》とも）と碁を打っていたとき、負けがこんだ上に「待った」「待たない」で口論となり、激怒した光茂が又七郎を斬り殺してしまう。さらに光茂の忠臣の小森半左衛門《こもりはんざえもん》が死体を城内の古井戸に投げこんで始末し、又七郎の失踪で事をすませようとする。心配でならない又七郎の老いた母が飼い猫「こま」にその気持ちを語って聞かせると、しばらくしてこまは変わり果てた又七郎の首を咥《くわ》えて戻ってくる。事の次第を悟った母は怨みの言葉を残して自害。こまはその血を舐《な》めて化け猫となり、城内にはいりこんで毎晩のように家来や女中の咽笛《のどぶえ》を喰いちぎっていく。光茂も怯《おび》え苦しんだあげく重病の床につくが、半左衛門が怪しいと睨《にら》んだ光茂の愛妾《あいしょう》「お豊《とよ》の方」が、ある夜、行燈《あんどん》の油をペロペロと舐め、障子に映ったその影が猫の姿をしていたことから正体を見破り、退治して事なきを得る——というものだ。

これは全く史実ではなく、二代藩主・光茂は実在するが、又七郎は架空の人物である。小森半左衛門も、墓碑は佐賀市水ヶ江《みずがえ》の宗龍寺《そうりゅうじ》にあるが、過去帳にはない。しかし、この話がまことしやかに受け止められる前提となった背景は存在する。それは佐賀の支配権が龍造寺家から鍋島家へと移行した経緯である。

江戸時代の前、豊前《ぶぜん》・豊後《ぶんご》の大友《おおとも》氏、薩摩・大隅《おおすみ》・日向《ひゅうが》の島津氏とともに九州を三分して、肥前《ひぜん》・筑後《ちくご》一帯を支配していたのは龍造寺隆信《たかのぶ》という猛将だった。その隆信が天正十二（1584）年の沖田畷《おきたなわて》の戦いで敗死したのち、後継の龍造寺政家《まさいえ》が病弱だったため、実際の国政は隆信の義弟で重臣である鍋島直茂《なおしげ》が担った。その後、九州は豊臣秀吉《とよとみひでよし》によって平定され、天正十八（1590）年に秀吉は隠居した政家に五千石、その嫡男《ちゃくなん》・高房《たかふさ》に四万二千百石の所領安堵（領地支配の承認）の朱印状を与えたが、同時に鍋島直茂にも四万四千五百石、その嫡男・勝茂《かつしげ》にも九千石と、龍造寺父子を上まわる所領安堵を与えた。すなわち、佐賀の事実上の支配権が龍造寺家の家臣である鍋島家にあることを秀吉が認めたわけである。

　秀吉の死後、江戸幕府もそうした体制をそのまま看過《かんか》・継承していた。名目上の国主である龍造寺高房は徳川秀忠《ひでただ》に仕えるために江戸詰めの日々を送りながら、龍造寺家再興もならず、佐賀にも戻れない立場に悶々《もんもん》としていたという。そして慶長《けいちょう》十二（1607）年三月三日、高房は突如江戸の桜田屋敷で妻を刺し殺し、腹を切った。家臣が咄嗟《とっさ》に刀を奪い取り、治療も早かったため、一命は取り留めた。しかし半年後、諸大名の乗馬大会に馬術自慢だった高房も参加し、凄まじい荒業や秘技を次々に繰り出すなかで再び傷口が破れ、激しく出血したが、誰にも知らせぬままに技を続け、その夜に死んだ。壮絶な自殺行為の末の死である。悲嘆に暮れた父の政家も、それからひと月もたたぬうちに病死した。

　高房の遺体は江戸で火葬されたのち、佐賀城下の泰長院《たいちょういん》に葬られたが、それ以降、佐賀では白装束を纏《まと》った高房の亡霊が白馬に乗って現われ、夜中に城下を駆け巡るという噂が囁《ささや》かれるようになり、人びとを怖れさせた。また、龍造寺家の残党が佐賀城下の治安を乱すなどもあったため、直茂は多布施に天祐寺《てんゆうじ》を建立して高房の菩提《ぼだい》を弔《とむら》った。——というのが史実における鍋島騒動である。

なお、高房の死によって龍造寺本家が断絶した（かと思われた）ため、龍造寺の分家である多久氏・須古氏・諫早氏などが後継者として鍋島勝茂を推挙し、幕府もこれを受け、慶長十八（１６１３）年、初代藩主として勝茂に三十五万七千石の所領安堵の朱印状が交付され、ここで初めて佐賀藩が正式に成立したのだった。

ところで、龍造寺家から鍋島家への政権移行のゴタゴタはもう少し続く。龍造寺本家は高房の死によって完全に断絶したわけでなく、高房の隠し子である伯庵《はくあん》と高房の実弟の主膳《しゅぜん》がいたが、両者とも慶長十二年の事件当時若年だったため、問題とされなかったのだった。ところが二人は寛永十一（１６３４）年、三代将軍家光《いえみつ》の上洛《じょうらく》時、「伯庵は龍造寺の嫡孫で、肥前の領主たる身なのに小給も受けず、出家させられているのは直茂・勝茂の不義による。ご糾明を請う」と、突如龍造寺家の再興を訴え出たのだ。この訴状はいったん却下されたが、翌年二人は江戸に下り、再度出訴した。江戸に呼びつけられた鍋島家家老である龍造寺分家の多久安順《やすとし》が「伯庵は嫡子ではない。むしろ嫡流をいうなら、龍造寺隆信の同胞の兄弟を父とするこの自分がそうだ。政家は病弱のため政権を鍋島直茂に譲った。しかも直茂も同胞ではないにせよ、隆信の兄弟である。兄に子がないときに弟が家督を継ぐのは当然ではないか。龍造寺すべての一門は鍋島家が肥前を治めるのに何の異議もない」と証言し、伯庵は敗訴。しかしこの訴訟は繰り返し続けられ、妥協案も模索されたが、伯庵側が受け入れず、ついに寛永十九（１６４２）年、幕府の断により、二人は江戸所払《ところばら》いの上、伯庵は会津《あいづ》藩に、主膳は大和郡山《やまとこおりやま》藩に身柄を預けられて、事実上、龍造寺家再興の道は絶たれたのだった。

ともあれ、こうした一連の出来事や、勝茂の子が若くして急死したこと、直茂が耳にできた腫瘍のために激痛に苦しみ、悶死したことなどから、「高房の飼い猫が化け猫になって直茂・勝茂に復讐し、最後は忠臣によって退治される」という化け猫怪談の原形が作られ、さらに人物やシチュエーションを変えてできあがったのが先に述べた「鍋島の化け猫騒動」の流通版だろう。

こうした話は既に講談『佐賀の夜桜』や実録本『佐賀怪猫《かいびょう》伝』によって広く世間に知られていたが、嘉永年間には歌舞伎狂言として、中村座で『花嵯峨猫魔稗史《はなのさがねこまたぞうし》』の外題《げだい》で上演された。「嵯峨」は京都の地名だが、「佐賀」のもじりで、こうした言い換えや仄《ほの》めかしは当時の常套《じょうとう》手段である。この芝居は大当たりしたものの、佐賀藩からの抗議によりすぐに上演中止に至った。直正が「迷惑」と言ったのはこの一件を指してのことである。とはいえ、中村座はのちの元治元（１８６４）年にも『百猫伝手綱染分《ひゃくみょうでんたづなのそめわけ》』と外題を変えて上演したというから、なかなか負けていない。

話を戻そう。

「そのような与太話、あまりお気にされぬがよろしゅうございますぞ」

松根は努めて軽く進言したが、

「儂もそう思うておったよ。しかし、先程からどうも、そんな子供が本当にいるのではないかという気がしておる」

意外極まりない言葉が返ってきた。

「何と。それはまた、なぜでございますか」

「儂も見たような気がするのじゃよ。つい先程、あそこにな――」

「あそこ？」

松根は直正がグラスで示した方向に急いで眼をやった。もうすっかり闇に包まれた池のすぐ先にこちらと太鼓橋で繋がれた小島があり、そこに茶室が黒ぐろと影を浮かびあがらせている。

「茶雨庵《さうあん》でございますか」

ほかならぬ松根が丹精こめて設計・指揮した茶室だ。その後「隔林亭《かくりんてい》」と名が変わり、昭和になっていったん解体されてしまったが、平成にはいって復元されている。

「うむ。皆が帰って、一人でぼんやり池を眺めておったところ、何かがあの藁屋根の上で動いたような気がした。まじまじ見ると、確かに黒い、小さな影じゃ。それもおかっぱ頭の子供のように見えた」

まことでございますかという言葉を松根は呑みこんだ。閑叟さまがそう言われるなら、それがそう見えたのは事実なのだろう。

「あれが大人の姿恰好なら、すぐに曲者《くせもの》じゃ、出あえと叫んでいたところじゃが、子供、それもほんの四つ五つほどの背丈に見えたので、そんな言葉ははなから出てこんかった。まるでばったり蛇に出くわした蛙《かえる》じゃな。顔まではっきり見えなんだが、何とはなし、こちらをじいっと見つめておるようにも思えた」

そのときの記憶を辿《たど》っているのか、直正の横顔にわらわらと淡い翳《かげ》りが這《は》い渡ったような気がした。

「これは気の迷いか、疲れがこんなものを見させておるのかと疑《うたご》うたよ。そうするうちに、またひょいと影が動いたかと思うたら、もうどこにも見えなくなっておった。腋《わき》の下にじんわり冷たいものが流れるのを感じたのはそのあとじゃ。そこであの町方の話に思いあたっての。夜歩き童子を見てしもうた者の気持ちが分かった気がしたな。そうして、あの噂は本当だったのか、それとも儂の頭がちいとおかしくなっておるのかと、そちが来るまでずっと思案しておったのよ」

そしてふふんと鼻で笑い、

「この件も岩次郎に調べさせたがよいかの。もっとも、今度のことも毎日、同じ時刻で起こってくれんことには、あ奴にもお手あげに違いなかろうが」

そこまで言ったところで、直正は勢いよく両膝に手を打ちおろして立ちあがり、

「さてと、まだ公務が残っておったな。やれやれ、隠居したというのに、なかなか号通りの暇な身にさせてくれんわい」

言い残して、スタスタと母屋の無限青山亭に引き返していった。

松根はその姿を見送り、しばらく池の畔《ほとり》に残って、今の奇怪な話をどう受け止めればいいのか――もしや、やはり曲者が忍びこんでいたのではないか――いつか縁日の見世物で見たことのある侏儒《しゅじゅ》の軽業師のような異形《いぎょう》の曲者が――いや、まさか、本当に何やら童子の類いだなどということはあるまいが――いずれにせよ、ここもっと警備を固めておくに如《し》くはない――などと、少しばかりの肌寒さを背に感じながら考えていた。

斬り落とされた首

黒塗りの通用門から出てくる、深く頰被《ほおかぶ》りし、背負い籠《かご》を担いだ年配男とすれ違いかけて、範蔵《はんぞう》は「ああ、堂剋堂《どうこくどう》さん」と呼びかけた。

「ああ、これは範蔵さま」

ひょいと背を屈《かが》めたその様子からして、背の荷物はかなり軽そうだ。

「今回は、何か掘り出し物はありましたか」

「はい、まあ、いろいろと」

「私が欲しがるようなものはもう残ってなさそうですね」

そう言われて男は軽く首を傾《かし》げ、

「はて、目ぼしいところはあらかたお買いあげ戴きましたので、範蔵さまのお気に入るようなものが残っておりますかどうか」

　言いながら肩から籠をおろそうとするのを、

「いえ、今は手許《てもと》も不如意《ふにょい》なので、わざわざ荷解きには及びません。今度、お店のほうに伺わせて戴きます」

「さようですか。ではそのときまでに、またいろいろと揃えておきますので」

　男は再び頭をさげ、坂道をひょこひょこと歩き去っていく。その間、頬被りした手拭いが長く前に垂れているせいで、男の目許《めもと》はほとんど見て取ることができなかった。

　──そうか、さすがだな。岩次郎の奴め。この機会を狙ってのことに違いない。

　ひとり胸のなかで得心して、範蔵は裏口から屋敷にあがりこみ、岩次郎の姿を捜した。見当はつく。縁続きの離れになっているあの部屋──旦那さまの道楽部屋だ。ちらちらと部屋べやを覗きながらまっすぐそちらに向かい、渡り廊下を通ったところで案の定岩次郎が寝転がって洋書らしい本を読んでいるのが覗き見えたそのとき、

「おう、岩坊《いわぼう》」

　自分よりひと足先に呼びかける声が聞こえ、

「ああ、茂《しげ》じいちゃん」

　岩次郎が寝転んだままそれに答えるのを眼にして、範蔵は瞬間的に肝《きも》が縮みあがるのを感じた。

「やっぱいのう。見舞いじゃなんちゅうて、目当てはここか」

「最前、堂剋堂さんと応対したはるの見かけて、元気そうやったし、先にこっちへ来てたんや。

寝所のほうがええんやったらそっちへ行こか」

　京都で生まれ育ち、つい先頃まで三年ばかり、再び上洛《じょうらく》して塾生として過ごしていた岩次郎は京言葉が抜けない。

「よかよか。邪魔はせん。ひと区切いついたないば、顔ば出すぎよか」

　声の主はそう言って立ち去ろうとする気配。この離れの部屋には範蔵が来た逆側にも渡り廊下があるので、声の主はそちらから来たに違いない。しかしそこでふと足を止めて、

「そがんいうぎ、枝吉神陽《えだよししんよう》のコロリで亡《の》うなったらしか」

　そんな言葉を投げかけた。

　ここでいう「コロリ」とはコレラの俗称であり、「虎狼痢」などと字をあてられた。激烈な下痢と嘔吐《おうと》を繰り返し、深刻な脱水状態に陥って、まともな治療が施されなければ死亡率は八割にも及ぶ。この時代、天然痘や結核以上に恐れられた伝染病だ。日本では文政《ぶんせい》五（１８２２）年の最初の大流行のあと、安政《あんせい》五（１８５８）年とこの文久《ぶんきゅう》二（１８６２）年にも大流行している。なお、「コロリ」という呼称はコレラの音転ではなく、急速に悪化し、死亡する病気を指す古くからある言葉だったが、次第にもっぱらコレラを意味するようになっていった。

「あ、そうなん？　奥方はんがコロリで亡くならはって、葬儀があったばっかりやのに」

「傍《はた》ん者《もん》が涙すっごと献身的に看病ばしとったらしかばってん。まーだ四十の若さでのう。お前も口にすっもんには気ばつけんぎいかんぞ」

　それだけ言って、足音が遠ざかっていく。そっと首を突き出すと、果たして寝間着姿の旦那さまがのっそりのっそり歩いていくのが見えた。

「ああ、範蔵さん」

岩次郎がこちらに気づいて声をかける。

「全く、旦那さまとあんなに気安くやりとりするのはお前くらいだな」

言いながら範蔵は部屋への敷居を跨《また》いだ。

二十畳近くある、板張りの部屋だ。大きな洋式の台が二つ、デンと中央に据えられ、その上にビーカーやフラスコやレトルトといったギヤマンの容器が乱雑に置かれている。周囲をぐるりと取り巻く棚にも様ざまな器具や薬壜《くすりびん》とともに、地球儀、天球儀、渾天儀《こんてんぎ》、望遠鏡、顕微鏡、六分儀、コンパス、オルゴール時計、ホクトメートルといった数知れない西洋の珍しい品じなが並び、また洋書や和本がぎっちり詰めこまれた書棚がいくつも存在感を競いあっていた。

ここに足を踏み入れるたびに範蔵は不思議な感覚に囚《とら》われる。遠い異国の――それもとびきり謎めいた秘密の領域に迷いこんでしまったような感覚だ。ここなら普通では起こり得ないことが魔法のようにやすやすと行なわれるのではないか。そんな予兆のような空気が充ち充ちていて、かすかな戦《おのの》きとともにわくわくと胸ときめくものを感じてしまうのだ。

ここは佐賀藩の本藩の下にある十一の大自治領のうち、武雄《たけお》領を治める武雄鍋島《なべしま》家の八代当主であった鍋島茂義《しげよし》の隠居屋敷である。そしてその茂義こそ、先程岩次郎に「茂じいちゃん」と呼ばれていた人物だ。そして藩主が皆に「殿さま」と呼ばれていたのに対し、自治領の邑主《ゆうしゅ》は「旦那さま」と呼ばれていた。

本来、武雄鍋島家の居城は武雄城、もしくは塚崎《つかざき》城と呼ばれ、本丸・二の丸・三の丸を持つ城だったが、諸大名に領内の居城以外のすべての城の破却を命じた元和《げんな》元（１６１５）年の

《一国一城令》に従い、本丸を取り壊して邑主の居館と陣屋になった。現在、その址《あと》は大半が県立武雄高校の敷地となっている。また、茂義の隠居屋敷はその東に隣接して造られ、建物の遺構は残っていないが、その庭園が武雄市文化会館の敷地に残されている。

さて、ここで言っておこう。佐賀藩の十代藩主である鍋島直正《なおまさ》（この物語の時代設定である文久二（１８６２）年の前年に家督を息子の直大《なおひろ》に譲り、隠居して閑叟《かんそう》と号しているとはいえ、実権は厳然として彼にある）が、当時図抜けた蘭癖《らんぺき》大名で、いち早く藩の近代化を推し進めたことは前話で書いたが、実はその裏にもうひとまわり格上といえる蘭癖の巨人がいた。それが茂義である。

鍋島茂義は寛政《かんせい》十二（１８００）年生まれで、直正より十四歳年長。文政五（１８２２）年から、武雄領の邑主を継いだ天保《てんぽう》三（１８３２）年まで、中断の時期を二度挟んで佐賀藩の請役《うけやく》（筆頭家老）を務めた。その間の文政十（１８２７）年、直正の姉・寵姫《ちょうひめ》を娶《めと》り、直正の義兄となっている。この頃、江戸藩邸での直正の教育に積極的に関わり、また兄貴分として大きな影響を与えた。茂義は絵も得意だったが、十歳の直正のために描いた鷹《たか》の絵が今に残っている。直正にせがまれて描いたものだという。

ちなみに、同じ蘭癖大名ということで、直正と島津《しまづ》斉彬《なりあきら》との関係もここで差し挿《はさ》んでおこう。斉彬は直正より五歳年長で、江戸の佐賀藩桜田屋敷のはす向かいにある薩摩《さつま》藩上屋敷に生まれた。直正とは従兄《いとこ》であることも前話で書いたが、双方の母親の実家である鳥取藩の江戸屋敷で二人は幼い頃から何度も顔をあわせている。斉彬は蘭癖大名の代表格だった曽祖父の島津重豪《しげひで》に幼い頃から才を愛され、その薫陶で蘭学に傾倒していったので、直正にとってはこちらからの影響も大きかっただろう。ただ、斉彬の父の斉興《なりおき》が大の蘭学嫌いであり、また斉彬が藩主になれば、重豪のように蘭学のために好き放題金を使って、ますます藩の財政を困窮させるのではないかと周囲に危惧されたため、斉彬は四十一歳になるまで家督を継ぐことができなかった。このため、日本の近代化という同じ大目標を目指しながら、斉彬は若くして藩主になった直正に較《くら》べ、大きな後《おく》れを取ってしまったのだった。

さらにあげておくと、直正にとって大きかったのは、五歳のときから御側頭《おそばがしら》として教育係を務めた古賀穀堂《こがこくどう》の存在である。穀堂は佐賀生まれで、父の古賀精里《せいり》が教授に任じられた江戸の幕府の学問所である《昌平黌《しょうへいこう》》で学び、のちに父子ともに佐賀の弘道館《こうどうかん》の教授を務めた。父と同じ朱子学者だが、朱子学一辺倒な父とは異なり極めて柔軟で、他派の学者たちとも親しく交流した。また早くから蘭学の必要性も唱え、直正にそのひと通りの素養を教えこんだ。こうして直正には蘭学に引き寄せる様ざまなチャンネルが用意されていたのである。

話を茂義に戻そう。

茂義は直正＝佐賀本藩より一歩も二歩も早く、独自に武雄領で近代化の道を推し進めていた。その根底には幼少ながら生々しく刻まれたフェートン号事件の記憶があっただろうし、最大の契機は二十二歳という異例の若さで藩の請役に抜擢《ばってき》され、その立場から海防の重要性を誰よりも深刻に痛感したことだろう。だが、彼のその認識は当時の藩主の斉直《なりなお》やほかの家老たちのなかで孤立したものでしかなく、藩政の方向転換には全く遠い状況だったため、やむなく武雄領内で信じるビジョンを実現させていくほかなかったのである。

天保二（1831）年にはオランダより火打石銃を輸入し、武雄領内の軍制をオランダ式に改革。このとき、歩兵操練に詳しいオランダ医を武雄の家臣と偽ってひそかに迎え、旧城内の公邸の二階に住まわせて、一ヵ月みっちり指導にあたらせたという話が伝わっている。武雄領の邑主を継いだのち、当時唯一西洋式砲術を極めた長崎の高島秋帆《たかしましゅうはん》に自ら入門。洋式野戦砲の模型を製作、直正に献上し、天保七（１８３６）年には免許皆伝を取得し、武雄領にて青銅製の大砲も鋳造した。ちなみに茂義がわずか七歳の茂昌《しげはる》に家督を譲り、早々に隠居を決めこんだのは天保十（１８３９）年だった。

　そして天保十一（１８４０）年、茂義は佐賀城の北北東十キロに位置する神埼《かんざき》の岩田台場《いわただいば》で、それまで領内で積み重ねてきた演習の総決算ともいうべき砲術の大演習を行なった。それを重臣たちとともに視察した直正は、その凄《すさ》まじさに衝撃を受け、以降、佐賀藩でも銃砲や兵法の近代化、ひいては鉄製大砲の鋳造に邁進《まいしん》していく最大の転換点となったのだった。

　これにより、とうに請役を退き、藩政からいっさい手を引いて、領内で黙々と軍隊の近代化を進めていた茂義は、藩の砲術師範に任じられた。また、既に蒸気機関の研究も行なっていたことから、安政元（１８５４）年には藩の蒸気船製造主任にも任命されている。

　なお、確定した史実とは言い難いが、直正と楢林宗建《ならばやしそうけん》による牛痘種痘法《ぎゅうとうしゅとう》成功より十年ほど前に、茂義の侍医の中村涼庵《なかむらりょうあん》が自分の姪《めい》と茂義の子の茂昌に牛痘の痘苗《とうびょう》を接種させ、成功したと『中村涼庵跡調』（こちらでは天保十（１８３９）年のこととして）や『浄天公《じょうてんこう》附近古武雄史談』（こちらでは天保八（１８３７）年のこととして）が伝えている。

　もしもこれが本当なら、直正は大砲や蒸気船製造にせよ、種痘にせよ、茂義のやってきたことを懸命に追い駆け、追い越そうとしたとも言えるだろう。早くに隠居し、気楽な立場で好きなことに邁進しようとしたのも、茂義に倣《なら》ったものではないだろうか。いずれにせよ、直正にとって茂義は格別に大きく、力強い存在だった。

　さて、またもや話の冒頭から情報量が多くなって申し訳ないが、ここで紹介しておかなければならないものがある。茂義は頻繁にオランダや中国からの輸入品を注文し、取り寄せた。その細目を克明に書き記した『長崎方控《ながさきかたひかえ》』という資料である。本来は五冊あったはずのところ、一巻目は失われているが、残っている二巻から五巻まででさえ、天保九（１８３８）年から文久二（１８６２）年までの二十五年間に及んでいる。恐らく一巻目が書きはじめられたのは、家督を継ぎ、藩政から退いた天保三（１８３２）年頃かと推測されるので、それなら三十年間だ。記された品目は銃器をはじめ、様ざまな器物、蘭書、薬品、ガラス製品、植物、絵具、嗜《し》好品《こうひん》等々、実に多岐に亘《わた》っている。二巻目から時計だけを抜き書きしても、「押打時計」「枕時計」「尺時計」「早回り付袂《たもと》時計」「押打袂時計」「ラーパゲン御袂時計」「リン打尺時計」「三本針之時計」「オルゴール付リン打時計」「オルゴール付之時計」「オルゴール付置時計」などと、夥《おびただ》しい数の時計を注文・購入し、また修理の依頼をしている。蘭癖大名の多くがそうだったが、なかでも茂義は図抜けたコレクターだったのだ。

　特筆すべきは、それらの現物の多くが今も残され、武雄市図書館・歴史資料館に保存されていることである。これら《武雄鍋島家洋学関係資料》は国の重要文化財の指定を受けたものだけでも二千二百二十四点。これだけのものがまとまって一箇所に存在するのは稀有《けう》なことだろう。

　範蔵が「旦那さまの道楽部屋」と呼んでいるこの部屋こそ、そうしたコレクションの陳列室であり、書庫である。見た通り、ちょっとした実験もここで行なえるのだが、精鋭の家臣たちを含めてのもっと大がかりな実験・研究は、安全を考慮して離れの土蔵をそのための施設として誂《あつら》えていた。

「で、何を読んでるんだ」

手近な椅子に腰をおろしながら範蔵が訊《き》くと、

「Belangrijke tafereelen uit de geschiedenis der lijfstraffelijke regtspleging en merkwaardige bijzonderheden uit het leven van geheime misdadigen」

岩次郎は淀《よど》みなくそう答えた。

「何だって？」

「訳すと、『刑罰の歴史における重要な場面と秘された犯罪の驚くべき詳細』――ていうことになるやろか」

「また、えらく難しそうなものを」

すると岩次郎はぷるんと首を横に振って、

「そないなことないよ。難しいことあらへん。まあオランダの公案ものやわ」

「へえ」

範蔵は軽く首を傾けた。

公案とは禅の問答やその問題を指す言葉でもあるが、ここでは中国における公文書、特に裁判記録や判例などを意味している。中国では宋《そう》の頃から公案の形式を採り、有能な裁判官が様ざまな事件を見事に裁き、解決する読物が生まれてきた。なかでも『棠陰比事《とういんひじ》』や『竜図《りゅうと》公案』は日本でも翻訳されてよく読まれ、その影響で井原西鶴《いはらさいかく》の『本朝桜陰比事《ほんちょうおういんひじ》』、『本朝藤陰比事』、滝沢馬琴《たきざわばきん》の『青砥藤綱《あおとふじつな》摸稜案《もりょうあん》』、『板倉政要《いたくらせいよう》』、そして講談や小説や戯曲による説話群である『大岡政談《おおおかせいだん》』が成立していった。

「面白いか」

「うん、面白い。中国や日本の公案ものに較べて、起こる事件の厚みが違うわ。理屈にきちんきちんと筋が通ったはる」

「よくもたまたまそんなものを見つけたな」

　範蔵が笑うと、

「たまたまやあらへんよ。もしかして思て、茂じいちゃんの蔵書目録で捜してみて見つけてん」

「見つけた？　どうしてそんな本のことを知ってたんだ」

「考えたら、そのきっかけも堂剋堂さんやったわ。それも京都で。去年、時習堂《じしゅうどう》にひょっこり来はったんやけど、そのとき、これは岩次郎さんが面白がるんやないかいうて譲ってくれはったんが『和蘭美政録《オランダびせいろく》』いう本やった」

「ほう」

「刷り本やないよ。写本。『ヨンケル・ファン・ロデレイキ一件』と『青騎兵《あおきへい》并《ならびに》右家族共吟《みぎかぞくどもぎん》味《み》一件』いう二つの話がはいってて、堂剋堂さんのお見立て通り、もの凄う面白かった。お江戸の神田孝平《かんだたかひら》いう蘭学者はんが、オランダの原書には十なんぼある話から二話だけ抜き出して訳したいうことなんやて。すぐに読んでしもて、堂剋堂さんの宿に佐賀へ帰らはろうとしてるとこ危《あや》うう駆けつけて訊いたら、この本、孝平はんの蘭学仲間が借りて二冊写本を作らはったうちのひとつやいうことで、その人が原書の題名も聞き書きしたはったんを、自分もたまたま目録に書き写しといたんやて。それが『ベラングレイケタフェレーレンオイトデゲシキーデニス』やったんや」

「なるほど、それで、ほかの話も読んでみたくて、もしかすると旦那さまの蔵書のなかにもそれがあるんじゃないかと捜してみたのか」

岩次郎は輝くような笑顔でこっくりと頷《うなず》いて、

「そや。同じ本が二冊も日本にはいってきてるいうたら奇蹟《きせき》みたいなもんや思たけど、そんな奇蹟がほんまにあったんや。嬉しかったなあ。きっとこの本、よっぽどよう読まれてたんやと思うわ」

「そうか。それはよかったな」

範蔵も引きこまれるように笑って返した。

「それにしても、そこまで眼の色変えて捜すとは、よほど面白いんだろうな。私も読んでみたくなったよ。ちなみに、神田某《なにがし》が訳した二つはどんな話?」

「範蔵さんがそこまで面白い思うか知らへんけど――『ヨンケル・ファン・ロデレイキ一件』は――冬休みになって、寄宿生のヨンケルが帰省するために学校を出たが、そのまま行方が知れなくなってしまう。心配した父親が八方手をつくして捜しまわったが、全く手がかりがつかめない。誤って薄氷を踏んで淵《ふち》に沈んだのではないかと思い、遺体を見つけた者に謝礼すると新聞広告を出すと、果たしてひと月後に水中から遺体が見つかった。しかし死因を調べると、溺死でなく、何者かに殺されたことが分かる。警察が懸命に捜査したが、浮かびあがった容疑者はすべて潔白と判明し、とうとう事件は迷宮入りしてしまう。それから一年半たって、ヨンケルの友人が、ヨンケルの帰路筋にある旅館の一室で奇妙なものを見つけて——いう話」

「そこまでか。気を持たせるな」

「『青騎兵弁右家族共吟味一件』は——裕福な未亡人と女中がひと月近く留守にして家に戻ってみると、宝石や貴金属などが盗まれていた。賊は小舟を使い、裏の運河から生垣を乗り越え、庭にはいったらしい。よそ者ではなく、近所の住人が怪しいと思われた。警察が着いた頃には近所の者が大勢集まり、さかんに噂《うわさ》話をしていた。そこで怪しまれて尋問を受けた男は、元青騎兵の居酒屋の主人が今の妻と所帯を持つ前、たびたび未亡人宅の庭に忍びこんで逢引《あいびき》していたが、それが噂になると、今度は小舟で近づいて庭に侵入していたと証言した。また、居酒屋の主人に不利な証拠も見つかり、さらに盗品の銀器を借金のカタとして主人から受け取ったという男まで現われたので、いよいよ厳しく拷問して吐かせようとしたが——いう話や」

「こっちもそこでお預けか。しかし、確かに面白そうだ」

「さっきも言うたけど、起こったことが細こう丁寧に書かれたはるさかい、中国や日本の公案ものとは作りこみの厚みが違うねん。これやからこうちゅう理屈がきちんとしてて、おまけに筋立てに何とも小憎らしう感じる機智《きち》があるよって」

　熱っぽくそう言ったところで、ふと視線を宙に泳がせ、

「いや、ほんまは日本にも凄いのがあるねん。これも先《せん》に堂剋堂さんから借りて読ましてもろたんや。『狭夜衣鴛鴦剣翅《さよごろもおしどりのつるぎば》』いう浄瑠璃本《じょうるりぼん》なんやけどな。まるで話の筋立てそのものが手《て》妻《づま》（手品・奇術のこと）仕掛けになってて、まああないにびっくりしたことあらへん。ほかにも同じようなもんないかて訊いたら、ない、てはっきり言われてしもた」

残念そうに唇を少し曲げてみせた。

このところ洋学の勉強一辺倒の範蔵はもともと浄瑠璃にはあまり詳しくないが、それにしてもまるで聞き憶えのない外題《げだい》だ。そのことを洩《も》らすと、

「これ書いたの、並木宗輔《なみきそうすけ》やで。知らん人いいひん『菅原伝授《すがわらでんじゅ》手《て》習鑑《ならいかがみ》』『義経千本桜《よしつねせんぼんざくら》』『仮名《かな》手本忠臣蔵《てほんちゅうしんぐら》』を書きはった大作家や。それやのに、あてにはこっちのほうがよっぽど面白い思う『狭夜衣鴛鴦剣翅』が、書かれてすぐに初演されただけで、百二十年以上、いっぺんも上演されてへんのやて。どないもこないも信じられへん。みんなどこに眼えつけてんのやろ。あほか思うわ」

普段の岩次郎らしくなく、いささか口汚く罵《ののし》ったが、それでも京言葉のせいで、あまり棘々《とげとげ》しさを感じない。

「それはどんな話？」

「五段あって長《なご》おすけど、肝要なとこをざっと要約すると、そうやねえ——南北朝の戦いで討ち死にした新田義貞《にったよしさだ》が持っていた鬼丸《おにまる》の太刀の錦《にしき》の袋には秘密が隠されていた。義貞の家臣だった塩冶《えんや》判官はそれを取り戻すために足利直義《あしかがただよし》に降伏し、直義が執心している義貞の妻・勾《こう》当《とう》の内侍《ないし》を差し出すので、代わりに刀と袋を戴きたいと申し出る。しかし戻されたのは刀だけで、袋は初めからなかったという。直義のもとに義貞の首とともに鬼丸の太刀を持ち帰ったのは高師直《こうのもろなお》だった。錦の袋はいずこに。——というとこからはじまって、塩冶の胸底を悟られぬようにと塩冶の妹婿が腹を切ったり、師直が塩冶の妻・かほよに横恋慕したり、塩冶の屋敷で勾当の内侍が曲者《くせもの》に殺されたり、塩冶がその嫌疑をかけられ、また裏切りも発覚して打首に

されたり、四条河原《しじょうがわら》に晒《さら》されたその首が何者かに盗まれたりと、もう大変。恋患《わずら》いで寝こんだ師直のためにと、その母・高寿院《こうじゅいん》による説得に乗るふりをして、報復と錦の袋の奪還を狙ってかほよは師直の寝所へ――。そのあとはもう、実は、実はのどんでん返しのつるべ打ち。今思うと、そこについていけへん人が多かったんやろか。ああ勿体《もったい》な」

それに耳を傾けていた範蔵は、

「聞いていると、作りこみの厚みだとか、理屈とか機智とか、常人にはついていけない技巧とか、さすが、好むところが久重《ひさしげ》どのの孫らしいな」

大きく腕組みしつつ、合点がいったように頷いた。

さて、ここで解説しておこう。『和蘭美政録』というのは作者がもっともらしく作りあげたフィクションではない。ミステリファンや作家のあいだですらあまり知られていないが、日本で最初に翻訳された海外ミステリとされる、実在する書物だ。文久元（1861）年、蘭学者の神田孝平が翻訳した。黒岩涙香《くろいわるいこう》が新聞紙上で海外のミステリを翻訳しはじめた明治二十一（1888）年に先立つこと、二十七年である。原著の作者はオランダの著述家ヤン・バスティアン・クリステメイエル。岩次郎の台詞《せりふ》にあった通りの長ったらしいタイトルで、研究家の宮永孝《みやながたかし》の訳によれば『体刑の執行の物語のうちの重要な場面――ならびに秘かな犯罪生活のうちの注目すべき特性』。十二篇の話が収録されている。神田が訳した二篇は1820年に出版された『刑事裁判および人間の過失の実録からなる文書』が初出で、クリステメイエルはその前年にも同趣旨の本を出しており、神田が入手した底本《ていほん》はその二冊の合本である1830年出版の書である。

いや、ちょっと待ってくれ。世界最初のミステリとされるエドガー・アラン・ポーの「モルグ街の殺人」が書かれたのが1841年ではないか。それより二十年以上前にオランダでミステリが書かれていたとはどういうことだと、ミステリの歴史に詳しい方から異議が出るかも知れない。しかし、ミステリはポー一人の手でいきなり成立したのではない。それ以前からミステリ要素を含んだ作品の系譜が連綿とあった。例えば前六世紀の『イソップ童話』の諸話、前五世紀のヘロドトス『歴史』中の「ランプシニトス王の宝庫」、前三〜一世紀成立の『ダニエル書補遺』の「スザンナ」や「ベルと竜」、前19年のウェルギリウス『アエネーイス』の「ヘラクレスとカーカスの物語」、九世紀までに成立した『千夜一夜物語』の「三つの林檎の物語」、十四世紀初めのエリマンドゥス『ゲスタ・ロマノールム』、十四世紀前半のドン・フアン・マヌエル『ルカノール伯爵』、1353年のボッカッチョ『デカメロン』、十四世紀後半のチョーサー『カンタベリー物語』、十五世紀の作者不詳の『ティル・オイレンシュピーゲルの愉快ないたずら』、1747年のヴォルテール『ザディーグ』の「王妃の犬と国王の馬」、1827年のウィリアム・リジェット「ライフル」、1837年のホーソーン『トワイス・トールド・テールズ』などはみな明瞭なミステリ的興趣《きょうしゅ》を含んでいる。

1743年のヘンリー・フィールディング『大盗ジョナサン・ワイルド伝』を皮切りに実在の犯罪者の手口を面白く読ませるものが登場するが、そのワイルドをはじめ、ロンドンのニューゲイト監獄の凶悪犯たちの来歴や起こした事件、裁判の経過、処刑の様子などの記録集が『ニューゲイト・カレンダー』で、そのタイトルを盗用して同様の内容のものが次々に出版されていったものまで含め、1774年には五巻にまとめられてベストセラーになったのだが、これが犯罪自体を興味の対象とする土壌を大きく押しひろげることになった。クリステメイエルの当該作もまさにこの系譜に属し、なかでもミステリ的興趣の色濃いものといえるだろう。

また、こうした『ニューゲイト・カレンダー』の強い影響を受け、多くは実在の犯罪者を主要人物に配し、犯罪と社会をテーマとする「ニューゲイト・ノベル」と呼ばれるジャンルが生まれた。1794年のウィリアム・ゴドウィン『ケイレブ・ウィリアムズ』、1832年のブルワー＝リットン『ユージン・アラム』、1834年のウィリアム・ハリソン・エインズワース『ルクウッド』、1839年のチャールズ・ディケンズ『オリバー・ツイスト』といった作品にミステリ要素が多く見られる。

さらに、ミステリの成立史のなかでもひときわ重要な存在であり、ポーのみならず、後続のミステリ作家たちにも多大な影響を与えたのが、昔の悪党仲間を集めてフランス警察に世界で初めて刑事部を組織し、その長になったフランソワ・ヴィドックが1827年に出版した捜査実話『ヴィドック回想録』だった。

もうひとつちなみにあげると、「モルグ街」の三年前の1838年に書かれたレ・ファニュの「アイルランドのある伯爵夫人の秘めたる体験」にも、密室事件が物語の中心的興味として扱われている。

ともあれ、そうした経緯を眺めてみても、クリステメイエルのこの作品を、少なくとも広義のミステリといって何ら差し支えはないのである。

はてさて、神田は「必要があって訳した」ものの、特に出版する意図はなく、まわりの者が借りたり、写本で読まれたりしていたようだ。それが世に出る経緯もなかなかドラマティックで面白いので、この物語の後の出来事になるが、紹介しておこう。

　こうしてこの本を写本で読んだなかに、その頃は儒学者で幕府の将軍侍講《じこう》（学問を教える役）を務め、明治にはいってジャーナリストとなる成島柳北《なるしまりゅうほく》がいた。大変面白かったので、仕えている十四代将軍の徳川家茂《とくがわいえもち》に貸したところ、のちの将軍家の混乱でその写本が失われてしまった。それで長らく残念に思っていたところ、友人の一人が写本の一冊を所持していることが分かった。ただし、その写本には「ヨンケル・ファン・ロデレイキ一件」だけで、「青騎兵弁右家族共吟味一件」は収録されていなかった。ともあれ柳北はそれをもとに、神田の文章に刈りこんだり補足したりの刪正《さんせい》を加え、「楊牙児《ヨンゲル》ノ奇獄」というタイトルで、自分が編集する「花月新誌《かげつしんし》」に明治十（１８７７）年八月から翌年三月まで十五回に亘って掲載した。柳北没後の明治十九（１８８６）年になって『楊牙児奇獄』というタイトルで出版され（なぜか本文タイトルは「楊牙児奇談」）、翌年薫志堂《くんしどう》から刊行された再版では外・内とも『楊牙児奇談』と改題されている。

　ところで、かの森鷗外《もりおうがい》も「花月新誌」に連載された「楊牙児ノ奇獄」を読んでおり、そのことを三十年以上後に書いた『雁《がん》』の第一章で語り手の「僕」に回想させている。引用しよう。

「岡田が古本屋を覗くのは、今の詞《ことば》で云えば、文学趣味があるからであった。しかしまだ新しい小説や脚本は出ていぬし、抒情詩では子規《しき》の俳句や、鉄幹《てっかん》の歌の生れぬ先であったから、誰でも唐紙《とうし》に摺《す》った花月新誌や白紙に摺った桂林一枝《けいりんいっし》のような雑誌を読んで、槐南《かいなん》、夢香《むこう》なんぞの香奩体《こうれんたい》の詩を最も気の利いた物だと思う位の事であった。僕も花月新誌の愛読者であったから、記憶している。西洋小説の翻訳と云うものは、あの雑誌が始て出したのである。なんでも西洋の或る大学の学生が、帰省する途中で殺される話で、それを談話体に訳した人は神田孝平さんであったと思う。それが僕の西洋小説と云うものを読んだ始であったようだ」

これはただミステリの受容史としてだけでなく、当時の「小説」なるものの成立事情を窺《うかが》う上でも重要な記述だろう。何しろ当時は「楊牙児」を先駆けに、明治十一（1878）年の『花柳春話』（ブルワー＝リットン『アーネスト・マルトラバーズ』と続編『アリス』の抄訳）のヒットに続けと続々登場した翻訳小説が主流となり、明治十八（1885）年の坪内逍遥《つぼうちしょうよう》『小説神髄』や明治二十（1887）年の二葉亭四迷《ふたばていしめい》の『浮雲』を導く文学潮流を形成していた時期なのだから。

話を戻そう。

いっぽう、明治にはいって兵庫県令（現在の知事）を経るなどして貴族院議員になっていた当の神田孝平は、「編集者から再録の話があったので、どうせなら『青騎士』のほうも載せたいと思い、自分は元本をなくしていたので旧友が写し取っておいた草稿を捜し出し、多少の手を加えて」、「探偵小説　青騎兵」を明治二十五（1892）年一月から五月までの五回、「楊牙児奇獄」を同年六月から十月までの五回、「日本之法律」に掲載した。ただ、ここでの「楊牙児奇獄」はなぜか、かつて成島柳北が手を入れて発表したものとほぼ同一の内容だったし、そもそも「日本之法律」自体がごくマイナーな雑誌だったため、「青騎兵」のほうも長らく研究者の眼にふれず、埋もれたままになっていた。

さて、神田も没したのち、登場するのが政治学者で、大正デモクラシーの旗手となった吉野《よしの》作造《さくぞう》である。彼はもともと数学、政治学、法学、経済学といった幅広い洋学の紹介者としての神田孝平に多大な関心があり、その著作を手あたり次第に集めていた。そんななかで大正十（1921）年、神田楽山《らくざん》訳『和蘭美政録』という写本を見つけ、これはきっと神田孝平のことだと直感して購入。「政治の本だと思って読んだら探偵小説だったので一度はがっかりしたが、いや、これが神田先生の筆の遊《すさ》びとすれば、それはそれで面白いと思いなおして」、孝平の養子の神田乃武《ないぶ》男爵に問いあわせたところ、何と、土蔵のなかから孝平自筆の「和蘭美政録」の遺稿を捜しあてててくれたのだった。

土蔵発見の「和蘭美政録」は孝平が「日本之法律」のために用意したもので、「楊牙児」と「青騎士」の両方が揃っていた。いっぽう、吉野が入手した写本は文久当時の元版だが、「青騎士」はついていなかった。吉野は自分が会長を務める明治文化研究会による、昭和二（1927）年刊行開始の『明治文化全集』の第一回配本『翻訳文芸篇』に、柳北の手が加わった「楊牙児」のほうではなく、自分が見つけた写本のほうを底本にして、「和蘭美政録　ヨンケル・ファン・ロデレイキ一件」のタイトルで収録した。これによって「ヨンケル」のオリジナル版が初めて世に出たわけである。

他方、「青騎士」のほうはそこに収録されないまま、長らく入手困難だったが、どんと時代が下って、平成九（1997）年のみやぎ文学館ライブラリー・西田耕三《にしだこうぞう》編『日本最初の翻訳ミステリー小説　吉野作造と神田孝平』に再録された。この本は神田孝平原訳の「和蘭美政録」二編に、成島柳北が手を加えた「楊牙児ノ奇獄」、さらに二編それぞれの現代語訳まで収録された、資料としての決定版といえる。また、ネットでも法政大学のリポジトリで、宮永孝による、クリステメイエルの原著をもとにした「ヨンケル」の完訳、また「青騎士」は現場周辺の図入り（！）の詳しい梗概《こうがい》が現在も閲覧できるはずである。

次に、『狭夜《さよ》衣《ごろも》鴛鴦《おしどり》剣翅《のつるぎば》』だが、これももちろん実在する。内容に関しては岩次郎が語った通りで、緊密でトリッキーな構成、全編に亘るサスペンス、相継ぐどんでん返しと、こちらは『和蘭美政録』以上に堂々たるミステリといえるだろう。

作者の並木宗輔は元禄《げんろく》八（１６９５）年生まれ。出身地は不明。備後国《びんごのくに》（現在の広島県）三原《みはら》の禅寺の僧侶だったが、享保《きょうほう》九（１７２４）年に還俗《げんぞく》して大坂に移り、浄瑠璃作者となった。初めは豊竹座《とよたけざ》にいたが、この時代の宗輔の作風は人間のドロドロした闇の部分や封建社会の息苦しさを緻密な構成と写実的な筆致で描き、非常に暗い。豊竹座時代の最終期にあたる元文《げんぶん》四（１７３９）年に書かれた『狭夜衣鴛鴦剣翅』は、こうした作風の頂点を画するものといえるだろう。「モルグ街」に先立つこと百年以上前である。

江戸に下って一年過ごしたのち、大坂に戻って歌舞伎作者に転向したが、延享《えんきょう》二（１７４５）年に豊竹座のライバルだった竹本座《たけもとざ》で浄瑠璃作者に復帰。名も並木千柳《せんりゅう》と改めて、『菅原伝授手習鑑』、『義経千本桜』、『仮名手本忠臣蔵』の《浄瑠璃三大名作》と謳《うた》われる作品を生み出した。この三作は竹田出雲《たけだいずも》や三好松洛《みよししょうらく》ら、三、四名による合作だが、いずれも実質の立作者（合作の中心人物）は彼だろうと考えられている。寛延《かんえん》三（１７５０）年、竹本座から再び豊竹座に戻り、並木宗輔の名に戻したが、翌年没した。

『狭夜衣鴛鴦剣翅』は『新日本古典文学大系』の『竹田出雲・並木宗輔浄瑠璃集』の巻で翻刻《ほんこく》されている。これに収録されるくらいだから専門家筋の評価は高いのだが、実際に演じられる機会がとんとないのは、岩次郎が言ったような理由もあるかも知れないし、浄瑠璃研究者の内《うち》山美樹子《やまみきこ》があげるように「写実的かつ理詰めで暗い作風」「観客が劇の深刻な内容に直面せざるを得ぬ辛口」さもあるだろう。そしてこれはネタバレに関わるのであまり深く言えないが、もしかするとこの物語の狙い自体がそもそも人形浄瑠璃という枠組のなかでは効果的に提示しきれないのではないかという気もする。

とはいえ、これだけミステリが隆盛を誇っている現在、これが脚本としてだけ細ぼそと受容されているのはあまりに勿体ない。是非上演されてほしいし、日本でこういうものが書かれていたのだと、世界に向けて発信するに足る作品だと思うのだが、どうだろうか。

いささか力んでしまった。話を戻そう。

「先月のことなのか？　商人屋敷の夜毎の怪音の謎を解き明かした話を聞いたぞ。それからちょくちょく、町方が抱えるほかの事件にも関わっているとか。まるで読んだ話を自分でも実地でやってるような具合だな。そういえば、商人屋敷の件以来、助けたイタチがずっと離れないというのも聞いたが、今はいないんだな」

「あいつが来るのは夜だけやし、今はあてが武雄に来とるんも知らへんやろ」

岩次郎はそこでようやく手にしていた本を傍らに置くと、

「とにかく、『美政録』や『狭夜衣』みたいなの、自分のなかでは《機智もの》ていうてんのやけど、何やろか、そういうもんの道筋いうか、これからどんなふうにひろがって、どんなふうに移り変わっていくんか、ずうっと先まで見えるような気いするねん。またおかしなこと言いよるいうて笑わはるやろけど」

まっすぐ眼を向けてそんなことを言った。

「ふむ、機智ものの未来がね。いやいや、笑いはしないが――そんなふうに考えること自体、よっぽど惚《ほ》れこんだ証拠だな。よもや、そういうもの専門の物書きになりたくなったとか――それとも実際の事件を解き明かすのを生業《なりわい》にしたいとか」

それには少し照れ臭そうに、

「どっちも心惹《ひ》かれるのは確かやけど、数学や窮理《きゅうり》（物理）や舎密《せいみ》（化学）も好きやし、細工仕事もやっぱり好きやし、まだ何とも決められへんわ」

「迷うくらいにいろんな才に恵まれて、羨ましい限りだな」

すると岩次郎は手を膝に突いて身を乗り出し、

「それをいうたら範蔵さんかて、今のあてと同じくらいの歳で、蘭学学びに長崎行きを命じられはったんやろ？　ちっちゃい頃からずうっと《身教館《しんきようかん》》の俊才で、茂じいちゃんに眼えかけられたはったいう話やおへんか」

身教館は武雄領の郷校《ごうこう》で、家臣の子弟のための教育機関である。

「自分のことはいいが、そういうと、身教館出身者にも小川源吾《おがわげんご》という舎密の天才がおるぞ」

「ああ、小川さん。前に会《お》うたよ。茂じいちゃんが作らはった蘭学研究班――いうたら《武雄の精煉方《せいれんかた》》の主要人員で、それまでずっと輸入せなあかんかった雷管の製造にも成功しはったんやね」

「何だ、知ってたか」

「今、佐賀本藩のほうで蒸気船製造に向けて頑張ったはる馬場磯吉《ばばいそきち》さんも、身教館出身やったね。これ、茂じいちゃんに確かめてびっくりしたんやけど、馬場さん、精煉方が蒸気機関車や蒸気船の雛形《ひながた》作って走らせたずうっと前に、武雄で両方の雛形作りはったんやて？　ほんま、佐賀は何から何まで武雄のあと追い駆けてるんやねえ。つくづく茂じいちゃんは凄いわ。ほかにもあてが知らへんだけで、身教館出身の凄い人、いっぱいいてはるんやろなあ」

「それはもちろん、振り返ればいろいろと――」

そう言いかけたところで、範蔵の眉がかすかに曇った。

「どないしたん？」

「いや、とりわけ優秀な人物ということで思い出したんだがな」

言いながら範蔵は腰をあげ、茂義がいたほうの戸口に歩み寄ると、そっとそのむこうの渡り廊下を窺《うかが》った。そして再び椅子のところに戻って、

「平山醇左衛門《ひらやまじゅんざえもん》という名を聞いたことはあるか」

「いいや。ない思うわ」

「武雄の兵砲術発展を語る上で欠くべからざる人物だ。確か、旦那さまより十歳下だったかな。幼少より旦那さまのお傍《そば》に仕え、可愛《かわい》がられていた。旦那さまは上から読んでも下から読んでも同じの〈平山山平《さんぺい》〉という渾名《あだな》でずっと呼んでいたそうだ。そして天保三（1832）年、家督を相続して武雄鍋島家の当主になられた直後、旦那さまは長崎の高島秋帆のもとに二十二歳の醇左衛門を入門させた。高島秋帆どののことは知っているだろう」

「もちろん。日本で初めて洋式砲術を導入・完成させたお人やね」

「そう。凄いのはその翌々年に旦那さま自身も入門されたことだ。ただ、さすがに武雄領邑主の身で、たびたび長崎にまで赴《おもむ》いて学ぶわけにはいかない。そこで醇左衛門を取次役とし、

彼が習ったことを旦那さまにちくいち伝えるかたちで修業が行なわれた。そしてさらにその翌々天保七（1836）年、めでたく旦那さまに免許皆伝が許されるんだが、その前年に武雄を訪れた秋帆は自ら鋳造した日本初の洋式大砲を持参している。お前も見たことがあるだろう。まあ、本藩で鉄製大砲が続々鋳造されるようになった今からすれば、もはやオモチャのようなものだがな」

この、日本で初めて鋳造された青銅製モルチール砲は口径二十センチ、全長五十九・五センチ、重量二百七十キロで、現在、武雄市図書館・歴史資料館に収蔵されている。

「邑主自ら砲術の免許皆伝か。ますます茂じいちゃん、並やない」

岩次郎が言うと、

「そう。そして何事もただ学ぶだけでなく、人に教えることでよりいっそうその内容が身につくものだ。醇左衛門もその過程でひときわ習熟の度が深まっただろうな。かくして醇左衛門は武雄における砲術の第一人者となった。またそれ以前から最終的に『御石火矢方《おいしびやかた》』という名称に落ち着く専門の部局を組織し、白前の大砲製造に取り組んでいた武雄領はこの年のうちにそれを完成させてしまうんだ。

天保八（1837）年には真手野《までの》村の台場で演習が繰り返され、特に九月十八日は早朝から夜中にかけての大演習になった。その後、台場は永野《ながの》村、天神崎《てんじんさき》と移され、そしてついに天保十一（1840）年には、神埼郡岩田の台場で直正さまの演習御上覧が実現する。このことは知ってるんじゃないか？」

「閑叟さんがびっくり、大喜びしはって、本藩でも洋式砲術導入と鉄製大砲鋳造に邁進する転換点になったんやてね」

「頼むからご本人の前でその呼び方はしないでくれよ」

範蔵はそんな言葉を挿んで、

「とにかく、これによって旦那さまは佐賀藩の砲術師範に任じられ、醇左衛門も砲術指導と大砲鋳造のために藩に取り立てられることになる。いっぽう、同じ年に勃発したアヘン戦争に危機感を覚えた高島秋帆は幕府に西洋砲術採用の進言書を提出し、それを受けて、翌天保十二（１８４１）年に秋帆の指揮により、武蔵国徳丸原《むさしのくにとくまるがはら》で西洋大砲と洋式軍隊の大演習が行なわれたのだが、醇左衛門はこれにも随行しておおいに働いた」

ちなみに、昭和四十四（１９６９）年、この地に巨大団地が建設されるにあたって「高島《たかしま》平《だいら》」という地名が誕生したのは、秋帆の名から取ったものである。

「佐賀藩も天保十三（１８４２）年三月に城下に蘭砲稽古場を設け、十月には『蘭伝石火矢製造所』を設置と、着々と軍の近代化を推し進めていた。醇左衛門はその双方で指揮を執り、そのために月の半分は佐賀屋敷詰めを命ぜられるなどして、もともと健康に問題を抱えていた彼には次第に無理が重なっていったようだ。そしてここに突如、大事件が持ちあがる。南町奉行・鳥居耀蔵《とりいようぞう》が高島秋帆を指して、謀反《むほん》の企《くわだ》て、密貿易の所業ありと讒訴《ざんそ》し、老中・水野忠邦《みずのただくに》がこれを受けて、秋帆は十月に長崎で逮捕、翌年二月に江戸の小伝馬町《こでんまちょう》に移されてそのまま投獄されてしまった。世に言う《長崎事件》だ」

岩次郎がそれも承知だというように頷くのを見て取って、

「投獄されたのは秋帆ひとりではなく、多くの関係者に及んだ。特に秋帆の愛弟子である熊本の池部啓太《いけべけいた》も江戸送りになったことが佐賀、とりわけ旦那さまを震撼《しんかん》させた。そもそも鳥居耀蔵は大の蘭学嫌いで、あの悪名高い《蛮社《ばんしゃ》の獄》の首謀者だし、水野忠邦はあまりの過激さゆえに庶民の不興を買った《天保の改革》の主導者だ。秋帆と武雄領の関係の深さからして、このままでは悪辣《あくらつ》・理不尽な咎《とが》めが波及し、ひいては佐賀藩が推進する近代化そのものにも致命的な障害になりかねない。旦那さまの危機感が如何《いか》ばかりだったか、想像がつくというものだな」

ここで急いで説明しておくが、蛮社の獄とは天保十（1839）年に起きた言論弾圧事件である。高野長英《たかのちょうえい》が匿名で書いた幕府の鎖国政策を批判する書『戊戌《ぼじゅつ》夢物語』が写本で流布して大きな反響を呼んでいた状況下、鳥居耀蔵はかねて眼をつけていた渡辺崋山《わたなべかざん》を陥れるため、幕政を批判する危険人物であり、『夢物語』も彼が書き、周囲の仲間とともに海外渡航を企てていると水野忠邦に誣告《ぶこく》し、崋山・長英をはじめ多くの者が投獄された。結果、崋山には蟄居《ちっきょ》、長英には永牢《ながろう》、六名に押込《おしこめ》（座敷牢による幽閉）の刑が下ったが、逮捕前に自死した者もおり、吟味中にも四名が拷問によってであろう、獄死している。なお、蛮社とは《南蛮の学問を好んでいる連中》という、国学者たちの側からの蔑称である。

さて、そこで範蔵はやや声をひそめるようにして、

「そんな剣呑《けんのん》な状況下、異変が起こった。天保十四（1843）年五月、醇左衛門ら三人が『投訴の張本人、甚だ不審を以《もっ》て』突如武雄で捕らえられ、醇左衛門は半年の投獄の末、打首に処されてしまうんだ」

「え」と、岩次郎は眼を見張った。

「もう少し詳しく言うと、醇左衛門とともに捕縛されたのは河原蟠平《かわはらばんぺい》と中村俊碩《なかむらしゅんせき》の二人。蟠

平は身教館の教授を務めた儒学者で、のちに私塾を開いた。文政五（１８２２）年に先々代の当主茂順《しげより》さまのご側室の横暴に憤《いきどお》り、仲間十七人で白装束を纏《まと》い、武雄屋敷に押しかけて弾劾したために武雄から追放に処された前歴がある。逮捕のきっかけは飢饉《ききん》時に農民を救うための米を無断で備蓄したのが発覚したためという話もあるし、農作物が踏み荒らされて困るので、旦那さまに狩猟を控えてほしいと直訴したためなどという話もある。肝腎の罪状は――武雄領への誹謗《ひぼう》の文を橋に張り出したとも、眼につきやすいところにわざと落としておいたとも言われる」

「何やのん、それ」

「俊碩は獄中に病死したということで、どんな人物かもよく分からん。醇左衛門の罪状もあやふやで、『砲術に関する秘密を他に漏らした』ということらしい」

「はあ？　漏らしたて、どこに？　全然納得いけへん」

「十一月二十一日、武雄領永尾《ながお》村の古城跡『白木寨《しらきのさい》』で、まず醇左衛門が、次に蟠平が打首にされた。青竹で組んだ矢来《やらい》の外で観衆が見守るなか、醇左衛門の場合は一刀のもとに首を斬り落とされ、たちまち毛氈《もうせん》にてくるまれた死体が駕籠《かご》に運び入れられて、あとに一滴の血も残さなかった手際に賞嘆せざる者がなかったそうだ。しかし蟠平の場合は別の剣手が二度も斬り損ない、見かねた検視役が代わって斬り落とすという、なかなか凄惨なひと幕だったらしい」

「なあなあ。これ、あからさまな人身御供《ひとみごくう》ちゃうの。むこうの言葉で《贖罪《しょくざい》の山羊《やぎ》》いうやつや。次々に連座の追及が及ぶ前に、いちばん繋《つな》がりの深いとこを切り捨てといて、けしからん輩《やから》はもうこちらで処分済みやていうつもりやろ。確かに効果的なやり方やとは思うけど……」

「それまでの貢献からして、あまりにも苛酷《かこく》で非情だと思うだろう？」

岩次郎は軽く溜息《ためいき》をついて、

「なるほどねえ。さっき、そこで気配を窺わはったのも分かるわ。こないなこと、大きな声で言われへん。このことに茂じいちゃんが関わってないはずあらへんもんね。それどころか、まるごとみんな茂じいちゃんの意思やて思うんが普通や。あても茂じいちゃんにそないなところはったんか思うと、何や、おかしな感じやな」

すると範蔵は部屋に陳列された品じなに眼を移して、

「旦那さまがかつて本藩の請役をお務めだったことは知っているだろう。文政五（１８２２）年から天保三（１８３２）年の十年間で、初めはまだ当主にもなっていない二十二歳のときだった」

なぜかそんなところに話を移した。

「よっぽど優秀さを見こまれはったんやろね」

「そしてその十年で、請役を二度やめ、二度復帰している」

「へえ」

「一度目は就任早々。当時、藩の財政が極めて厳しかったので、当時の藩主の斉直さまの側《そば》役《やく》・有田権之丞《ありたごんのじょう》が領内に例外なく人頭税を課そうとしたのだが、旦那さまはそれに断固反対し、わずか就任一ヵ月で辞職した。が、翌年に再び請役に戻ったのは、やはり旦那さまを措《お》いてほかにないと推す声があまりに強かったせいだろう。

文政七（1824）年に若き直正さまと将軍の娘である盛姫《もりひめ》さまの婚礼が決まるや、旦那さまは急遽《きゅうきょ》江戸に上り、藩の財政の厳しさを理由にその延期を願い出た。しかし幕府にはねつけられたので、翌年、請役としてお二人の婚儀という大仕事を果たした。ただ、その際、江戸藩邸の財政がズブズブになっていると弾劾し、結果、家老の鍋島石見《いわみ》が免職、側役の有田権之丞と納富十右衛門《のうどみじゅうえもん》が佐賀に送還の上、切腹ということもあった」

「ひえぇ」

「そしてさらにその翌年、佐賀に戻る途中、かねがね斉直さまの遊興放蕩《ほうとう》ぶりを苦々しく思われていた旦那さまは、斉直さまの品川別邸のあまりの豪奢《ごうしゃ》ぶりを眼にし、これぞ藩の財政破綻の元凶として勝手に打ち壊してしまった。その際、当然山のような廃材が出たが、町人たちに勝手に持っていけと申し渡したので、きれいになくなって片づけせずにすんだということだ。当然ながら斉直さまは頭から火が出るほどに激怒。請役罷免《ひめん》はもちろん、切腹まで言い渡した。当主の家臣たちの懸命の諫《いさ》めによって、何とか切腹は免れたがね」

「過激ぃ〜」と、半笑いの岩次郎。

「全くな。そして翌文政十（1827）年、また請役に復帰するんだが、その同じ年、斉直さまの娘の寵姫《ちょうひめ》さまと結婚されたのが何とも面白い」

「オトナの事情ちゅうやつやろか。あてにはさっぱりや」

「天保三（1832）年に旦那さまは武雄の邑主になられたが、その年の暮れ、斉直さまが久びさに江戸に上りたいと言われたのに対し、財政逼迫《ひっぱく》の折に莫大《ばくだい》な経費がかかる江戸行きはお控えをと諫言《かんげん》して、またもや怒りに触れ、請役罷免とともに十二日間の謹慎を申し渡された。

そして今度こそこれが最後で、旦那さまは藩政から退いて武雄に戻られたんだ」

「そこまで来たら、何や漫才みたい。けど、茂じいちゃんの妥協のない、一本気な気性はよう分かった。それも、藩のためということで一貫したはるのが凄いわ。あてには到底真似できひん」

「だろう。自分も同じだ。そしてこの長崎事件のときも、まさに《藩のため》という以外のすべてを切り捨てて、その妥協のない一本気さを貫き通したんだろう。心を鬼にして、というやつだ」

そして範蔵はいちだんと沈んだ口調で、

「ところで、この顚末《てんまつ》も言っておかなきゃならんな。さっきも言ったように醇左衛門が打首に処されたのが天保十四（１８４３）年十一月だ。さて、水野忠邦はその年の六月、天保の改革の最終段階として、江戸・大坂十里四方を幕府が一元的に管理するため、その地の大名・旗本に領地を幕府に返上させ、本領の近くで替え地を幕府から支給するという《上知令《あげちれい》》を発布した。しかしこれには当然ながら、該当する大名・旗本から猛反発があがった。そのあまりの凄まじさに、状況不利と見た鳥居耀蔵が寝返り、反対派の盟主である老中・土井利位《どいとしつら》に忠邦の機密資料を洗いざらい流すなどしたため、忠邦は閏《うるう》九月に辞職に追いこまれてしまう。

耀蔵は町奉行の地位を保ったが、その後また状況が一変。翌天保十五（１８４４）年五月に江戸城本丸が火災により焼失し、土井利位がその再建費用を充分に集められなかったことから、将軍家慶《いえよし》は六月に忠邦を老中首座に復帰させた。土井は不手際の責任と忠邦からの報復を恐れて老中を辞任し、後ろ盾を失った耀蔵は九月に職務怠慢や不正を理由に解任され、さらに翌弘《こう》化《か》二（１８４５）年二月には全財産を没収された上で、所払いに追いやられた。しかしながら忠邦自身も数々の疑獄の嫌疑が発覚し、九月に隠居・謹慎を命じられ、さらに所領地の国替《くにがえ》の処分が下る。こうして二人は完全に失脚した」

岩次郎はあっと眉を引き絞って、

「何やのん。そないに早《はよ》う？　もうちょっと何とかやり過ごしたら、醇左衛門さん、死なんでもよかったいうことやんか！」

そう叫んだ。

「まあ、あくまで結果から見ればな。——しかし、旦那さまはそんなふうに割り切ることなどできなかっただろう。きっと死ぬほど悔いたに違いない。そのお気持ちを考えると、何ともこのへんが引きつれたように痛む」

「さっき、数々の疑獄て言わはったけど、長崎事件もやろ？　そのあと、秋帆さんはどないなったん？」

「逮捕後、取り調べは遅々として進んでいなかったんだが、二人の失脚後、再吟味の末、弘化三（１８４６）年七月に武蔵国岡部《おかべ》藩に幽閉というところに落ち着いた。罪状は、長崎代官の娘を息子の嫁にもらった『身分不相応な振る舞い』だった」

「あほらし」

「幕府も面目上、冤罪《えんざい》ときれいさっぱり認めるわけにいかなかったんだろうな。ペリーの来航を受けて赦免《しゃめん》の動きが起こり、嘉永《かえい》六（１８５３）年八月、実に十年十ヵ月ぶりに釈放されたんだが、秋帆どのには実に気の毒ななりゆきだった。その後、開国・通商をすべきとする上書が取りあげられ、幕府の砲術訓練の指導に就《つ》かれたのは何よりだ」

「有能な人間を圧殺するような世の中はあかんて」

「閑叟さまも醇左衛門の処刑の報には声をなくして心をお痛めだったという。それ以来ではないかな。才ある若者にいっそう眼をかけるようになられたのは」

岩次郎はそこでちょっと間を置き、

「眼えかけはるのはええけど、弘道館はちょっと厳しすぎと違うやろか。あても希望通りに時習堂に行かしてもろてよかった。弘道館なんかにほりこまれたら息が詰まって、きーてなっとったわ。新平はんと同じように脱藩しとったかも知れへん」

範蔵は笑って、

「これはここだけの話、実のところ閑叟さまは『葉隠《はがくれ》』が大嫌いなんだが、佐賀ではあまりに根強く浸透しているため、『弘道館の生徒にとっては死にもの狂いの勉学こそが忠義であり、武士道である』と、その内容を利用して奮励しているのが内心面映《おもは》ゆいと苦笑しておられた。まあ、上に立つ者にはある部分で心を鬼にしなければならない場合があるということかな」

そんなことを明かした。

『葉隠』に関しては「武士道というは死ぬ事と見付けたり」というフレーズとともに、たいがいの方がご存知だろう。だが、具体的なことまではどうだろうか。正式な書名は『葉隠聞書《ききがき》』。佐賀藩二代目藩主・鍋島光茂《みつしげ》に幼い頃より仕えていた山本神右衛門常朝《やまもとじんえもんつねとも》の談話を、佐賀藩士・田代陣基《たしろつらもと》が筆録した十一巻本で、享保《きょうほう》元（1716）年に七年がかりで完成した。内容は一、二巻が教訓、三巻から五巻は藩祖鍋島直茂《なおしげ》から三代藩主・鍋島綱茂《つなしげ》の言行、六巻以降は佐賀藩士の言行・史跡・伝説等からなっている。

武士道の第一を忠義とし、しかもそれは報いを求めない、一心不乱の妄信的忠義でなければならないとする。当時主流だった山鹿素行《やまがそこう》流の儒学的武士道を「上方風の思いあがった武士道」と批判し、犬死にを惧《おそ》れるのは不純、決死の覚悟さえあれば思慮分別は必要なく、決断即行動、しかも無我夢中、半狂乱の「死狂い」でなければ大事を為すことはできないと説いている。

常朝は「この書はあくまで内々の覚え書きで、他人が読めば遺恨に思ったり、悪い影響を及ぼすこともあるだろうから、必ず焼き捨ててほしい」と言ったことが前文に記されている。このため、江戸期は出版されることもなく、秘伝・密伝の書としてひそかに書写されて熱心に読み継がれていた。

実際、この書は血気盛んな若者を魅了する毒があるし、また権力者の側にとってはこれほど好都合で利用のし甲斐《がい》のある教えもないだろう。弘道館の教授で直正の師でもある古賀穀堂も『葉隠』のみを崇拝して思考停止に陥り、他学を軽んじる風潮を憂いている。

「それにしても辛《つろ》おすなあ」

そして範蔵は一拍置き、

「だから思うんだよ。醇左衛門の投獄・打首は醇左衛門自身が提案し、旦那さまを説得して遂行させた計画だったのではないかとな。もしかするとそうあってほしいというだけのことかも知れないが、少なくともそのほうがしっくり胸底に落ち着くような気がするんだよ」

しみじみ噛《か》みしめるように述懐した。

そのあとしばし会話の間があいたが、ふと思い出したように岩次郎が、

「そないいうたら、最前、茂じいちゃんから枝吉神陽さんがコロリで亡くならはったて聞いたんやけど、知ったたはった？」

「いや、長崎から帰ってきたところだから」

「佐賀からまっすぐ来たあても知らへんかったのに。堂剋堂さんから聞かはったんかな」

「旦那さまの耳の早いのはいつものことだからな。まだ直正さまの耳にもはいっていない京や江戸の出来事でも、とうに旦那さまはご存知だったりして、驚かされることもしょっちゅうだ。きっと普段から独自の情報網をお持ちなんだろう」

そこでひょいと、

「武雄領は忍びを抱えてはるん？」

予想もしない言葉に、範蔵は思わず左右の眉を段違いにひそめて、

「はて、そんな話はとんと聞いたこともないが――しかし、あったとしても極秘事項だろうから、ないと断言もできないか」

「訊けば教えてくれはるやろか。おってほしいなあ。読本《よみほん》に出てくるみたいな幻術使いがほんまにいてるとは思わへんけど」

そして話を戻すように、

「それはそうと、神陽さんも『葉隠』を否定したはったんやね？」

「ああ、そうだ。ただ、『葉隠』では忠義の対象を藩主に置いているのに対して、神陽どのの《一君論》では、我が国における忠義の対象は天子さまただ一人であり、藩主であれ幕府であ

れ、その他の君臣関係をいっさい認めないという過激な考え方だから、閑叟さまや穀堂どのの『葉隠』批判の立場とはまた全然違うがな」

「そもそも神陽さんは強硬な討幕派やもんね。佐幕派の閑叟さんとは両極端や。そやけど先《せん》の《安政の大獄《たいごく》》のときは、閑叟さんは神陽さんを庇《かば》いはったんやてね。吉田松陰《よしだしょういん》さんも打首にならはったんやから、ほっといたら神陽さんも同じ目に遭《お》うて何の不思議もあらへん。そういうとこ、閑叟さんは偉いなあ」

いちおう説明しておこう。安政五（1858）年四月に大老に就任した井伊直弼《いいなおすけ》は、その年の六月に勅許《ちょっきょ》を得られないまま日米修好通商条約に調印し、またかねてから二派に分かれて議論されていた将軍の継嗣《けいし》を徳川家茂に決定した。そしてこれらに反対する尊皇攘夷《そんのうじょうい》派や、後継ぎに慶喜《よしのぶ》を推す一橋《ひとつばし》派の大名や志士、さらに公卿《くぎょう》にまで激しい弾圧を開始する。連座した者は百人を超え、うち死刑、もしくは獄死した者だけで十四人にのぼった。これが安政の大獄であり、安政七（1860）年三月三日に水戸《みと》浪士ら十八人によって直弼が暗殺された《桜田門外の変》まで続いた。

「あの大獄がもとで島津斉彬どのが命を落とされて、閑叟さまのお嘆きは大変だったからな。要らぬ無駄死にをふやしたくないという想いが強かったのだろう」

「開国を進めようとしはったんはともかく、弾圧はあかんて。結局ますます攘夷派の反発を掻《か》き立てただけやったもんなあ」

これに関しても補足しておこう。安政の大獄は五年の六月二十四日、直弼の袂につかみかかって二政策への不満を訴えた福井藩主・松平慶永《まつだいらよしなが》や、幕閣を詰問するために不時登城（定められた日以外の登城）を冒した水戸藩の徳川斉昭《なりあき》・慶喜父子と尾張《おわり》藩主・徳川慶勝《よしかつ》らへの隠居・謹慎等の処分からはじまった。

以前から積極的に幕政に口を出し、慶喜を将軍継嗣とする内勅を朝廷に請願するなどしていた薩摩藩主・島津斉彬は藩兵五千人を率いて上洛する計画を立てた。朝廷を守護した上で、条約締結における違勅を正し、さらに一橋派の復権を指示する勅諚《ちょくじょう》を得ようという思惑だった。しかし鹿児島城下での出兵のための調練を観覧中に発病、八日後の七月十六日に死去して、計画は頓挫したのだった。斉彬の死後、薩摩藩の実権は御家騒動で隠居させられていた父の斉興《なりおき》に戻り、薩摩藩は幕府の意向に追従する方向に転換。ちなみに斉彬を崇拝していた西郷隆盛《さいごうたかもり》はここから逃亡や遠島で長らく苦難の時期が続いている。

「その斉彬はんの死因、水当たりいうことやけど、ほんまやろか」

「あの年もコロリが大流行していただろう。それじゃないのか」

「薩摩ではもう流行が終わってたいうことやよ。それに『異常な心臓の衰弱』て聞いてんのも、赤痢なんかのほかの流行《はや》り病の症状ともあわへん」

「まあ、斉彬どのの遺言では六男の哲丸《てつまる》をのちのちの後継者に指名していたが、翌年に三歳で夭逝《ようせい》していることもあって、毒殺ではないかという噂が囁《ささや》かれてはいたな」

「その場合、首謀者は父親の斉興か、前々から斉彬はんと対立してた異母弟の久光《ひさみつ》か――まあ実行犯はそれぞれの支持者ていうこともあるけど、どのみち島津家の御家騒動は底が知れへんなあ」

そんなことを言いあっているところに、突然パタパタとこちらへ近づく足音が聞こえたので、範蔵はぎょっと身を竦《すく》めた。すぐに顔を覗かせたのは果たして茂義だった。足音の遽《あわただ》しさから察せられたが、様子が普通でない。ぎょろりとした眼を大きく見開いて、

「おお、範蔵もおったか」

そんな言葉も上《うわ》の空《そら》だ。最近はめっきり窶《やつ》れが目立ち、普段からあまり血色もよくないが、今はいっそう土色に蒼褪《あおざ》めている。

「どうなされましたか」

そう尋ねると、茂義は窓に近づき、美しく手入れされた庭園に左見右見《とみこうみ》眼を走らせていたが、

「気の迷いじゃったか。おかしかもんば見たごたあ気のして、ひょこっとこん部屋ば心配になってのう。いんにゃあ、やっぱい気のせいたい。どうも近頃、頭の壊《うつかんげ》れてきとうらしか。いかんいかん」

言いながら踵《きびす》を返そうとしているところに、

「おかしなものと言われますと、どのような」

後ろから声をかけると、

「おかっぱ頭の小《こんま》か子供がのう、そん先ん塀の上ば、すーっと渡いよるんが見えたとばい。ちょっとどがんもこがんもならん。耄碌《もうろく》はすっもんじゃなか」

自嘲の言葉を洩らしながら、先程とは打って変わった弱々しい足取りで歩き去っていった。

「おかっぱ頭の子供……？」

怪訝《けげん》な顔の岩次郎に、

「鳥か何かを見間違えたのかな」

範蔵も窓外にひろがる庭園に視線を巡らせながら首をひねった。

それから十日後の佐賀の城下。空は紅を交えて暮れなずみ、ぽつぽつと星も出ているが、日中の茹《う》だるような暑さはまだ抜けきっていない。立ち並ぶ家々も複雑な影を織りなし、行き交う人びとの姿を朧《おぼろ》にしていた。

「長崎街道」というのがある。江戸時代に整備された長崎から小倉《こくら》を結ぶ陸路で、総行程は五十七里（約二百二十四キロ）、途中に二十五の宿場が置かれ、徒歩ではおよそ七泊八日の旅だったという。幕府が唯一外国と交易する長崎に通じるため、非常に重要視された。多くの藩の参勤交代に使われる道であり、異国の文化が通る道でもある。時にははるばる海を渡ってきたゾウやラクダが通り、見物客をすずなりにさせた。その長崎街道が佐賀の町では城の北側を東西に――ただ、一直線にではなく、防衛を配慮してギザギザに折れ曲がって走っている。

ちなみに長崎で逮捕された高島秋帆が江戸へ護送されたときもこの長崎街道が使われた。長崎街道は武雄の町にも通じており、鉄網張りの囚人駕籠《かご》に押しこめられた秋帆を見送りつつ、士も民もその身を案じて陰ながら涙したという。

その街道のさらに北側に、こちらはほぼ一直線に大きな堀が東西方向に築かれている。もと もと佐賀城の外堀として造られたもので、いちばん近いところで城から約五百メートル。「十間堀《じっけんぼり》」という名称通り、川幅は二十メートル近い（一間は一・八二メートル）。なお、現在の「十間堀川」はかつての川幅よりかなり狭くなっている。当時は南岸に蜿蜒《えんえん》と土塁《どるい》が築かれていたが、それも北方からの侵略への備えとして造られた名残りだ。既に防衛線としての意義は失われたが、佐賀江《さがえ》川等を介して有明海《ありあけかい》へと繋がっていることから、物資輸送の水路としては活気を増すいっぽうで、宵闇の迫る今も何隻かの船が行き来しているのが見える。

その十間堀の北側には唐人町《とうじんまち》が北に向かってのびている。その名の由来は、朝鮮出身で、天正《てんしょう》十五（１５８７）年に船事故で北九州に漂着し、のちに鍋島家に仕えて活躍した李宗歓《りそうかん》が居住したことだが、宗歓は貿易商として海外の布、陶器、金物、食品などをひろく扱ったため、次第に同業者が集まって繁栄したのだった。

その唐人町のはずれに一軒の店がある。「堂剋堂」と彫られた古めかしい看板がものものしいが、その割に小ぢんまりとした店だ。狭い戸口から洞《ほら》の奥のような、か黒い闇が覗き見えている。そこからふらりと出てきた、小袖に小袴《こばかま》のひとつの影——よく見ると範蔵だ。二冊ばかり和本を懐に収め、細い裏通りを南に向かって歩いていく。

先程から姿の見えない竿竹《さおだけ》売りの声がどこからともなく物悲しく聞こえている。空がゆっくり藍色の部分をひろげていくにつれ、街並を縦横に隈《くま》取る影も濃さを増していく。そうして範蔵は十間堀にぶつかる手前で西方向に曲がった。

十間堀の北側といえば、唐人町をはずれてしまうと、もう見渡す限りに森や田畑がひろがり、そのあちこちに集落が散在しているだけだ。そんな小道をとぼとぼと歩いているうちに、

「あ、範蔵さん」

その声の方向に振り返ると、果たして岩次郎だった。涼しそうな絣《かすり》の着流しで、とある納屋の陰から下駄を鳴らして近づいてくる。そしてその肩にはひょこんとイタチが乗っかっていた。

「ああ、やっぱり本当なんだな」

「え？　これのこと？」

「名前はあるのか」

「雨樋《あまどい》に嵌《は》まりこんでたさかい、樋吉《といきち》て呼んでんのやけど」

「樋吉か。なかなか洒落《しゃれ》た名だな。宜《よろ》しく、樋吉」

呼びかけたが、イタチは素知らぬ顔でキョトキョトと周囲を窺うばかり。

「佐賀には何の用で？」

「いちおう長崎でのことなど、本藩に報告しておかないとと思ってな。それももうすんだところだ」

「ついでに堂剋堂さんとこに寄らはったわけやね」

範蔵の懐にちらりと眼をやりながら言った。

「さすがだな。で、そっちこそ何をしてたんだ」

そう訊き返すと、岩次郎は自分も懐をひろげてみせて、

「これを練習してたんや」

言いながら取り出したのは直径八寸（約二十四センチ）ほどの金属製の細い輪っかだった。

それも同じ大きさのものが四つ。

「何だ、それは」

「ほな、ちょっとええ？」

岩次郎は横に並んで歩きながら、体を範蔵のほうに向けつつ、

「ではこの通り、バラバラの輪っかが四つ。種も仕掛けもございません」

そのうちの二つをとりあえず左の肘にひっかけておいて、残り二つを右と左の手でそれぞれ持ち、

「ようくご覧を」

離れた二つの輪っかをゆっくりゆっくり近づけ、円を重なりあわせていく。そして今度はその動きを逆にして、二つの輪っかを再び離れさせようとしたが――。

離れない。二つの輪っかは交叉《こうさ》しあい、繋がっている。

「え？　え？　え？」

範蔵は眼をパチクリさせた。

岩次郎はさらに二つの輪っかをはずしたり、また繋げたりを繰り返した。その動きも様ざまで、横に滑らせて繋げたり、あるいは縦向きに交叉させて繋げたり。さらにはバラバラのはずの四つの輪っかをすべて繋がらせてひろげたり。そうして最後に繋がりあった輪っかを縦に数《じゅ》珠《ず》繋がりにぶらさげておいて、いちばん上の輪っかから次の輪っかに持ち手を替えると、上の輪っかがカシャ、カシャ、カシャと心地よい音をたてながら順に下にズレ落ちていって、いちばん下からするりと離れて抜けた。

「手妻《てづま》か。見事だ」

範蔵が惜しみなく感嘆を表わすと、

「そのうちの《金輪《かなわ》》いう演目やねん。輪っかを四つ使うのは簡単なほうやけど、名人は七つも八つも自在に扱《あつこ》うてみせはるいうよ」

金輪を懐に収めなおしながら、

「こないだ、範蔵さん、言わはったやろ。もしかしたら《機智もの》専門の物書きになりとうなったんか、いうて。あれ聞いてな、ああ、そんなんもありかなて思たんや。まあ実際そうするかどうかは別にして、それでもっと機智もののことを突き詰めて考えてみよか、いうことになって。そうなると、いちばん近いとこにあるのは手妻やから、そこからもっと掘りさげてみたらどやろか、思たいうわけ」

そして暮れゆく空に眼をあげ、

「それからいうと、からくりと手妻ももの凄う近い関係やし、久《ひさ》じいちゃんも若い頃から熱心に研究したはって、こっちにも手妻の本を何冊か持ってきたはるねん。特に平瀬輔世《ひらせほせい》の『放下筌《ほうかせん》』や『天狗通《てんぐつう》』は、いろんな演目が詳しう図解されてて、名著や思うわ。ただ、この金輪とかは手妻師業界からの圧力がきつかったんやろか、ほかの演目とは打って変わって隔靴掻痒《かっかそうよう》の書き方しかしてへんさかい、読み解くのにえらい苦労したわ。まあそれだけにあれこれ想像したり、自分で工夫したりするんが面白かったけど」

楽しげにそう語った。

ここで岩次郎が演じてみせた金輪は、欧米では「リンキングリング」や「チャイナリング」と呼ばれている。恐らく中国の明《みん》の時代に生まれたのではないかと推測されるが、中国にも古い資料はない。日本には江戸の初期に伝わってきたらしいが、書物にあらわれるのは元禄三（１６９０）年の『人倫訓蒙図彙《じんりんきんもうずい》』で、辻放下《つじほうか》（手品などの諸芸をしてみせる大道芸人）を描いた図のなかで、皿まわしをしている横に金輪が描かれているのが最初である。

ちなみに元禄九（１６９６）年には日本で初めての奇術解説書の『神仙戯術《しんせんげじゅつ》』が出版され、

明の陳眉公《ちんびこう》の書を翻訳したものとされていた。この陳眉公は陳継儒《ちんけいじゅ》という文人・書家・画家の大家で、多数の著作があるが、長らく『神仙戯術』の原本が見つからなかったので、翻訳という体裁で日本で書かれたものではないかという説もあった。しかし2016年になって、1510年に中国で刊行された『神仙戯術　上・下』の存在が確認され、その問題にケリがついた。なおかつこれは、長らく世界最古のマジック解説書と言われてきた、イギリスのレジナルド・スコットの『妖術の開示』が書かれた1584年を大きく遡《さかのぼ》っている。

　ともあれ、『神仙戯術』は漢文主体で内容も素っ気なく、図解もないので分かりづらかったが、よく売れ、それ以降の奇術「伝授本」の流れを作った。特に多賀谷環中仙《たがやかんちゅうせん》によって享保年間（1716〜1736年）に立て続けに出された『珍術さんげ袋』『珍術続さんげ袋』『璣《からくり》訓蒙鏡草《きんもうかがみぐさ》』『唐土秘事海《もろこしひじのうみ》』等は数多くの演目が詳しく取りあげられ、美麗な挿絵も添えられた代表的な名著といえよう。

　ほかにも十八世紀中だけでも『万世秘事枕《ばんせいひじまくら》』『和国たはふれ草』『続たはふれ草』『神仙秘事《しんせんひじ》睫《まつげ》』『仙術夜半楽《せんじゅつやはんらく》』『盃席玉手妻《はいせきたまてづま》』『仙術日待種《せんじゅつひまちぐさ》』といった様ざまな伝授本が書かれ、岩次郎が読んだ平瀬輔世の『放下筌』や『天狗通』はその精華だが、この時代、これだけの数の奇術の解説書が書かれた国はほかにない。

　そもそもの日本における奇術自体の歴史についてもここで解説しておこう。日本における奇術に関する最初の記述は『日本書紀』で、飛鳥《あすか》時代の鞍作得志《くらつくりのとくし》という僧が「枯山を青山に変える」「黄地を泉にする」などの奇術をなし、そのせいで遊学先の高麗《こうらい》で毒殺されたという話が書かれている。

奈良時代には、音楽・舞踊・寸劇・曲芸・奇術などを含んだ、中国で行なわれていた《散《さん》楽《がく》》という雑技が輸入された。絵巻物を見ると、その頃の奇術は「刀呑《の》み」「火吹き」「刀乗り」などが演じられていたようだ。

平安時代になると、それまで宮廷お抱えだった《散楽》は民間で興行する《猿楽《さるがく》》や《田《でん》楽《がく》》に移り変わり、特に田楽がおおいに隆盛するが、やはりここでも奇術（この頃は外術《げじゅつ》と呼ばれていた）は人目を引き、場を盛りあげるための重要な演目だった。また、古くからある修験道や新しく興った陰陽道《おんみようどう》も様ざまな奇術的要素を利用して普及におおいに役立てただろう。

室町時代にはいると、田楽は衰退し、猿楽は奇術曲芸を切り捨て、演劇舞踊を洗練させていく道を辿《たど》る。そのいっぽうで、少人数で演じる《放下《ほうか》》と呼ばれる芸能形態が登場し、はじめは余興を交えながら面白おかしく仏教の教えを説いていたが、次第に仏教から離れ、曲芸と奇術（この頃は幻術と呼ばれるようになる）に特化していった。

室町の頃から戦国時代を経て江戸時代初期に至るまで、いわゆる南蛮貿易が盛んに行なわれていたが、その波とともに海外からの様ざまなマジックも伝わってきた。そしてこの時期に起こった特筆すべきことは、輸入された機械技術、特に西洋時計から刺激を受けて、からくり細工の技術が飛躍的に発展したことである。

からくり細工自体は古くから日本にもあり、やはり『日本書紀』に指南車（乗っている仙人が常に南を指す磁石仕掛けの車）のことが書かれているのが最初である。平安末期の『今昔物語集』には、桓武《かんむ》天皇の皇子《みこ》・高陽親王《かやしんのう》が、両手に持った器がいっぱいになると顔に水がかかる仕掛けを施した身長四尺（約百二十センチ）の子供のからくり人形を作り、自分が建立した寺の付近の田に設置したところ、大勢の人が面白がって水をかけたので、その田は日照りでも水が涸《か》れることはなかった、という話があり、また、飛騨工《ひだのたくみ》という工匠が絵師の百済河成《くだらのかわなり》と腕較べをし、四方に扉がある堂を作って、河成がどの扉の前に立っても、ほかの扉は開くのにその扉だけ開かないように仕掛けてからかった、という話もある。

もともと奇術とからくりの関係は極めて密接だ。特に精密巧緻な仕掛けを用いる奇術や、現在ではイリュージョンと呼ばれるような大がかりな奇術では、腕のいいからくり職人の存在は欠かせない。また、人びとを驚かせるほど巧妙に作られたからくりは、それ自体が奇術の出し物だった。特に日本ではからくり人形というジャンルが独自の発展を遂げていく。

輸入された西洋時計は現在と同じく、時間の長さが常に一定の《定時法》だが、日本のからくり師たちはたちまちこれを、昼と夜とで時間の長さが違う《不定時法》で動く和時計に作り替えていった。もともとあった技術力の高さはもちろんだが、その創意工夫の旺盛さと、新たな技術を吸収しようとする貪欲さには驚くばかりだ。

からくりの見世物は江戸中期から人気を博するようになった。その大立者である初代竹田《たけだ》近江《おうみ》ももと時計師、すなわち和時計の職人で、《永代時計》という九尺（約二・七メートル）ほどの時計を作ったが、これは時刻とともに、二十四節気や太陽・月・星の動きも示す、前話で取りあげた田中久重の《万年自鳴鐘《まんねんじめいしょう》》に先鞭《せんべん》を着けるものだった。もとの名は清房《きよふさ》だが、朝廷にからくり人形を献上して近江少掾《おうみしょうじょう》を受領し、竹田近江と改名。のちの寛文《かんぶん》二（1662）年に大坂道頓堀《どうとんぼり》でからくり仕掛けの芝居を創設。《竹田芝居》や《竹田からくり》と呼ばれて浪花《なにわ》名物となり、のちには江戸をはじめとして各地で巡業し、大評判となった。

なお、掾《じょう》というのは職人や芸人に対して宮中・宮家から与えられる名誉称号である。もともと国司（古代から中世にかけての日本で、地方行政単位の《国》の行政官として中央から派遣された官吏《かんり》）の官名が由来なので、近江や豊後といった国名が添えられた。大掾・掾・少掾のランクがある。つけ加えておくと、田中久重も京都時代の嘉永二（1849）年に近江大掾を受領し、それ以降、田中近江の名も名乗っている。

ついでに人形浄瑠璃についても少々。江戸時代の初期、もともと三味線を伴奏に太夫《たゆう》が詞《し》章《しょう》（謡曲や浄瑠璃の歌や台詞《せりふ》）を語る芸能だった浄瑠璃が人形芝居と結びついて生まれたのが人形浄瑠璃であり、その形態が一般化するにつれ、単に浄瑠璃というだけで人形浄瑠璃を指すようにもなった。大坂道頓堀に《竹本座》を開いた竹本義太夫《ぎだゆう》と、脚本作者の近松門左衛門《ちかまつもんざえもん》の同時期の登場によって大きく開花し、特に近松が竹本義太夫のために書いた貞享《じょうきょう》二（1685）年の『出世景清《しゅっせかげきよ》』があまりに革新的だったので、それ以前の浄瑠璃を《古浄瑠璃》、以降を《新浄瑠璃》と呼ぶようになったほどだ。

そしてここで言っておかなければならないが、竹田近江の長男は二代目竹田近江を襲名し、《竹田機関《からくり》座》の座本《ざもと》となるが、次男の竹田出雲は人形浄瑠璃の世界にとびこんだ。宝永《ほうえい》二（1705）年、引退していた竹本義太夫を舞台復帰させるとともに、その義太夫から竹本座の座本を譲り受けて就任したのだ。これを機に近松は竹本座の座付作者となり、以降、からくり仕掛けをふんだんに利用した脚本を書いていく。いっぽう出雲も近松に師事して、浄瑠璃作者となった。

いささか驚くべき巡りあわせだが、岩次郎がミステリの先駆けとして魅せられた『狭夜衣《さよごろも》鴛鴦《おしどりの》剣翅《つるぎば》』の作者・並木宗輔はのちの『菅原伝授手習鑑』『義経千本桜』『仮名手本忠臣蔵』という浄瑠璃の三大名作の作者であり、ただしその三作は宗輔の単独作ではなく、三名もしくは四名の合作であることも既に書いた。そして『菅原伝授』の合作者の一人がこの竹田出雲で、三作共通の合作者がその息子である二代目竹田出雲なのだ。

ともあれ、こうした経緯で竹田からくりの技術が人形浄瑠璃に、ひいては歌舞伎にも大きく流れこんでいったことは特筆しておいていいだろう。

さて、既に奇術書としてあげた多賀谷環中仙の『璣《からくり》訓蒙《きんもう》鏡草《かがみぐさ》』は享保十五（1730）年の出版で、内容は竹田からくりの解説書であり、三十種ほどの作品が紹介されている。例えばそのなかに「茶釜の水茶となるからくり」というのがあり、茶釜に入れた水が、火にもかけていないのにたちまち煮え立った茶になってしまう。実は釜には小さな穴が開けられていて、水はひそかに革製の管で袖から袴を通して排出させる。そして釜を、アルファベットのCの字を縦に伸ばした形の器具を複数繋げた《自在鉤《じざいかぎ》》にかけてぶらさげるのだが、実は一見バラバラに見える自在鉤はなかが一本の管になっていて、そこを通して天井から熱い茶を釜に注入する仕掛けになっているのだ。こんなふうに、この本はあくまで騙《だま》しの手口に焦点をあてて書かれている。

それに対してからくりに関するもう一冊の名著、寛政八（1796）年に出版された細川頼直《ほそかわよりなお》の『機巧図彙《からくりずい》』は、時計の機構の解説からはじまる、純然たるからくりの解説書であり、実際の製作の手引書で、若い頃の久重がこれを貪《むさぼ》り読んで血肉にしたことは前話に書いた。九種類のからくり人形が取りあげられていて、そのなかに「品玉《しなだま》人形」というのがある。「品玉」

というのは主にお椀《わん》と玉を使う手品で、欧米では「カップ・アンド・ボール」と呼ばれる。この人形は枡《ます》を持っていて、枡をあげるとなかに桃があるが、いったん伏せてまたあげると栗に変わっている、というふうに、枡を上げ下げするたびになかのものが変わっていく。様ざまな不思議や驚きを見せるからくり人形のなかでも、《奇術を演じるからくり人形》というのはひとつの究極形ではないだろうか。

もうひとつ、ついでに書いておこう。現在、からくり人形は《山車《だし》からくり》という形で現役を保っている。山車というのは地方によって曳山《ひきやま》や祭屋台《まつりやたい》や楽車《だんじり》などとも呼ばれる、祭礼の際に引いたり担いだりする出し物の総称だが、そこに搭載されて祭りを賑《にぎ》わすからくり人形のことだ。特に名古屋を中心として尾張藩の領地であった尾張・美濃《みの》地方に多く、昭和五十年代の調査で全国に二百三十七台ある《からくり山車》のうち、その地域だけで二百十台が保存されているという。愛知県内だけでも約百五十台で、そこに四百体のからくり人形が搭載され、全国的には六百体を超えるというから、いずれにせよ驚くべき数だ。

山車祭り自体は貞観《じょうがん》十一（８６９）年からの《京都祇園祭《ぎおんまつり》》がはじまりで、神の依代《よりしろ》である人形が山車に飾られるのは普通に見られることだが、からくり人形が乗せられた山車は室町時代、尾張の《熱田天王祭《あつたてんのうまつり》》や《津島《つしま》天王祭》がはじめとされている。

大流行の発端は元和《げんな》四（１６１８）年にはじまった《東照宮祭《とうしょうぐうまつり》》で、これは尾張藩が名古屋城内に建てた東照宮の祭りである。元和六（１６２０）年に地元の町が出した、弁慶《べんけい》と牛若丸《うしわかまる》が五条大橋《ごじょうおおはし》で大立ち回りを演じる《橋弁慶車》というからくり山車が大評判を取ったことから、ほかの各町も競いあうようになり、元禄・宝永（１６８８〜１７１１年）の頃には九つの山車が行列をなす壮大な形態が完成する。残念ながらこれらは第二次大戦の空襲ですべて失われてしまったが、この祭りを起点として、からくり山車はどんどん周辺地域にひろがり、流行していった。

犬山城《いぬやまじょう》を守護する針綱《はりつな》神社の《犬山祭》にからくり山車が出たのは寛永《かんえい》十八（1641）年からで、東照宮祭に対抗して盛大さを増し、最終的に山車の数は十三台となって現在まで続いている。ちなみに犬山では山車は《車山《やま》》と呼ばれ、ほかの地区では二層構造のものが多いが、犬山では三層あり、最上層にからくりが置かれ、中層はそのからくりを動かす層、下層がお囃子所《はやしどころ》と、山車の規模も大きい。

日本三大美祭のひとつである飛驒の《高山祭《たかやままつり》》では山車は《屋台》と呼ばれる。春の《山王祭《さんのうまつり》》に十二台、秋の《八幡祭《はちまんまつり》》に十一台出され、かつてはほとんどが人形を備えていたと伝えられるが、現在はからくり山車は春に三台、秋は一台の四台だけになっている。

なお、現在の愛知県津島市で行なわれていた四つの祭りを昭和にはいって合同で行なうようになった《尾張津島秋まつり》では、からくり山車が十六台出る。また、昭和五十四（1979）年から五年に一度、半田《はんだ》市内に現存する三十一台の山車（うち、二十台がからくり山車）を一箇所に集める《はんだ山車まつり》というのもある。

ともあれ、ここまで尾張でからくり山車がひろまったのは、享保十五（1730）年に七代尾張藩主になった徳川宗春《むねはる》によるところが大きい。宗春は幕府が《享保の改革》を推し進めるなか、民の楽しみを第一とする開放的な規制緩和政策を採り、遊興や祭りを奨励した。そのために尾張名古屋に数多くの職人が流入し、住み着いたが、その一人に玉屋庄兵衛《たまやしょうべえ》という京都のからくり人形師がいた。

庄兵衛は享保十八（１７３３）年に東照宮祭の《林和靖車《りんなせいしゃ》》の鶴《つる》からくりの作製と操作指導のために宗春に招かれ、翌年、名古屋の玉屋町に移り住んだことからその名になった。庄兵衛はそれまでの山車からくりの技術を大きく向上させ、「綾渡《あやわた》り唐子《からこ》人形」「乱杭《らんぐい》渡り人形」「三番叟《さんばそう》人形」「布袋踊《ほていおどり》人形」など、独自の動きを作り出していった。以降も代々山車からくりの製作や修復に関わり、玉屋庄兵衛の名は現代の九代目まで継承されている。

尾張藩は徳川御三家の筆頭であり、穀倉地帯である濃尾《のうび》平野、北に木曽《きそ》の山林、南に伊勢《いせ》湾や三河《みかわ》湾という経済力の基盤もあり、東海道の要所であることから情報にも恵まれ、全国的にも例外的な規制緩和政策の結果「名古屋の繁華に京（興）がさめた」といわれるほどに繁栄した。それを象徴するようにからくりも大技を競い、山車も幕や彫刻の豪華さを競っていった。

ところで、もちろんからくり山車は尾張周辺だけのものではない。九州の久留米《くるめ》で三大祭礼と呼ばれていたのは祇園社の《祇園会《ぎおんえ》》、水天宮《すいてんぐう》の《春大祭《はるたいさい》》、五穀《ごこく》神社の《御繋昌《ごはんじょう》》だが、特に城下を一色に埋めつくすほど賑わった祇園会には町々が八台のからくり山車を競って出した。また、御繁昌の呼び物は同じ町々が出す《からくり小屋》《からくり芝居小屋》だったという。

寛政十一（１７９９）年に久留米の通町《とおりまち》という繁華街に生まれ育った田中久重も幼い頃からこうしたからくりの出し物に親しみ、胸をときめかせていただろう。貸本屋で見つけた『機巧図彙』を読み耽《ふけ》り、家業の鼈甲《べっこう》細工ではなく、考案（発明）で身を立てようと決心したのもその体験が下地にあったからに違いない。そんな彼のもとに出し物のからくりを考案してくれないかという話が当然のように来て、喜んでそれに応じた。人形が笛を吹き、それにあわせて美女が舞い踊る「竹の輪水揚げからくり人形」というのがわずか十四歳のときの初めてのからくり人形作品で、御繁昌で絶賛された。以降、久留米時代の久重はからくり人形の考案製作に明け暮れる。十九歳のときに作った水力仕掛けで天女が空を舞う「雲切り人形」から、久重のからくり人形は御繁昌に欠かせないいちばんの出し物になり、「からくり儀右衛門」の異名は高く轟《とどろ》いた。

久重の手記には、例えば「八ッ橋独楽《こま》の遊び」（八ッ橋を背景にした橋に独楽が乱れ遊ぶ）、「猩々《しょうじょう》の曲飲み」（猩々が大杯干し、瓶《かめ》から酒を酌《く》み戯れつつ飲む）、「蜘蛛《くも》の巣からみ」（蜘蛛がモノを自在に操り扱う）、「弘法大師《こうぼうだいし》秘密の筆」（演者が宙で筆を揮《ふる》うと離れた襖《ふすま》に文字が現われる）など、製作した夥しい数のからくり人形が記録されている。この時期に久重が作った「弓曳童《ゆみひき》子」や「文字書き人形」はからくり人形の最高傑作といわれているが、それはこれらが現在まで残されているからで、記録にしか見えないこれらの作品が残されていれば、いずれも同等か、それ以上に評価されたのではないだろうか。

以上、背景の説明が長くなった。話を戻そう。

「それはよかった。――で、その金輪だが、ちょっと見せてもらってもいいかな」

範蔵がオズオズと打診すると、

「仕掛けを知りたならはった？　ほんまは種を明かすのは天下のご法度なんやけどな。まあよろしおます。特別の計らいを以《もっ》て見せたげましょ」

そう言って懐から金輪を出しなおした。それを受け取り、勢いこんで四本の輪をつくづく

検《あらた》めようとしたが、

「え？　何だ。これだけのことか？　しかし、さっきは確かにバラバラだったように思えたが
──」

じっくり時間をかけるまでもなく、すぐに呆れた声をあげた。

「やろ？　種そのものは拍子抜けするほど単純なんや。肝腎なんはその見せ方、それも何をどう見せていくかちゅう手順なんよ。そやから特にこの金輪の場合、種が分かっただけやと演じることはできひん。手順をきっちり押さえて、身につくまで練習せんと」

「なるほど。手順か」

感心と狐《きつね》につままれた想いの入り交じった顔で金輪を岩次郎に返したが、その頃にはすっかり空は紺青《こんじよう》に染まり、足元も覚束《おぼつか》なくなってきていた。

「そろそろそのへんの橋から街道に戻るか」

「いいや。あては街道に戻らんと、こっちの道を歩いていったほうが早いさかい」

「ああ、そうか。久重どのの家は精煉方の敷地のなかにあるんだったな」

「そう。寄っていかはらへん？」

「部外者でも出入りしていいのか？」

「かまへんよ」

「久重どのの邪魔にはならないか」

「最近は三重津《みえつ》のほうへ行くことが多うて、今日もそうやったさかい、まだ帰ってきたはらへんのちゃうやろか」

　そんなことを言いあっているうちに、前方に巨大な煙突が四本突っ立っているのが見えてきた。精煉方より手前にある多布施《たふせ》の反射炉の煙突だ。三年ほど前まではさかんに黒煙を吹きあげていて、その姿を見るたびに藩の勢いを感じて胸躍らせたものだ。今は基本的に操業を停止して、銃砲の作業場として使われているという。藩の目標は既に造るだけ造り終えてしまった大砲にではなく、完全に蒸気船製造へと切り替わっているのだ。

「そういうたら、あのあと、茂じいちゃんの具合はどない？」

「あまりよくないようだ。特に昨日、武蔵の神奈川宿《じゅく》の近くで起こった事件の報《しら》せがはいって以降、急にがっくり来たようだ」

「事件？　どないな？」

「薩摩藩の連中がエゲレス人四人に斬りかかり、うち一人を斬殺したらしい」

　岩次郎はぎょっと眼を剝《む》いて、

「何でまた」

「島津久光だ」

　ひと言吐き捨てるように言って、

「島津斉彬どのが亡くなられたのち、その遺言で藩主は異母弟の久光の子・茂久《もちひさ》が継いだが、その後見人の斉興が翌年に没したのちは、久光が薩摩藩の実権を握ったという経緯はお前も承知だな。で、久光は今年の三月、七百の兵を率いて上洛した。亡兄・斉彬の遺志を継ぐという目《もく》論見《ろみ》のもと、朝廷に請願して幕政改革の勅命を得、同時に自身を幕政に参画させようという名目だ。ちなみにこの京都滞在中の四月、久光は伏見《ふしみ》の寺田屋に集結した自藩の過激な尊攘派を粛清する《寺田屋騒動》を起こしている」

「ああ。それは聞いとるよ」

「久光は目論見に成功し、勅使の随従として六月に江戸に到着した。幕府への要求は、第一が将軍・家茂の上洛、第二が薩摩・長州・土佐《とさ》・仙台・加賀《かが》からの五大老の設置、第三が一橋慶喜の将軍後見職と、安政の大獄で隠居させられていた前福井藩主・松平慶永《よしなが》の大老、それぞれの就任だ。そして七月にこの三番目の要求を実現させた。実は第一は長州藩の建議、第二は岩倉具視《いわくらともみ》の建議、第三こそ久光自身が立てた建議だったので、それに満足してつい一昨昨日《さきおととい》の八月二十一日、久光は四百の兵を引き連れて意気揚々と江戸を発《た》った。事件が起こったのはその途上だ。

　川崎宿を過ぎ、もうすぐ神奈川宿というところで、男三人、女一人の騎馬したエゲレス人とぶつかった。行列の先頭の藩士が下馬して道を譲るようにと身振り手振りで示したが、言葉の通じない悲しさだな、四人は脇を通れと言われただけと思ったらしく、結果として道いっぱいにひろがった行列にどんどん割ってはいる恰好《かっこう》になった。そして久光の駕籠の近くまで来た頃、あまりの騒ぎにどうもまずいと思ったらしく、今度は引き返そうとしたのだが、その無遠慮な動きにカッとなった数人が抜刀して斬りかかった、という経緯らしい」

「あちゃあ、災難やったなあ」

「女と、深手を負った男二人はからくも逃げたが、男一人は落馬したところを止《とど》めを刺された。その後、久光一行は保土ヶ谷《ほどがや》宿に投宿。事件の報せを受けた神奈川奉行はただちに使者を派遣し、事情の説明を求めた。しかし一行は『浪人数名が突然現われて外国人一人を討ち果たしてどこかへ消えた、薩摩藩は無関係だ』という届けを出し、奉行の引き止めもまるで意に介さず、そのまま京へ急いだ——というところまでが今のところ分かっている事件のあらましだ。久光はあくまでシラを切り通すつもりかも知れんが、目撃者も大勢いるようだし、エゲレスの公使館が黙っているはずがないし、まあ、この先どう転んでもタダではすまんだろうな」

「エゲレスさんの出方によっては、ますます攘夷派の勢いを煽《あお》ることになるやろに。あほやなあ。それで、このことはもう佐賀本藩にも伝わってるん？」

「いや、まだ届いていなかった。自分が申し伝えると、閑叟さまも驚いて、先日のお前のように旦那さまの耳の早さに感服しておられたよ」

「そう」

岩次郎はなぜか浮かない顔で言うと、しばらく何かを迷っているふうだったが、

「あんなあ、こないだの平山醇左衛門さんの話なんやけど」

そんな話題を切り出した。

「何だ？」

「醇左衛門さんの投獄・打首て、みんな目くらましやったん違うやろか」

「目くらまし？　どういうことだ」

「つまり、手妻や」

範蔵はしばし大きく眼を見開いて、

「お前——醇左衛門が打首になったのが全部大仕掛けの手妻だったというつもりか？　馬鹿な。処刑には大勢の見物人も集まったということだったぞ。どうやったというんだ」

喰《く》いつくように言うと、イタチの樋吉がキキッと声をあげた。

「その、見物人が大勢おらはったちゅうのが味噌《みそ》やわ。あれからあてもいろいろ調べてみたんや。古うから《截馬《せつば》》ちゅう術があったことが『史記』なんかにも書かれてるそうやよ。馬の首を切ったり繋げたりする術なんやて。要は暗幕と黒布を使う手妻の応用やと思うわ」

「暗幕？　そんなものが処刑場にあったのか」

「あて、あのあと現場の白木寨《しらきのさい》にも行ってみたんよ。そないに高《たこ》うはないけど、鬱蒼《うっそう》とした山んなかやったわ。山峰の東側にあって、お日さんが西に傾くと、すぐまわりまで森が迫ってるよって、あたり一帯すっかり暗《くろ》うなる。崖を背にしたとこを刑場にして、見物人を東側に陣取らせたらますます真っ暗になるし、西陽《にしび》で赤《あこ》うなった空が木々のあいだから覗けて、目くらましにはちょうどええ。舞台にいちめん暗幕巡らせて、観客のほうに強い光を向けると、舞台にある黒いもんが見えんようになるんと同《おんな》じ具合や。

　そんなふうに舞台を準備しといた上で、本番はこんなふうにしたんと違うやろか。醇左衛門さんの首の後ろの襟のところにぐるぐる巻きにした黒い布を縫いつけておいて、首を深《ふこ》う前に倒すとその布が解《ほど》けて、頭をすっぽり覆い隠すようにしとく。それと懐のなかに作りもんの首を忍ばせといて、布が頭を覆い隠すのに拍子をあわせて、それを膝の前に転がすんよ。この前の話やと、『一刀のもとに首を斬り落とされ、たちまち毛氈にてくるまれた死体が駕籠に運び入れられて、あとに一滴の血も残さなかった手際に賞嘆せざる者がなかった』んやてね？　まるでしっかり練習積んで、ぴったり息のおうた座組の手並みやないの。そのくせ、続けて処刑された河原蟠平のときは『別の剣手が二度も斬り損ない、見かねた検視役が代わって斬り落とすという凄惨なひと幕だった』いうやおへんか。前と後とであんまり手際が違いすぎるやないの。それもそっちにより強う印象を刻みつけて、万が一の疑念も残らんようにしとく手口や」

噛んで含めるように順々と説かれて、ひとしきり口のなかで唸《うな》っていた範蔵は、

「聞くところによると、蟠平の剣手は蟠平が頭《かしら》を務めていた組にいた足軽で、その恩義につい手元が狂ったのだろうということだったが、思い返せば、醇左衛門どのにはきちんと名手をあてておきながら、どうして蟠平にはわざわざそんな者を選んだのかと、いささか不思議な気がしたのは確かだ。そのまま深く考えずにやり過ごしてしまったが――」

「ああ、そないなこともあったん？　やっぱりそうやよ。その人選びも仕組まれたことやったんや」

「しかし……それはあくまで憶測に過ぎんぞ。確かな証拠は何もない」

歯噛みするように範蔵は言ったが、

「そう。こんなふうにも考えられるちゅうひとつの仮説や。ただ、そう考えたほうがしっくり来いひん？　いくら藩の命運のかかった非常事態やいうても、あれだけ可愛がり、信頼も篤《あつ》かった醇左衛門さんをあそこまで酷《むご》たらしゅう人身御供にできるもんやろか。それでのうても洋式の理に適《かの》うた考え方に慣れたはる茂じいちゃんなら、何とか両方の目的におうたうまい算段見つけようとしはるんやないの？　あてにはそのほうがよっぽど自然に思えるんやけど、どない？」

そう言われると、どんどん自分にもそう思えてくるのだった。

「もしそうだとして、そのことは閑叟さまも承知なんだろうか」

それに岩次郎はいいやと首を横に振って、

「きっと閑叟さんにも伝えたはらへんわ。自分一人で呑みこんで全部のことをやらはったと思う」

範蔵もうむと呻《うめ》き、

「そうだな。それが旦那さまらしい」

噛みしめるように何度も頷いた。

「しかし、では、そのあと醇左衛門どのはどうなったんだ。今、どこでどうしていると。……いや、そんなことはさすがのお前でも分かるはずがないな」

けれども岩次郎の顔に浮かんだくすぐったそうな表情を見て、

「え？　既にそれも調べあげてるというのか。だが、それが分かっているなら打首が見せかけだったという確かな証拠じゃないか」

「そやさかい、間違いのうそうやと確かめたわけやないんよ。ただ、あれが目くらましやないかて疑《うたご》うたときから、どことも知れへん遠いとこに行ってしもたんやないような気がしてた。侍の身分は捨てたはるやろ。けど、今も茂じいちゃんとはつかず離れずのとこにいて、何らかのかたちで仕えてはるんやないやろかて。顔はまあ、薬とか使《つこ》うていろいろ変えられる。歳は茂じいちゃんの十下《とお》やから五十ちょっと。そこまで考えたとき、ふと思たんや。茂じいちゃんは醇左衛門さんを平山山平《さんぺい》いう、上から読んでも下から読んでも同じ渾名で呼んだはったこと。ああ、そうや。つかず離れずの間合いでお仕えするいうたら、あちこちとびまわったり網を張り巡らせたりして各地の動向や知見を集める仕事がぴったりやないの、て」

そんな言葉に、範蔵は一瞬遅れてはっと眼を見張り、

「何だって？　まさか――」

そう呟き、懐の和本の上に手をやったまま絶句した。

その頃にはもう反射炉の北側を通り過ぎ、前方には多布施川のむこうにひろがる宵闇のなかに、まわりを堀で囲まれた精煉方の敷地がうっすらと見て取れる。十五、六反《たん》（約一万五、六千平方メートル）ほどの広さだろうか。手前の東側にはとびとびに作業場らしい建物があり、それに対して北側にはずらりと同じような建物が並んでいる。中央はぽっかりと空地になっていて、西側には藁《わら》屋根の屋敷も何軒か窺われた。きっとそのひとつが田中久重・重儀《しげよし》、そして岩次郎の居宅なのだろう。

そのときふと視線を感じたような気がして、範蔵ははっと周囲を見まわした。

何もない。ひろがる田畑とあちこち真っ黒な模様を描いている林と、そんななかにちらほらと人家が散在しているだけだ。遅くなった畑仕事を終えて戻るらしい農夫の姿もいくつか見えるが、こちらを窺っている様子はない。

「どないしたん？」

「ああ、いや、何でもない」

範蔵は精煉方の方向に向きなおったが、

「ほいで、あてな、このことからも《機智もの》についていろいろ考えさせられてん。ひと口でいうたら事の真相と証拠の関係やろか。実際の事件でも、どんな証拠をどこまであげたら事の真相が確かになるかいう問題があるけど、それを物語にした場合、その問題がもっとややこ

しうなるとか。そもそもお話のなかで事の真相はほんまに真相と確定できるんやろかとか。いやいや、そこまで問題にするんが問題で、物語いうかたちにしたときは、読み手のなるほどて思う感じをいちばん大事にせなあかんのやないのとか。まあ、こないなことばっかり頭のなかであれこれいじくりまわしてると、自分でも何考えてんのか分からんようになるんやけど」

そんな岩次郎の言葉を聞きながらも、なぜだか誰かに見られている感覚がうっすらと首筋に貼りついたままで、なかなか相手の言わんとするところを嚙み砕くまでには至らなかった。

さて、ところで突然だが、岩倉使節団というのをご存知だろうか。岩倉具視を全権とし、政府首脳陣や留学生を含む総勢百七名で構成され、西洋文明の視察調査とともに、旧幕府が諸外国と結んだ不平等条約の改正のための予備交渉を目的として、明治四（1871）年から二年近く欧米を巡った使節団である。その岩倉使節団のトップ五人を写した有名な写真があり、丁髷《ちょんまげ》に和服の岩倉具視を中心に、洋髪洋装の木戸孝允《きどたかよし》・伊藤博文《いとうひろぶみ》・大久保利通《おおくぼとしみち》に交じって、左から二番目に「これは誰？」というかたちで話題になる人物が写っている。山口尚芳《やまぐちますか》というのがその名で、その当時は外務少輔《しょうゆう》（次官）、のちに元老院議官や貴族院議員として働いた。通称は範蔵。その名でここに登場したのが二十三歳のときの彼である。

拾参号牢の問題

文久《ぶんきゅう》二（1862）年九月某日、六月に脱藩していた江藤新平が佐賀に戻ってきた。その報《しら》せはたちまち藩内を駆け巡った。そして脱藩のとき以上に人びとを驚かせた。彼らが抱いた想いは「何でまた？」というものだった。

佐賀藩には独特の藩法があり、武士・町人・農民を問わず、藩外との出入りを固く禁じていた。薩摩《さつま》藩にも同様の法があったが、特に佐賀藩は厳しく、あたかも日本が敷いていた鎖国体制を藩でも行なっていたようなものであり、これを《佐賀の二重鎖国》という。この制度は早くからのものだったが、鍋島直正《なべしまなおまさ》も藩の近代化の推進にあたって、人材や情報の流出を防ぐためにおおいに利用した。そんな佐賀藩であるので、脱藩などは言語道断、犯せば死罪は間違いない。それなのになぜのこのこと戻ってきたのか――というわけである。

新平は脱藩中、何をしていたのか？

上洛《じょうらく》した新平は真っ先に長州藩邸を訪ね、桂小五郎《かつらこごろう》、のちの木戸孝允《きどたかよし》と出会った。その伝手《つて》で当時攘夷《じょうい》派公卿《くぎょう》として名を馳せていた姉小路公知《あねがこうじきんとも》との繋がりを得た。特に公知には才を見こまれ、自分の配下にとスカウトされるほどだった。そしてここを足がかりとして、精力的に人脈をひろげ、情報収集に奔走した。

しかし動きまわればまわるほど、新平の胸中には失望がひろがっていった。出会った志士たちは申しあわせたように《尊皇攘夷《そんのう》》を口にするが、確かな論拠も具体的な方策も抜け落ちた、膏薬《こうやく》売りの口上ほどの内容もないものばかりだった。薩長《さっちょう》にしても天下国家ではなく、己の利のために動いているとしか思えない。何より、いささか傲岸不遜《ごうがんふそん》な感慨ではあるが、能力において自分より上と思える人物についぞ巡り遇《あ》わなかった。

そんな新平に帰藩を決意させたのは、直正が朝廷の召《めし》に応じて上洛するという話を聞いたことだった。元来直正は政局に関与することに消極的で、強大な軍事力を頼みにしたい佐幕《さばく》・勤皇《きんのう》両派からの引きに耳を貸さず、超然と――見方によればのらりくらりと中立の立場を貫いてきた。その直正がついに重い腰をあげ、帝《みかど》に謁見するという話に新平は小躍りして喜び、その前に天下の情勢を詳しくお伝えしておかなければという想いに駆られたのである。

とはいえ、戻れば十中八九、死罪。だが、新平には目算があった。かつて意見書として書いた『図海策《とかいさく》』を直正が高く評価したことだ。彼は帰省の途でこれまで見聞きした情勢を『京都見聞』と題して纏《まと》め、これが直正のもとに届くことに――そしてその結果に賭けたのだった。

ところで、直正が上洛することになったのは、前話でふれた《生麦《なまむぎ》事件》が大きく関わっている。繰り返すと、幕府への要求を呑ませることに成功した薩摩藩の実権者・島津久光《しまづひさみつ》が四百の兵を引き連れて江戸から京都に向かった八月二十一日、神奈川宿《じゅく》手前の生麦村で騎乗したイギリス人男女四人と行きあたり、不幸な行き違いから一人を殺害、二人に重傷を負わせた事件だ。イギリス人側に「無作法」があったとしても、彼らを勝手に手討ちにするのは治外法権に触れ、条約違反である。イギリス側は幕府と薩摩藩に犯人の差し出しと賠償を求めたが、薩摩藩はいっさい非を認めず、幕府は混乱するばかりで態度を明らかにすることさえできない有様だった。

その一方で、事態は久光自身にも意外な方向に流れていった。「無作法な異国人を手討ちにした」行為に対して、事件当初から東海道筋の民衆は「さすがは薩州《さつしゅう》さま」と喝采を送り、孝明《こうめい》天皇もわざわざ出御《しゅつぎょ》して久光を迎え、褒め讃《たた》えた。この事件をきっかけに、朝廷はいっきょに攘夷一色に染まってしまったのである。自身は公武合体派である久光はそんな空気に塗り潰された京都の情勢に居たたまれず、半月後に京都から鹿児島に戻っている。

またこの時期、直正は直正で、以前から大坂湾の警備が大きな気がかりだった。各国との通商条約によって兵庫開港が迫っているなか、幕府の海軍は江戸湾で手いっぱいで、大坂の警備はガラ空き同然。もしも物流の中心である大坂を異国に攻撃されれば、いっきょに江戸も京都も物資が途絶える。ましてそこから京都に進軍されれば帝を人質に取られかねず、そうなれば日本中が言いなりになるほかなくなってしまう。そんな事態は何としてでも避けねばならない。そして幕府に代わって大坂を警護するとなると、佐賀藩を措《お》いてほかにない。直正は既に充分警備体制の整った長崎から手を引いてでも、大坂警備が火急の大事と認識していた。

そんな折、京都に守護職という新たな役が設けられようとしているという話を聞いた。これに就《つ》けば京都の治安回復のみならず、大坂湾の台場の充実や軍艦の配備に手をまわすこともできるだろう。朝廷も上洛を望んでいるという。これはそろそろ立たねばなるまい。そう思っていたところ、突如起こったのが生麦事件だった。

しばらく事がどう経緯するかを窺《うかが》っていると、結局守護職には会津《あいづ》藩主・松平容保《まつだいらかたもり》が閏《うるう》八月一日に就任した。ただ、容保は病床にあり、藩の財政困難もあって再三固辞していたが、久光の幕政介入によって政事総裁職となった松平慶永《よしなが》に強硬に詰め寄られてついに承諾。この功少なき重責に、君臣ともども江戸藩邸にて「これで会津藩は滅びる」と慟哭《どうこく》したという。また、朝廷も生麦事件をきっかけに攘夷一色に傾いたという話も伝わってきたので、直正はいよいよ危機感に囚《とら》われ、上洛の意を固めた。そんな意向を伝え聞いた新平が帰藩を決意した、という順序である。

少々時間を早送りするが、事件から三ヵ月後に朝廷は幕府に対して攘夷決行の勅命を出した。賠償を拒否し、イギリスと開戦せよというのである。その上、これも久光の幕政介入によって将軍後見職となっていた一橋慶喜《ひとつばしよしのぶ》が、賠償金の支払い期限直後の翌年五月十日をもって開戦すると請け合ってしまったことで、日本中の攘夷派連中を狂喜させた。無論、直正にとっては海外列強の実力に対する認識不足も甚《はなは》だしい、無謀の極みである。もはや一刻の猶予もならじと直正が京都を目指したのは十一月半ばだった。

小倉《こくら》藩領の大里《だいり》から「電流丸《でんりゅう》」に乗船し、オランダから幕府に献上されて今は佐賀藩預かりになっている「観光丸《かんこう》」（スンビン号から改名）を引き連れて大坂に到着。黙々と兵力増強に邁進《まいしん》していると噂されながらも秘密のベールに包まれている佐賀藩の殿様がお見えになると大きな話題になり、都大路には見物の人だかりができた。久光のような大軍は避け、ごく少人数での上洛だったが、最新式のイギリス製のライフルを装備した姿は強く彼らの印象に焼きついた。

御所に参内《さんだい》し、帝に開戦の回避と京都大坂の警護を請願すると、その想いは理解したとの上で、江戸行きを命じられた。翌文久三（1863）年一月に江戸入りするが、慶喜は上洛したばかりで、行き違い。いきなり将軍の文武相談役という形ばかりの役職を与えられ、十六歳の家茂《いえもち》には謁見できたが、いくら懇々と説得しても老中たちと相談するとの返答ばかり。要するに外様《とざま》の佐賀藩に京都大坂を押さえられるのではないかという警戒心が幕臣のなかで大きかったのである。だが、幕府海軍の視察の許可を得たことから、長崎伝習所で佐賀藩士との関わり深い勝海舟《かつかいしゅう》と初めて会い、深く意思疎通することができたのは大きな収穫だった。

このとき、海舟の語るところによれば、慶喜はもともと開国派であり、その旨を帝に奏上するつもりだった。しかし一時はそれに同意していた慶永が再び破約・攘夷に転じ、また土佐藩の前藩主・山内容堂《やまうちようどう》が、あくまで開国論を奏上すれば攘の対象が夷から将軍にまで及びかねないと説いたので、慶喜もやむなく折れ、攘夷の勅命の受け入れに幕議が一転したのだという。我々海軍もイギリスと戦うのは無理と主張しているので、開戦には至りますまいというのが海舟の見通しだった。

そうなれば形ばかりの相談役など無用と、直正は慶永に強く自説を念押しした上で早々に江戸を離れた。二月に京都に立ち寄ると参内の命が下ったが、直々に攘夷決行の勅命を申しつけられてはかなわんと、病気を口実に断った（事実、佐賀を離れていたこの期間、直正は持病の胃腸病に悩まされていたし、さらに痔疾《じしつ》もひどかった）。そして三月にはいり、再び大坂から「電流丸」と「観光丸」で大里に戻り、そこから陸路で帰城。運命の攘夷決行日を待つことになるのだが――。

このあたりで江藤新平が帰藩した直後に話を戻そう。

当時、江藤家の住まいは佐賀城の西北五里の晴気《はるけ》村にあった。小役人だった父が職務怠慢で禄を奪われた上に永蟄居《えいちっきょ》を喰らい、やっと移り住んだ陋屋《ろうおく》である。そこで新平が控えていると、目付《めつけ》が訪れ、家老・鍋島志摩《しま》の屋敷に出頭せよと命を伝えた。翌日、新平が弟の源作《げんさく》とともに屋敷の門前に着くと、家来に「御玄関から」と言われ、長い廊下を抜けて五十畳ほどもある大広間に通された。

その下座《げざ》に二人ぽつねんと取り残された。こういう場合、半刻《はんとき》（約一時間）ほども待たされるのがあたり前だという。見ると、はるか上座に黒塗りの机があり、その上の三方《さんぽう》に何やら書状が物々しく置かれている。

「あいばい」

呻《うめ》くような新平の声に源作がぎょっとしていると、

「あいに判決の書かれとっに違いなか。お前《あさん》、あいばこっそい見てこい」

「そがん――」

と、震えだす源作。

「もし死罪て書かれとっぎ、俺《おい》は藩ば見限っ。どがんしてでんこっから逃げのびてやっ。俺《おい》ば無駄死にさせせんでくれ」

そう言われて源作も意を決し、急いで上座に駆け寄った。もどかしく書状を開いて検《あらた》める

と、再び遽《あわただ》しく元に戻して駆け戻り、

「死罪じゃなか。永蟄居」

「しめた！」

その危ういタイミングで志摩と用人《ようにん》が現われ、罪状を告げた。新平ら二人は最大限に畏《かしこ》まって平伏した。

実際のところ、新平に対しては死罪が当然の空気であり、家老の原田小四郎《はらだこしろう》などは示しをつけるためにも断固死罪にすべしと力説して譲らなかったが、新平の目論見《もくろみ》通り、『京都見聞』に眼を通してその詳細的確な情勢分析に感心した直正の、

「あのような者は他日役立てることもあろう。殺すな」

そのひと声で、からくも死罪を免れたのだった。

そもそも直正の寛容さには底抜けなところがあり、政治犯に対して死罪を申しつけることはいっさいなかった。極端な例では、若き藩士・深川亮蔵《ふかがわりようぞう》が幕府の老中・堀田備中守正睦《ほったびつちゆうのかみまさよし》の暗殺を企《くわだ》てて捕らわれたとき、直正は「他日必ず有為の人物になろう」と許したばかりか、息子の直大《なおひろ》の近習《きんじゆう》に取り立てたのだから驚くほかない。大隈重信《おおくましげのぶ》も「予のごとき、江藤のごとき、もし藩公が閑叟《かんそう》でなければとっくに命はなかったであろう」とのちに語っている。

ともあれ、まんまと狙いがあたった新平は浮き立つ足を抑えながら帰路についた。その途中、立ち寄ったのが堂剋堂《どうこくどう》である。無類の読書家である新平はここの常連なのだ。

「おや、江藤さま。そのご様子では、死罪を赦《ゆる》されなさったので？」

店の奥の薄暗がりのなかから声がかかる。

「分かるか」

「ようございました。やはり情報収集が効きましたか」

「それはお互いさまだろう」

そんなことを言いあって、意味ありげな含み笑いを交わしたところに、

「ああ、やっぱり新平はんやったんや。紋付袴《もんつきはかま》なんか着たはるさかい、見間違いやろか思た」

ひょっこり顔を覗かせたのは岩次郎だった。新平はカラカラと笑い、

「これか。危うく死に装束になるところだった。さすがにこの俺も肝が縮んだぞ」

「そうか。お沙汰《さた》があったんやね。永蟄居？　とにかくご無事で何より」

「職を失ったから、かつての困窮生活に逆戻りだがな。まあ、命さえあれば何とでもなるさ」

そして新平は頭の後ろを手で掻《か》き、

「そういうわけで、今後はどうにも手許不如意《てもとふにょい》になるんだが――」

堂剋堂は暗がりのなかで万事承知というように頷《うなず》き、

「憚《はばか》りながら、江藤さまはいずれ天下に名を轟《とどろ》かすと見こんだお方。出世払いということで、いかようにもご融通致しましょう」

「すまん。助かる。その暁《あかつき》には新政府のお抱えに取り立てよう」

「それはまた豪気ですな」

積みあがった本でできた洞《ほら》と見える店のなかに笑い声が重なりあった。

ともあれ、新平は晴気村の父の家を出なければならなくなった。

ところで、従来、新平は永蟄居になったのち、すぐに小城《おぎ》に移り住んだと言われていた。すなわち、小城領の山内郷《さんないごう》の代官だった富岡敬明《とみおかよしあき》を頼り、山内大野《おおの》の山中にある金福寺《きんぷくじ》という廃寺に妻子と移り住み、近隣の子供に読み書き算盤《そろばん》を教えて暮らしたのだが、その期間は元治《げんじ》元（1864）年十一月、佐賀城下の南の丸目《まるめ》村に引っ越すまでの二年余り――というのである。だが、親友の大木民平《おおきみんぺい》（のちの喬任《たかとう》）の日記によれば、新平が大野に移ったのは元治元年一月半ばのことだったらしい。

また、従来、新平が永蟄居を赦されたのは慶応《けいおう》三（1867）年とされていたが、近年の新資料の研究により、元治元年の七月十九日には刑を解かれていたことが明らかになっている。

そもそも新平には日記をつける習慣がなく、この蟄居期間中の動向に関しては資料が極めて少ないので、窺い知れないことが多い。最も不可解なのは、蟄居の身であるはずなのに、文久三（1863）年五月に民平とともに藩を脱け出して久留米《くるめ》に出かけていることだ。

当時、久留米には水天宮祠官《すいてんぐうしかん》の真木和泉《まきいずみ》という尊皇攘夷派の巨魁《きょかい》がいた。佐賀の枝吉神陽《えだよししんよう》に該当する人物である。訪ねたところ、あいにく不在だったが、弟の外記《げき》の伝手で長州藩士の土《つち》屋《や》矢之助《やのすけ》、滝弥太郎《たきやたろう》、久留米藩士の佐田白茅《さだはくぼう》らと面会。新平らは彼らと語りあううち、酒の勢いもあったのだろう、佐賀藩庁に長州を支援し、大砲などを貸し与えるよう働きかけると約束してしまった。

翌月、この約束をあてにした土屋ら三人が佐賀にやって来たから、さあ大変。大騒動の末、新平と民平が連名で謝罪文を提出することで何とか決着がついた。

もちろんこのことが直正の耳にはいらぬわけがなく、そもそもこれまでもたびたび蟄居中の家を脱け出しているという報告もあり、原田小四郎から「言わぬことではございませぬ。このままで示しがつきましょうか。かくなる上は、やはり死罪を」と詰め寄られた。その剣幕もまたおかしく、

「あ奴め、おとなしく蟄居に甘んじているタマではなかったな。まあ、懲らしめのためにしばらく今泉牢《いまいずみろう》にでも繋いでおけ」

直正は苦笑を噛み殺しながら沙汰を下した。なお、今泉牢というのは佐賀城下南東今泉にある佐賀藩の中央牢のことを指す。

ところで、ここで少々横道に逸《そ》れるが、久留米藩とはこの時期、様ざまな因縁がある。田中《たなか》久重《ひさしげ》の生家が久留米だが、その久重は、オランダから購入した蒸気船「電流丸」のボイラーが故障したため、文久元（１８６１）年に三重津《みえつ》海軍所でのボイラー製造の担当となり、完成させた。これにより、翌文久二年には幕府が製作を手がけた蒸気船「千代田形《ちよだがた》」のボイラー製造を佐賀藩が担当することになった（船全体の竣工は慶応二（１８６６）年）。そして翌文久三年にはついに佐賀藩単独による蒸気船建造がスタート。こうして久重は精煉方《せいれんかた》が置かれた多布施《たふせ》よりも三重津で働く時間のほうがどんどん長くなっていった。

そんな久重のところに、久留米藩から帰藩の誘いが頻繁にかかるようになった。久留米藩でも家老の有馬監物《ありまけんもつ》、不破美作《ふわみまさか》、また開成方《かいせいかた》主管の今井栄《いまいさかえ》らが富国強兵路線を推し進め、イギリス製の蒸気船「雄飛丸《ゆうひまる》」を購入し、銃砲の製造も開始した。しかし製造に着手したもののなかなかうまくいかないので、佐賀藩で活躍している久重に眼をつけたのである。特に今井栄が是非ともと熱望した。

三重津海軍所の対岸は柳川《やながわ》藩領の大野島《おおのしま》だが、少し川上に遡《さかのぼ》れば、筑後川《ちくごがわ》の川向こうはもう久留米藩領である。望郷の念に駆られることもあっただろう。だが、久重は自分を取り立ててくれた直正への恩義と敬愛から、繰り返される招聘《しょうへい》を頑として断り続けた。そこで久留米藩は作戦を変え、久重の親族に必ず帰国させよと厳命を下した。それによる説得攻撃にも久重は応じなかったが、可愛がっていた甥の庄山勘平《しょうやまかんぺい》が親族代表として佐賀に赴《おもむ》き、文久三年九月、ついに折れさせた。その結果、久重は佐賀藩の許しを得て、月の前半を佐賀、後半は久留米というかたちで兼務することになった。このあまり類例のないだろう体制は、慶応二（1866）年二月に久重が佐賀藩を辞して久留米に完全に戻るまで続く。

ただ、久重が招聘を断り続けたのには、もうひとつ、久留米の政情不安という要因も大きかった。

久留米藩は代々暗愚な藩主が多かったが、十代藩主の有馬頼永《ありまよりとう》は財政難打開のための緊縮財政をはじめとして、軍制の西洋近代化、海防の強化、有能な人材登用などの藩政改革を手がけた。しかしその矢先に腎臓結核のために倒れ、改革の効果も出ないまま、藩主となったわずか二年後の弘化《こうか》三（1846）年に死去してしまう。

頼永が起用したのは、水戸に遊学し水戸学を学んだ村上量弘《むらかみかずひろ》、木村三郎《きむらさぶろう》、真木和泉らが結成した「天保学連《てんぽうがくれん》」という思想グループの面々だった。しかし彼らは村上量弘率いる《藩政執行部「内」に籍を置く》公武合体派の「内同志」グループと、真木和泉率いる《藩政「外」にあって改革を説く》尊皇攘夷派の「外同志」グループに分裂し、さらに頼永の後継問題を巡って両者の対立は決定的に深まった。これ以降、両者の抗争は三十年に及び、長崎聞役方《ききやくかた》や水軍取《とり》調方《しらべかた》を務めた藩士で、のちに『久留米小史』を著《あら》わした戸田乾吉《とだけんきち》に「この間の久留米の人材蕩尽《とうじん》は一国の廃亡にも匹敵する」と嘆かせたほどだった。

嘉永《かえい》五（1852）年、真木和泉、木村三郎ら四名が無期禁固、ほかの外同志もすべて処罰される《嘉永の大獄》が起こった。この弾圧によって外同志は失脚し、真木は十年間幽囚《ゆうしゅう》の身となった。その間、真木は薩摩藩の大久保利通《おおくぼとしみち》らと、島津久光を擁立しての上洛を計画し、文久二年に久光が上京すると、自分も京にのぼって攘夷活動をはじめた。しかしその久光によって過激な攘夷派が粛清《しゅくせい》された四月の《寺田屋騒動》で捕らえられ、再び久留米に戻されて幽閉された。

面白いのは、久重の久留米への呼び戻しを最初に言いだしたのは真木だったことだ。文久二年六月に有馬監物に「儀右衛門《ぎえもん》なら洋夷《ようい》以上の軍艦もできるだろう」と献策している。コチコチの攘夷派で西洋嫌いという人物像からしていささか奇異な感があるが、倒幕のために強力な軍事力を持たねばという発想だったのだろう。初めは厄介者が何を言いだしたかという受け止められ方だったが、藩の近代化路線のためにはその通りだということになったのだった。

ともあれ、こうしていったん開明派の内同志が覇権を握ったのだが、慶応三（1867）年の《大政奉還》を受けて尊王攘夷派が再び勢いを盛り返し、慶応四（1868）年一月には小河真文《おごうまふみ》ら二十四名が不破美作を襲撃し殺害、二月に家老に復帰した水野正名《みずのまさな》が今井栄らに切腹を命じるなどして開明派を粛清。久留米を血腥《ちなまぐさ》さのなかに引き戻していくのである。

さて、ここで久重に纏《まつ》わる大きな謎を取りあげておこう。アームストロング砲に関する謎である。

その前に、まずアームストロング砲とは何かだが、イギリスのウィリアム・アームストロングが１８５５年に開発した様式の大砲で、その特徴は弾丸を砲身の先ではなく、後ろから込める後装式であることと、砲身の内側に螺旋《らせん》状の溝を施条《しじょう》（ライフリング）していることだ。後装式であることから弾丸の装塡《そうてん》時間が大幅に短縮でき、また施条によって飛距離や命中精度を格段にあげることができた。砲弾は球状でなく椎《しい》の実形の尖頭弾で、砲身も砲弾も錬鉄製が基本である。

従来、久重は佐賀藩においてアームストロング砲を完成させたと言い伝えられ、司《し》馬《ば》遼《りよう》太《た》郎《ろう》もそれをもとに「アームストロング砲」を書いている。のちの慶応四年五月十五日の《上野《うえの》戦争》において、現在の上野公園全体が境内だった寛永寺《かんえいじ》に陣を張った彰《しょう》義《ぎ》隊《たい》ら旧幕府軍に、新政府側の佐賀藩は加賀藩上屋敷（現在の東京大学構内）から不忍池《しのばずのいけ》を越えてアームストロング砲や四斤山砲《よんきんさんぽう》による砲撃を行ない、極めて短時間で戦闘終結に導いたのだが、そのとき使われたアームストロング砲も藩で製造したものだったというのだ。

だが、佐賀藩における大砲に関する記録のなかにはっきりそれを証立《あかしだ》てるものはない。また、佐賀藩が製造した大砲はほとんどが太平洋戦争時の鉄の供出などによって失われており、物的証拠もない。

確かに、久重が明治七（１８７４）年に記した『萬記《よろずき》』には、「元込《もとごめ》（後装式）八十ポンドアームストロング砲と三十ポンドアームストロング砲を製造したのは、肥前《ひぜん》（佐賀）と久留米を半月交替で勤めていた頃で、肥前においてその鉄製元込アームストロング砲を製造した」とある。

だが、佐賀では築地《ついじ》と多布施の反射炉で、鉄製大砲を総計百三十八門、青銅製をあわせると三百門近くと、既に必要とされた大砲を造るだけ造ってしまい、築地反射炉は遅くとも安政《あんせい》四（１８５７）年七月、多布施反射炉も安政六（１８５９）年十一月に操業を停止している。久重が佐賀と久留米を往復していた頃には、佐賀の目標は大砲製造から蒸気船製造へと完全に切り替わっていたのだ（ただし、「大銃《だいじゅう》製造方」自体は存続しており、戊辰《ぼしん》戦争前後に大砲を生産していた記録はある）。

　ということなので、久重がここで書いている「肥前において」というのは「久留米において」の記述ミスではないだろうか。というのは、久重が久留米において八十ポンド砲と三十ポンド砲（ただし青銅製）を製造したことはほかの記録にも残っているからだ。

　久留米藩剣術師範・加藤田平八郎《かとうだへいはちろう》の『加藤田日記』に、文久三年七月の薩英《さつえい》戦争の際にイギリスが発射した砲弾を、今井栄の部下だった松崎誠蔵《まつざきせいぞう》が九月に薩摩から持ち帰ったことが記されている。これはアームストロング砲で発射された長形の尖頭弾で、これを見せられて久重は当初予定していた球形弾から尖頭弾に切り替えたという。

　また、十一歳で久重の弟子になり、この大砲製造の様子も見ていた川口市太郎《かわぐちいちたろう》が明治二十四（１８９１）年に書いた『智慧鑑《ちえのかがみ》』で、「この大砲は元込めというものにして、螺旋をたてられし、すなわちアームストロング砲に相似たり」と証言し、またアームストロング砲における鎖栓《ベントピース》やネジ式の尾栓《ベントスクリュー》にあたる部分のことも言及している。

　これらのことから、久重は佐賀で知識を得ていたアームストロング砲の製造に久留米で挑み、佐賀に較べて製鉄設備や工作機械が不充分だったので鉄製は無理だったにせよ、後装式施条砲を完成させたのは間違いないだろう。久留米の古飯田《ふりゅうでん》台地での試射で飛距離二里半（約十キロ）を達成して藩主の有馬頼咸《よりしげ》を喜ばせ、またすぐのちに佐賀の大久保台場で直正にも試射を披露した。慶応二（1866）年二月のことである。
そもそもオリジナルのアームストロング砲自体、本国イギリスでも製造が難しく、また不具合や破裂といったトラブルも多かったので、早々に生産が打ち切られたという歴史がある。佐賀藩がアームストロング砲の製造を試みたのは確かだろうし、あるいは六ポンド砲のスケールでは成功したかも知れないが、早いうちに輸入ですませればよしと見切りをつけたのではないだろうか。佐賀藩が上野戦争で使用したアームストロング砲も、そうした輸入品であったろうと思われる。

なお、東京都渋谷区の戸栗《とぐり》美術館には、東京の旧鍋島邸にあった二十四ポンドカノン砲が展示され、佐賀城本丸歴史館にもこの複製模型が展示されている。また、佐賀市の佐嘉《さが》神社には百五十ポンドカノン砲とアームストロング砲の復元模型が展示されている。

大きく横道に逸れた。話を新平に戻そう。


文久三（1863）年六月某日、新平が牢に繫がれた数日後、直正が数人のお付きを連れて現われたので、今泉牢の籠守《ろうもり》の与内《よない》以下、役人たちは天地がひっくり返ったように慌てふためいた。何しろ、殿さまや大殿さまが牢を訪ねるなど前代未聞のことだ。さらに本来、直正じきじきの御成りともなれば、佐賀藩の刑吏役全体を束ねる籠守頭《ろうもりがしら》の助左衛門《すけざえもん》が参じるべきところだが、あいにく城下を離れている最中だったので、直属の配下の与内が対応にあたるほかなかった。

聞けば、少し新平と話がしたいという。牢から出す必要はないというが、あまりむさ苦しい場所に大殿さまを通すわけにいかないので、急遽、新平を雑居房からいちばん小ぎれいな独居房に移すことにしたのが彼の精いっぱいの機転だった。ようやく準備が整って、与内はほっとしながら直正を案内したが、そこで初めてお付きのなかにまだ元服まもないような着流し姿の少年が交じっていることに気づき、何だろうと訝《いぶか》しんだ。

牢内で平伏している新平に、

「よいよい、お頭《つむ》をあげよ。その方《ほう》といろいろ話がしたくて参った」

そう声をかけ、用意された床几《しょうぎ》に腰かける直正。仰《おお》せに従って面《おもて》をあげると、直正の横にいる少年に気づいて、

「お前は岩次郎。何でまた――」

と、絶句した。

「お久しぶり。昨夜《ゆうべ》、閑叟さまがお忍びで精煉方に来はって、石黒《いしぐろ》はんや中村《なかむら》はんも交えて団欒《だんらん》させてもろたんやけど、そのとき今日のことを聞いて、あても新平はんに会いたい言うたら、ではいっしょに行くか、いうことになって」

「そういうわけだ。岩次郎にも積もる話があるらしい。が、まずは儂《わし》からでよいかな。その方の書いた『京都見聞』は大変参考になった。お蔭で先達《せんだつ》ての上洛、江戸行きの際の見通しがすっきりつき、動きやすかった。礼を言う」

新平はその言葉にピシッと背筋をのばした。元来の仏頂面にかすかな喜色が浮かびあがる。

「それはこの上なき光栄。先月の攘夷決行も回避できてよろしゅうございました」

再び深く頭をさげた。

生麦事件の賠償金を拒否し、イギリスと開戦せよという勅命によって、その支払い期限直後の五月十日が開戦日となるかどうかに日本中の注目が集まるなか、直正は三月に佐賀に戻り、運命の日を待つことにした——というところまでは既に書いた。直正としては本来開国派である慶喜の攘夷撤回に期待したのである。

その後の幕議は紛糾を極めた。いったんは支払いが決定されたが、期日の前日の五月二日に支払い延期を外国側に通告。これにイギリス代理公使ジョン・ニールが激怒、軍事行動を示唆し、緊張が高まった。急遽、再び幕議が行なわれたが、水戸藩の介入もあって支払い拒否に逆転してしまい、もはや攘夷決行は避けられないかと思われた。

しかし五月八日、老中・小笠原長行《おがさわらながみち》が横浜に赴き、独断で賠償金全額の支払いを決定。翌九日にイギリス公使館に十万ポンドが送金され、ここにおいて開戦は劇的に回避されたのである。

なお、この間、若い将軍家茂は上洛を命じられたまま人質同然の状況に置かれていたので、長行は京都の政局を主導している尊王攘夷派を武力制圧するため、千数百名の兵を率いて海路で上京した。しかし在京の幕閣に猛反対され、家茂からも上京を差し止められて、やむなく計画を断念。大坂に戻ったところで老中職も罷免《ひめん》されたのだった。

「うむ。あれはつくづく、小笠原長行どのの英断だった」

直正が深く頷くと、

「聞けば、慶喜は横浜で神奈川奉行らからの攘夷反対の訴えを受けたが、それに説得し返そうともせず、八日、小笠原と入れ違いに江戸に戻ったとの由《よし》。恐らく慶喜と小笠原のあいだで腹が通じあっていたのでしょう。そのあたりも閑叟さまの見込み通りだったのではありませぬか」

直正は少しばかり眼を剝《む》いて、

「驚いたな、そこまで儂の胸中も推察しておったか」

新平は続けて、

「しかし、エゲレスは別途、薩摩藩にも犯人の差し出しと二万五千ポンドの賠償を要求しております故、事がこれですむとは到底思えませぬ。久光の気性とこれまでの経緯からして素直に要求を呑むわけがなく、交渉が不調に終わるのは必定。このままではよほどのことがない限り、薩摩で火の手があがるのではありますまいか」

「それも儂の危惧するところよ。ここに至って、返すがえすも斉彬《なりあきら》どのの急逝が惜しまれる」

事実、この六月の末、イギリス軍艦七隻が鹿児島湾に入港。交渉が難航するなか、七月二日にイギリス艦による薩摩藩船の拿捕《だほ》に対して薩摩藩が艦隊を砲撃し、《薩英戦争》が勃発したのだった。薩摩側も大きな被害を受けたが、佐賀藩に次ぐ軍事力を蓄えていたため、イギリス側の損傷も大きく、四日に艦隊が鹿児島湾を去り、収束した。

なお、朝廷は攘夷実行を称えて島津家に褒賞を下したが、イギリスの軍事力の強大さを身に沁みて体感したことで藩論における攘夷の空気は急速に萎《しぼ》み、大きく開国へと転換していく。

また、薩摩とイギリス双方に相手のことをより詳しく知ろうとする機運が生じ、一転して両者が接近していく契機ともなった。

「それにつきましては」

と、新平は語気を強めながら身を乗り出し、

「斉彬どのが幕政参入に積極的であったように、閑叟さまにも是非ともさらに表に出て戴《いただ》き

たく。それも、公武合体ではもう持ちませぬ。攘夷はともかく、尊皇はもはや変えようのない潮流。そうでなくとも幕府がいずれ朽木《くちき》の如く自《おの》ずから倒れるのは明らかでありましょう。であるならば、速やかに政権を交代させ、体制を整えるのが何を措いてもの火急の大事。さもなくば、それこそ列強の　恣《ほしいまま》　となってしまいます」

決意を漲《みなぎ》らせての進言に、

「そうかも知れんな」

直正は嘆息を交えるように言い、

「今度のことでも幕府の混乱ぶりはひどいものだった。きちんと内外の状況を把握し、将来を見通す眼を持った者がいない。それゆえに極端な、自分の思いこみにとって都合のいい意見が通りがちになってしまう。——だが、もしも今政権が変わったとして、そうそう簡単に体制が纏《まと》まるか？　今の幕府と似たり寄ったりの烏合《うごう》の衆にならんか？」

するとそれにも新平はここぞとばかりに、

「だからこそ佐賀の者が必要なのです！　憚りながらこの江藤の見る限り、長州や薩摩にもさして有能な人物はおりません。そして佐賀の者が新政権の中核に参入するためには、今のうちにできるだけ早く政権交代のための運動で主導権を握っておかねばならんのです」

ひと息にそう言い立てた。

「そのために藩論を変えよというのだな。まあしかし、今はそのことは措いておこう。それより、ひとつその方に尋ねたいことがある。よいかな」

直正の言葉に新平は一瞬怪訝《けげん》な表情を覗かせたが、すぐに畏まって、

「何なりと」

「その方の見聞の能力にはまことに感心した。そこで、藩のため——いや、儂のためにその能力を役立ててほしいと思うのだが、どうかな」

新平はぎょろりと眼《まなこ》を動かし、しばし考えて、

「もしや、藩外に出て、世の動向を探って来よと？」

「つまりは、そういうことだ」

直正は最小限の動きで頷いた。

「これはしたり。そういうお申しつけならば、この江藤、喜んで万里を経巡《へめぐ》りましょう」

いっそう深く低頭した。

「へえ。ようおしたなあ、新平はん」

岩次郎も思わず声をあげたが、

「ただし、ひとつ条件をつけたい」

直正はそんなことを口にした。

「条件……と仰言《おっしゃ》られますと」

「自力でこの牢を破ってみよ」

それには近習頭の古川松根《ふるかわまつね》をはじめ、厳《いか》めしく押し黙っていたお付きの者たちもぎょっと眉を蠢《うごめ》かせた。

「牢破り……？」

少々のことでは動じない面構えの新平も、さすがに困惑の色を隠せないでいる。直正は床几

の上でやや身を引き、牢格子の上に打ちつけられた板に眼をやって、

「拾参号《じゅうさん》か。この牢でよかろう。見事脱け出てみせれば聞者役《ききものやく》として取り立てると約束する。ただし、あくまで自力でだ。外に通じて協力者を頼んではならん。どうだ」

口を真一文字に引き絞り、しばらく宙を睨《にら》んで唸《うな》っていた新平は、

「さすれば、これは身共《みども》と閑叟さまの知恵較べと考えてよろしゅうございますか」

不敵な物言いに、直正は愉快そうに笑って、

「知恵較べとな。儂を『屏風《びょうぶ》絵の虎を捕らえよ』と言いつけた足利義満《あしかがよしみつ》に見立てるつもりか？　まあよい。これに応えるなら、義満にでも桔梗屋《ききょうや》にでもなってやろう。どうだ」

これはもちろん『一休咄《いっきゅうばなし》』の有名な逸話を踏まえたものである。

「いかにも難題ではありますが――かくなる上は何としてでも」

果たして算段があるのかどうか、不退転の決意をこめつつ平伏した。

「よし。儂から言い伝えることはそれだけだ。あとは岩次郎、話は長くなるか？」

水を向けられた岩次郎はぷるると首を振り、

「いえいえ。あては新平はんがさぞ退屈したはるやろ思て、差し入れを持ってきてん」

言いながら懐から和綴《わと》じの本を二冊ばかり覗かせた。

「まあこういうことにならはったさかい、本読んでる暇なんかあらへんかも知れんけど」

すると新平はすかさず手を突き出し、

「いやいや！　それは何よりも有難い。是非所望致す」

「ああよかった。ほなら、これもどないやろ」

そう言って傍らに置いてあった風呂敷包みを解くと、現われたのはひょろ高い、下がもっこりした金属の容器の上に花形に開いたギヤマンをくっつけたようなものだった。

「おお、これは無尽灯《むじんとう》か！」

新平は眼を輝かせて叫んだ。

無尽灯のことは一話目で少しふれた。天保八（1837）年に田中久重によって考案されたもので、彼の発明品のなかでも代表的なものだ。従来灯火に使われていた菜種油は粘性が強く、芯への浸透が容易ではなかったが、久重は十九世紀の初め頃にオランダからもたらされた気砲（空気銃）の原理を応用し、空気圧を利用して菜種油が自動的に管を伝って灯芯に補給されるように工夫したのである。これによって長時間の連続点灯が可能になり、また蠟燭《ろうそく》の十倍もの明るさだったので、非常に高価だったにもかかわらず、大坂、京都、近江《おうみ》（滋賀）などでおおいに売れ、無尽灯を購入していない商家はないほどだったという。

ただ、使用できる状態で残っている無尽灯は全国的にもわずかしかない。武雄《たけお》鍋島家旧蔵資料には二本の無尽灯があり、佐賀県内にはこれを含めて四本の存在が確認されているが、残りの二本も武雄領内の旧家に所蔵されていたものなので、本来は四本ともが武雄に残されていたのが面白い。史料的にはほとんど表になっていないが、久重と武雄邑主《ゆうしゅ》の鍋島茂義《しげよし》のあいだに太い繋がりがあったのだろうか。

「そう。これがあったら夜中でも本読めるし。せやけどこんなもんの差し入れ、許されへんやろか」

オズオズ直正のほうを盗み見ると、

「まあよかろう。夜通し読書をするもよし、牢破りの思案をするもよしだ。しかし、その火を放って《切り放ち》(緊急時に囚人を解放すること)を狙うのはいかんぞ」

「重々承知」

その返答に、直正はふふっと笑って腰をあげた。

このやりとりに、与内はお付きの者たちや岩次郎以上に驚き、戸惑った。事もあろうに大殿さまが囚人に向かって脱獄せよと命じるなどとは、我が藩はおろか、この国はじまって以来、未曽有《みぞう》のことだろう。もしかするとこの自分に向けて、牢を脱けさせてやれと謎をかけているのかとも思ったが、自力でと念を押しているところからして、どうやらそうでもないらしい。

では、どういうことなのか。大殿さまは本当にこの男が脱獄できると思っているのだろうか?

一体全体、本気で?

いずれにせよ、どうやら彼としてはこの件に関しては何もせず、素知らぬ顔で傍観しているのがいいらしい。——与内はそんなふうに合点した。そしてのちほど事の経緯を報告すると、籠守頭の助左衛門も情勢を呑みこむのに少々手間がかかったようだが、結局その件に関してはすべてお前に任せるということで落ち着いた。

ただ、いったん知らんぷりを決めこんだとはいえ、新平の動静はやはり気になる。通常の見まわりは下っ端の役人が行なうものだが、与内自身もたびたび様子を覗きにいった。しかし新平は差し入れの本をいっしんに読み耽《ふけ》るばかりで、牢破りの方策を探るような素振りはとんと見えない。早々に脱獄など無理だと諦めてしまったのだろうか。与内は解せない想いで首をひねった。

二日後、岩次郎が新平への面会を求めてやってきた。これも通常ならすんなり通りはしないが、何しろ直正がじきじきに連れてきた少年だけに、それだけの特権を勘案すべきだろう。ただし、直正が自力でと念を押しているからには、少年が何かしら新平の脱獄を手助けしないかどうかは、立場上確認しておく必要はあるに違いない。そう判断して、与内自身もその場に立ち会うことにした。

さて、改めて説明しておこう。この拾参号牢は独居房である。囚人は男女と身分によって分けられ、町人は例外なく複数の囚人を収容する雑居房に収監されるし、武士や僧侶といった身分の者でも基本はそうなので、独居房といえばよほど身分が上か、常時監視が必要などの特別な事情を持つ者にしか使われない。その監視のためにだろう、この拾参号牢の真向かいにはごく手狭な詰所も置かれていた。

牢自体は六畳ほどの広さで、奥の右隅の一畳が雪隠《せっちん》（便所）、また左隅には水道口もある。友人たちからの差し入れで、蒲団《ふとん》と、小ぶりの文机《ふづくえ》まであった。牢格子は松製で六寸角（約十八センチ角）。その向かって左寄りに外開きの扉があり、いかにもがっしりとした鋳鉄製の錠が設《しつら》えられている。また、その扉のさらに左寄りに、食事を出し入れするための、横に細長い五器口《ごきぐち》が床に接して作られている。

なお、江戸時代には基本的に懲役や禁固に相当する刑罰が存在しなかったので、牢屋は現在の刑務所ではなく、未決囚や死刑囚を収容するための拘置所に近い施設だったことを補足しておこう。

「新平はん、どない？　もう全部読まはった？」

その区画にはいるなり声をかけた岩次郎に、

「おお。面白かったぞ。『和蘭美政録《オランダびせいろく》』も『狭夜衣《さよごろも》鴛鴦《おしどりの》剣翅《つるぎば》』も。あれから夢中で繰り返し読んだ！」

新平はいささか興奮気味に返した。

「ほんまに？　ああよかった。そう言うてもろたら甲斐があったわ」

「特に『美政録』の『青騎兵《あおきへい》 弁《ならびに》 右家族共吟味《みぎかぞくどもぎんみ》一件』がよかった。眼を開かされた想いだ」

「へえ。あれがいちばん好み？　どないなとこが？」

「警察・司法の公正さだ。庶民のありようを生き生きと丹念に描いているだけに、それがなおのこと伝わってくる。羨ましい。実に羨ましい。我が国の警察・司法もこのようなものでなければならん。これまでも頭のなかではそう思ってはいたが、これでいっそう生身で感得することができた。礼を言う」

岩次郎はあっと眼を見張って、

「そんなとこにいちばん感服したん。なるほど、新平はんらしいわ。同じもん読んでも感じ方は人それぞれなんやな。そういうたら、『青騎兵』は事の真相を追い求めていく話やのに、全体に何や抜けたような明るさがあるんは、そんな公正さがずっと空気みたいに行き通ってるからやわ。面白いなあ。そういうとこ、『狭夜衣』とはまるで大違いや」

新平も改めてその点に気づかされたらしく、

「確かにそうだな。面白おかしく描いているとはいえ、『狭夜衣』の前提となっているのは何もかもを雁字搦《がんじがら》めにしてしまう、息苦しい封建的な空気だ。そういう意味では、変えねばならぬ世のありようと、変えていくべき世のありよう――両極端をいっぺんに示されたわけだな。

だからこそ『青騎兵』の公正さがより際立って感じられたのかも知れん。ともあれ、これで自分の目指すべき道がはっきりと見えた。大袈裟《おおげさ》でないぞ。俺にとっては人生を変える書だ。お前はそんな巡り遇わせを俺にくれた。いくら礼を言っても足りないくらいだ」

岩次郎としては自分が夢中になったものを人がどう思うか知りたくなり、たまたまその対象に新平を選んだ程度の軽い気持ちだったので、むしろ自分以上かとも思えるほど傾倒するとは思いもよらなかったし、ましてここまで惹《ひ》かれる部分がすれ違うとは予想もできなかった。

もちろんそこには新平自身のもともとの素因が大きく働いていただろう。二十二歳のときに書いた『図海策』は海外情勢の正確な把握をもとに開国通商による富国強兵論を展開したものだが、そこでもまず民衆の生活を理論の根底としているほどで、いち早く民権というものを極めて重視していたのだから。

ここでいったん大きく時間を早送りして、新平のその後の人生を追ってみよう。

慶応四(1868)年、勝海舟と西郷隆盛《さいごうたかもり》の交渉によって成った《無血開城》で、四月十一日に新政府軍が江戸城に入城し、新平も軍監(部隊指揮官)としてその一行に加わった。そして入城するや、ほかの者が金銀や備品の点検に向かうなか、ただひとり真っ先に書庫に向かい、連日籠《こも》って行政関係の書類や帳簿を読み漁《あさ》った。それにより、旧幕府が立ててきた法制度の全体像や江戸全体の経済状況を把握したことが、その後の彼の最大の武器となった。新政府が体制を整えるためには法整備や財政全体の鳥瞰《ちょうかん》が何よりも重要であることを理解していたのである。

西郷はもともと新平の分析力・構想力を高く買っていたが、短期間でこれらの厖大《ぼうだい》な情報を掌握したことで改めてその異能に驚嘆し、江戸行政にあたれる人物は彼しかいないとほかの要人を説得。五月の上野戦争で指揮を執り、半日で旧幕府軍を制圧した功も高く評価されて、江戸鎮台《ちんだい》、鎮将府《ちんしょうふ》、太政官《だいじょうかん》と目まぐるしく移管していく行政機関において判事に就き、民政・財政・税務を担当した。

年号が明治と改まったのち、いったん佐賀に戻り、藩政改革に邁進するが、明治二（１８６９）年十月に江戸に戻り、翌月に太政官の中弁《ちゅうべん》に任ぜられた。さらに私擬《しぎ》憲法の第一号となる『国法会議案、附国法私議』を起草し、憲法の制定作業に着手した。私擬憲法とは明治二十二（１８８９）年に公布された大日本帝国憲法以前に民間で検討・作成された憲法の私案のことで、六十以上の存在が知られている。

その頃、新政府は中央集権的統一国家の確立を急いでいたが、保守派の抵抗やら、各藩軍隊の兵部省《ひょうぶしょう》への反発やら、民部省と大蔵省の対立やらといった様ざまな障害のためになかなか進まず、これを打破するための中央政府の大改革が緊急の課題と認識されていた。これに対応して、明治三（１８７０）年には、岩倉具視《いわくらともみ》、大久保利通、広沢真臣《ひろさわさねおみ》、大隈重信、副島種臣《そえじまたねおみ》、木戸孝允らが改革の草案や意見書を提出したが、なかでも新平は岩倉具視への意見書や『政治制度上申案箇条』『官制改革案』『政体案』等の改革案を次々に書きあげ、図抜けた法案作成能力を見せている。その内容も、三権分立や議会制などとともに四民平等を大きく打ち出すなど、国家構想として極めて先進的なものだった。また、新平は司法権の自立を説き、二重司法となっていた刑部省《ぎょうぶしょう》と弾正台《だんじょうだい》を廃して司法省を新設し、一等から四等までの裁判所を設置すべしと提言した。

新平が構想した国法会議がその年の十一月二十七日に召集され、明治天皇、三条実美《さんじようさねとみ》、木戸孝允、大久保利通、後藤象二郎《ごとうしようじろう》ら十人中に列席するが、その構想は図らずも神田孝平《かんだたかひら》が訳した『和蘭政典《オランダせいてん》』を参考にしたものだった。この会議は数回で途絶えたが、のちの憲法制定に大きな影響を与えた。

いっぽう、民法会議を主催して民法典編纂《へんさん》に取り組むが、その際、『ナポレオン法典』を見た江藤は、「フランス民法をそのまま日本民法として書き直せばよい」というほどフランス民法を高く評価し、普仏戦争で大敗したフランスへの評価が日本で低くなるのに反対した。明治四（1871）年に立法審議機関として設置された左院の副議長に就き、二年後には『民法仮法則』全九巻を纏めている。またそのいっぽう、文部省のトップに就き、後任の大木喬任とともに「学制」を体系化させた。さらに宗教を扱う教部省御用掛《がかり》を命ぜられ、信教の自由化を進めていく。こうして新平は新国家の骨格作りや法整備に持てる能力を猛然と発揮していった。ここまでの鮮明な構想力と超人的な実務能力を併せ持った人物はほかにいない。

そこまでも八面六臂《はちめんろっぴ》の活躍ぶりだが、明治五（1872）年四月に、現在の法務大臣・最高裁長官・国家公安委員長に相当する初代司法卿《きよう》（「卿」は各省の長官。のちの大臣にあたる）に就任して以降、その勢いはますます加速していく。彼の最大の悲願である司法権の独立と法治主義の確立、ひいては「人民ノ権利ヲ保護スル」ために、『県治条例』や『司法職務定制』の制定、全国の裁判権の司法省への接収・統一、各種裁判所の設置など、矢継ぎ早に改革を推し進めていった。

それとともに、新平は新政府内の腐敗にも手をつけた。外務卿の副島種臣から、陸軍省御用商人の山城屋和助《やましろやわすけ》がパリで豪遊しているという報告を受けて、新平はただちにその捜査を命じた。山城屋は陸軍省ほかの省庁から「一品の抵当もなしに」巨額の公金の貸付を受けていたが、相場で大きな損失を出し、返済が不可能となっていたのだ。これにより、陸軍省大輔《たいふ》（次官のトップ）の山縣有朋《やまがたありとも》も厳しく追及された。結局、山城屋が陸軍省応接室で割腹自殺し、その際、関係書類も焼き払われたため、詳細は不明のまま終わった。これを《山城屋事件》という。一時的に失脚していた山縣は西郷隆盛らの調停によってかろうじて復帰することができた。

また、大蔵省大輔の井上馨《いのうえかおる》が鉱山を没収・転売して私物化したとされる《尾去沢《おさりざわ》銅山事件》や、京都府が大商人の京都からの転籍を認めず、許可せよという裁判所の命令にも従おうとしなかった《小野組《おのぐみ》転籍事件》、山城屋事件と同様、陸軍省からの巨額の不正貸付とその焦げつきが明るみに出た《三谷三九郎《みたにさんくろう》事件》と、新平は次々に問題に手をつけ、苛烈《かれつ》ともいえるほど厳しく追及していった。

さらに新平は司法省の予算削減に猛抗議し、明治六（1873）年一月に部下を引き連れて司法卿を辞任。大隈の調停で五月に予算が増額されて新平らは辞表を撤回し、当初の予算を決定した井上が辞任・下野するというなりゆきもあった。

これらの事件で追及を受けた山縣有朋も井上馨も長州閥《ばつ》だし、京都府も長州閥で固められていたので、新平は彼らから目の敵《かたき》にされることになる。

もともと新平にはいささか傲岸不遜なところがあり、「薩長は無学無能の連中ばかり」と評して憚らなかった。彼の能力を高く評価していた西郷をさえ、「ある種の馬鹿」と見なしていたほどだ。とりわけ、そもそも金銭に公私の区別がつかない癖《へき》のある長州閥が幅を利かせ、その専横があちこちに腐敗をもたらしている状況に我慢ならなかったのだろう。彼のなかで《四民平等や公正さや民権の尊重など》と《役人の不正こそ最大の罪悪》という観念は表裏一体のものであり、その双方を実現させるものこそ司法だった。そしてこうした不正・腐敗への追及の容赦のなさは、彼の性分である激しさ・潔癖さ・徹底性からして当然だっただろう。

なお、これらは《留守政府》と呼ばれた期間の出来事である。留守政府とは明治政府首脳部で組織された岩倉使節団が欧米を歴訪していた期間——すなわち明治四年十一月十二日から明治六年九月十三日まで、国内で組織された体制を指す。使節団の主要メンバーは岩倉具視（公）・大久保利通（薩）・木戸孝允（長）・伊藤博文（長）・山口尚芳《やまぐちますか》（佐）らで、留守組の主要メンバーは三条実美（公）・西郷隆盛（薩）・井上馨（長）・板垣退助《いたがきたいすけ》（土）・江藤新平（佐）・大木喬任（佐）・大隈重信（佐）らだった。（※「公」は公家《くげ》）

さらにここでつけ加えておくが、旧太陰暦から現行の太陽暦（グレゴリオ暦）への改暦もこの時期に行なわれ、旧暦の明治五（１８７２）年十二月二日の翌日を、新暦の明治六（１８７３）年一月一日とした。この物語の、改暦以前の何月何日という数字は、基本、旧暦に基づくものであることをお断りしておく。例えば先にあげた留守政府の期間で、明治四年十一月十二日は新暦では十二月二十三日となるが、明治六年九月十三日は新暦での表記である。

ともあれ、調査すればするほど長州閥による腐敗は凄まじく、もはや新平の眼には長州閥こそが日本の公敵にほかならなかった。そしていったん腐敗の剔抉《てっけつ》に手をつけて以降の新平は、あたかも自ら修羅になろうとした感がある。さらにこののち、《征韓論》という魔に踏みこんだことから下野に至り、あれよあれよと《佐賀の乱》の首領に祭りあげられ、捕縛の末、大久保利通の筋書きによる暗黒裁判での憤死と、坂を転がり落ちるような瞬くまの転落もまた、修羅にふさわしいものであったかも知れない。

早送りの部分が長くなった。牢獄の新平に話を戻そう。

「ところで、そろそろ牢破りの見込みはつかはったん？」

あまりにもあっけらかんとした問いかけに、ぎょっと眼を見張ったのは与内と、牢の正面の詰所に控えている牢役人の喜乃助《きのすけ》だった。

片や、新平は頭を掻きつつ、

「そんな暇もないほど繰り返し読み耽っていたからな。もっとも、暇があってもいい知恵が湧いたかどうかは分からんが。いやはや、根拠もなしに大言壮語するもんではないということか。――そこで頼みがある。この際、もっと本を差し入れてくれんか。何しろ、普段から傍らに本が何冊かないと落ち着かぬ性分でな」

そう言ってカラカラと笑った。

これは自己申告通りで、新平は無類の読書家だった。新政府内ではいつでも卓上に五、六冊の本があり、用務のさなかでも少しの暇があれば本を盗み読んでいた。部下や同僚が部屋を訪ねると必ず読書中で、おもむろに本を卓上に伏せ、何の用かと問うのが常だったという。大蔵省で井上馨に次ぐ少輔《しょうゆう》の地位にあり、井上とともに追及の鉾先《ほこさき》を向けられた渋沢栄一《しぶさわえいいち》も、新平の性格には難をつけながらも、「実に何でもよく物を知ってた方で、これには私も始終驚かされてばかりおった」と述懐している。

「それならお安い御用やわ。どないな本がご所望？　あては偏った本しか持ってへんけど」

「何でもよいが、できれば蘭学に関するものが有難いな。ただし、原書はかなわんが」

「それなら精煉方にもいっぱいあるし、堂剋堂さんにも訊いてみて、適当に見繕うてもろてもええし」

そしてひょいと与内のほうに顔を向け、

「よろしおすやろか」

邪気ない仕種《しぐさ》で首を傾けた。

与内はこれまでの流れから、ここで不許可を出したりするとややこしいことになりかねないと即座に判断し、

「うむ。そいでん、差し入るっ物《もん》な、きちっと検《あらた》むっばってんが」

精いっぱいの威厳をこめて言い置いた。


それから岩次郎はたびたび面会に来ては本の差し入れを繰り返した。その人なつこい性格のせいで、与内や喜乃助ともどんどん仲よくなっていき、普段の陰気で辛気臭い業務のなかで、彼が来るのを心待ちにするようになった。

そのいっぽうで、新平の動静を気にすることは怠らなかった。日に何度も喜乃助から報告を聞き、一度は自分でも覗いてみる。けれども新平はいっこうに脱獄のための思案を巡らせるふうでもなく、何かしらこそこそと準備をしているふうでもなく、皓々《こうこう》とした無尽灯のもとでいっしんに本を読んでいるか、さもなければ大の字で鼾《いびき》をかいているかのどちらかだった。

これはどうやら諦めたのだろうか。与内自身が頭をひねってみても、牢内から脱け出るためには便所を使う方法くらいしか思い浮かばない。いったん便溜めに降りて、汲み取り口から脱け出るという方法だ。だが、落とし穴がそもそも狭く、途中に頑丈な格子が張られているので、よほどの道具がなければ突破するのは無理だ。協力者がいなければ合鍵や牢破りの道具も入手できないし、今のところ訪ねてきているのは岩次郎だけで、その彼も直正から協力はならんと言い含められている。

重病を装って牢外に移されたときに遁走《とんそう》するという手もあるが、あまりにあからさま過ぎて、今さら到底うまくいくとは思えない。

結局、どう考えても無理なのだ。彼も早々にそう見限り、好きな読書に没頭することに決めたのだろう。何のことはない。やっぱり牢を破ってみせるというのはその場の勢いの安請け合いに過ぎなかったのだ。与内はどんどんその確信を深めていった。

ところが十日ほど過ぎたある朝、喜乃助が血相変えて与内のところにすっとんできた。何事かと訊くと、新平の姿が見えないという。そんな莫迦《ばか》なと慌てて駆けつけると、本当だった。牢の錠はしっかりかかったままだし、その鍵は詰所の小机脇の壁釘からぶらさがったままであるにもかかわらず、牢のなかに新平の姿はない。文字通り蛻《もぬけ》の殻なのだ。

「ど、どっ、どっ、ど、ど、どがんことか！」

「どっ、どっ、どがんもこがんも——」

そんなことを喚《わめ》きあいつつ、ともあれ鍵をあけて牢内にはいってみたが、やっぱり新平の姿はどこにもない。きちんと畳まれた蒲団と、文机の上に差し入れの本が二十余冊、やはりきちんと積み置かれ、その横に消えた無尽灯がひっそりと佇《たたず》んでいるばかりだった。

「捜せ、捜せ、とにかく捜せ――」

その号令のもと、十人ばかりで牢屋敷の内外を隈《くま》なく捜索したが、やはりどこにも見あたらない。既にはるか遠くへ逃走しているのは明らかだ。無尽灯の冷えきり具合からしても、新平が牢を脱けたのは夜中のことと思われる。

「とっ、とっ、とにかく閑叟さまにお伝えせんことには!」

「ああ、えらかことになってしもうた。お咎《とが》めのなかぎ、よかばってんが」

与内はアタフタと城に向かった。


その日の昼過ぎ、直正とお付き数人、そして岩次郎という、先日と同じ面々の一行がやってきた。そして今は開け放たれている拾参号牢のところまで来て、しげしげと内外《うちそと》を眺めまわしていたが、

「見事なものじゃ」

直正は感服したように言い放った。

その様子に、どうやらお咎めを下されずにすみそうだと、与内と喜乃助は内心ほっと胸を撫《な》でおろしていたが、

「どんな方法を用いたのか、調べはついたのか」

そう訊かれて、

「いっ、いえ。そいは、その――」

揃って背筋をつっぱらかせた。

「皆目見当もつかんというところか。ますます面白い。しかし、こうも鮮やかにやり遂げるとはのう」

そしてひょいと岩次郎に顔を向け、

「お前が入れ知恵したのではないか?」

岩次郎はぷるぷると首を振り、

「とんでもない。あてはそんなこといっさいしてまへんえ。そのことは与内さんかて請け合《お》うてくれはると思います」

「相違ないか」

再び水を向けられた与内は眼をキョトキョトと泳がせながら、

「は、はっ。そがん節《ふし》は全然《いっちょん》せんじゃったですし……差し入れの本も穴んあくごと検めましたけん」

やっとのことでそう答えた。

「ほかに訪ねてきた者もなかったというのじゃな。では、協力者もおらんということか。儂のつけた条件通りじゃのう。さすれば、約束通り聞者役として取り立ててやらねばならんが――はて、その新平は今どこにおるんじゃろうな」

それには岩次郎が、

「城下を離れてはしまへんやろ。そう遠ないとこで、迎えが来るんを待ったはるんちゃうやろか。そう考えると、大木民平さんのとこか――いや、それより堂剋堂にいたはる可能性のほうが高そうやな」

直正は「ほほう」と口を窄《すぼ》めて、

「堂剋堂とは？」

「城下の唐人町《とうじんまち》にある本屋ですねん。新平はんも常連やし、今度の差し入れの本のうち、五冊ほどは堂剋堂さんに都合してもろたもんです」

「それで、どうして新平がそこにいると思う」

「さっき見たんやけど、堂剋堂さんから借りた本がきっちりのうなってるさかい。返したついでに、そこでまた悠然と読書に耽ったはるんやないですやろか」

「なるほど」

直正は二度三度大きく頷き、

「では、まずそこに迎えを差し向けるか。――いやしかし、牢破りの種明かしをあ奴から聞かされるのもいささか業腹《ごうはら》じゃな。その前に種を見破れんか？」

すると岩次郎は面映《おもは》ゆそうな笑みを浮かべて、

「いちおう、およその段取りは――」

それには直正よりも、まわりの者たちの驚きの色が大きかった。

「何。既に見抜いておると？　これは面白い。聞かせてくれ。どうやったのだ」

「口で説明するより、実際にお目にかけるのがよろしおますやろ」

「実演してみせるというのか。それはますます面白い」

「ほな、失礼して」

岩次郎は牢内にはいると、まず無尽灯に火を点《とも》すように依頼した。与内に言いつけられて喜乃助がそれをすませると、岩次郎は続けて、そこの鍵でしっかり施錠して、その鍵をもとの壁釘に戻すようにと頼んだ。喜乃助がヘドモドしながらその通りにすると、ほかの者が格子を透かして興味津々に見守るなか、岩次郎は文机の上に積まれた本をおろし、それを床の上に並べはじめた。

閉じたままではなく、開いた状態で縦に並べるのだが、それらの本すべてが、見開きの右ページが一枚だけになるようにして開かれている。そして十二冊の本を隙間なく縦に並べると、今度はもう一列に取りかかった。

その一列もやはり本を開くのだが、今度は見開きの左ページが一枚になるように開いている。そしてそれを置く位置はというと、まず一冊を先程並べた一冊目と二冊目の右側ページのちょうど中間に新たな一冊目の左側ページが重なるように置いた。そして二冊目をその真下に隙間なく――つまり左の縦列の二冊目と三冊目の右側ページ中間に新たな二冊目の左側ページが重なるように置く。そうやって左の縦列の本と右の縦列の本がジグザグになるように配置し、新たに十二冊を縦に並べたところで冊数がつきた。

そうしておいて、岩次郎は新たな作業に取りかかった。左の縦列の本の左側からページを一枚だけめくり、右側のページに重ねる。つまり、右の縦列の本の左側ページの上に重ねるわけだ。それを順々に行ない、左の縦列のすべての本をそうすると、今度は右の縦列の本を今とは鏡写しに――つまり右側からページを一枚だけめくり、左に重ねるというのを繰り返していった。

それが終わると、再び左の縦列に戻ってさっきと同じ作業を反復する。そしてまた右の縦列と、どんどんページを重ねあわせていった。もちろんすべての本が同じページ数ではないので、めくり終わるまでの回数はバラバラだったが、やがてすべての本をめくり終えると、左右の縦列の本はしっかりと噛みあって、まるで一本の長い板のようになった。

そこで一同のあいだからかすかに溜息《ためいき》が洩《も》れた。

当時の和本には手で書き写された写本と印刷された版本があるが、いずれにしてもサイズは美濃《みの》本と半紙本の二種が基本で、ここにあるのはほとんどが美濃本だった。それが縦九寸三分（約二十八・二センチ）、横六寸七分（約二十・五センチ）なので、板の長さは縦の十二倍ちょっとで、三メートル半にもなる。

「さてと。あては新平はんみたいに力はおへんから、ちょっと難儀するかも知れへんけど」

岩次郎はそう言いながら本の板を牢格子のそばまで持っていき、胸の高さあたりの格子の隙間からゆるゆると外に突き出した。牢格子は六寸角（約十八センチ角）なので、斜めにすればらくらく通る。そして通し終えた片方をしっかり支えると、板の先を壁釘にかけた鍵のほうに差し向けた。

腕を精いっぱいのばせば四メートルだ。結果、板は何とか壁釘に届いて、先っぽを上げ下げしているうちにうまく鍵が板の先に落ちた。それを苦労しいしい引き戻して、鍵を牢内に回収すると、再びかすかな溜息が折り重なった。

「いっぺんでうまいことといってよかったあ。届かへんかったら、堂剋堂さんから借りた本も足せばとか、本と本の縦のあいだに隙間をあけたらもうちょっと丈がのびるとか、言い訳も考えてたんやけど」

言いながら自分で鍵をあけて外に出ると、直正は「見事！」と満悦の態《てい》で膝を叩いた。

「なるほどのう。柔い本もこのようにすれば、しっかと通った一本の板になるか。さすが、久重どのの孫だけあって、まこと天晴《あっぱれ》な推量、機智《きち》ぶりだ。──しかし、あるいは本を差し入れしながら、既にこうなることを予想していたのではないか？」

「もしかするとこの手を使うんと違うかなとは思てたし、期待もしておましたけど、はじめに本の差し入れしたたんは閑叟さまがあの条件を持ち出さはった前やから、手助けや唆《そそのか》しにはあたらへんのやないですか」

「確かに。いや、よく分かった。これを自力で考えついたあ奴も見事。では、堂剋堂とやらの場所を訊《き》いて、すぐに迎えを差し向かわせよ」

そして、

「念を押しておくが、この脱獄の件、ならびにあ奴を聞者役として取り立てる件は、くれぐれも藩の機密じゃぞ」

全員に命じておいて、機嫌よくその場をあとにした。

それからしばらくの時が過ぎて、堂剋堂の場所を説明し終えた岩次郎が、与内と喜乃助に「お疲れさん」と声をかけてきた。

「もしかしたら自分にもお咎めがあるんやないかと心配したはったんと違います？」

幾分からかいを含んだ表情と声色に、与内は頭を掻き掻き、

「ずーっと金玉の縮みあがっとったばい。外からの手助けものうしてまんまと牢破いばされてしもうたとないば、あとあとまでん物笑いじゃっけんのう」

眉を八の字にして下腹を撫でまわす仕種もおかしく、笑いながらのやりとりが続いたが、

「そいにしたっちゃあ、見事な謎解きでございました。俺《おい》なんか、すっかい野狐《やこ》か物の怪《け》の仕業じゃなかかて思っといました。何《なん》せ、吾呂作《ごろさく》の奴がおかしかことば言うもんですけんが」

そう口を挿《はさ》んだ喜乃助の言葉を、

「おかしかこと？」

と、与内が聞き咎めた。

「ないない。昨日、吾呂作が夜番ばしとったら、丑三《うしみ》つん頃《ころ》、牢屋敷の屋根ん上でひょこっと何か動《いご》いたごたっ気のして、ゆう見たぎ、こぎゃん小《こー》か《ま》子供じゃったけん、もう背筋のずーんとして、詰所さいすっとんで帰《けえ》って震えとったて言いよいましたたい。そがん莫迦《ふうけ》らし《とっ》い話は報告もでけんて思うとったばってん、ひょっとすっぎんた、そがんこともなかぎ、あぎゃんおかしかとは起こらんとじゃなかかて気もしとっとたい」

「小《こま》か子供……？」

と、今度は岩次郎が眼をパチクリさせて反復した。

「もしかして、おかっぱ頭の……？」

「そうたいそうたい。やっぱいそがん言うちょいました。ばってん――また、なして？」

「いえ……」

そう答えながらも浮かない顔でしきりに首をひねる岩次郎の様子に、与内と喜乃助も顔を見あわせ、何となしに薄気味悪い想いに囚われていた。

嘉瀬《かせ》川人斬り事件

前話では江藤新平が帰藩した一年後、無断で久留米藩領に潜入し、尊攘《そんじょう》派藩士らと勝手な約束を取りつけて騒動を起こした咎《とが》から、牢に繋がれることになった文久《ぶんきゅう》三（1863）年六月にまで時を進めたが、ここで少し話を戻そう。

生麦《なまむぎ》事件に端を発しての攘夷《じょうい》決行の行方が不透明な状況のもと、鍋島直正《なべしまなおまさ》が帝《みかど》の召《めし》に応じ、文久二（1862）年十一月半ばに佐賀を出て京都に向かったことは既に書いた。京都に着いたのがその月の二十四日。小御所《こごしょ》において帝への謁見が叶ったのが十二月二日である。しかしこのときは顔合わせということで、帝から盃《さかずき》を授かる天盃《てんぱい》という儀式だけで終わり、退出となった。

三日には関白の近衛《このえ》忠熙《ただひろ》と面会し、開戦の無謀を伝えると同時に、長崎警護を返上して、既に会津《あいづ》藩が受け持たされていた守護職を引き受け、京都と大坂の警護に集中したいと申し出た。その際、佐賀藩なら足軽三十人と兵士二十人で充分に御所を守りきれると断言した。結果としてこの申し出はお流れになってしまうのだが。

忠熙はもともと公武合体派なので充分に意は伝わったが、このことによって、攘夷決行を押し通したい朝廷内の尊皇攘夷派が佐賀藩への警戒を強めたため、帝との再謁見に半月以上も待たされることになった。そして十九日の謁見で江戸行きを命じられた――という順序である。

そしてこの間、佐賀では大きな出来事が起こっていた。以前から病に伏しがちだった武雄《たけお》領邑主《ゆうしゅ》の鍋島茂義《しげよし》がついに十一月二十七日に亡くなったのだ。その訃報が直正に届いたのは忠熙との面会ののち。十四歳上の頼もしい兄貴分であり、蘭癖《らんぺき》においては懸命に追いつこうとした大目標であり、兵力の近代化への道筋を示してくれた藩の恩人である茂義の死に、直正は身を捩《よじ》って悲しんだ。

そのいっぽうで、慰めとなる想いもあった。独力で推し進めていた兵力の近代化を本藩にバトンタッチしたのちの茂義は、それまで以上にもっと幅広く蘭学を愉《たの》しむ境地に進んでいたようで、そのことを直正はひどく羨ましく思っていた。早々に隠居を決めこんだ茂義に倣《なら》い、自分も息子の直大《なおひろ》に藩主の地位を譲ったが、未だ実権者である立場から、そんな時期が来るのはまだまだ先のことのようだ。その意味で茂義の晩年は極めて幸福なものであっただろう。

――そういえば岩次郎の奴、茂義どのにたいそう可愛がられていたし、頻繁に武雄に出入りして、それらの幅広い蘭学にじかに触れさせてもらっていたというから、あいつもさぞ嘆き悲しんでおることじゃろうな。

宿舎である東山の真如堂《しんにょどう》の一室で、ぼんやりそんな想いに耽《ふけ》っていると、

「岩次郎のことをお考えですか」

そばに控えていた古川松根《ふるかわまつね》がふと見透かしたように声をかけた。

「分かるか」

いささか驚いて訊《き》き返すと、

「岩次郎のことが話題にのぼったとき、閑叟《かんそう》さまのお顔にはいつも同じ表情がお浮かびですので、恐らく今度もそうではないかと」

「そうか。それは気づかなかったな。ちなみにどんな顔をしておった」

「貢姫《みつひめ》さまのお話が出たときによく似ておいでです」

直正は眼を見張り、ぴしゃりと自分の額を叩いて、

「これは参った」

浮かべた苦笑に、松根もつられて頬を緩ませた。

貢姫は直正の長女で、三人の娘のなかでもとりわけ可愛がっていた。江戸藩邸住まいの彼女と佐賀にいることが多い直正のあいだには頻繁に手紙のやりとりがあり、そのうち直正からの嘉永《かえい》六（1853）年から慶応《けいおう》二（1866）年までの十三年間の手紙が百九十一通、鍋島報效会《ほうこうかい》（徴古館《ちょうこかん》）に残されている。内容は愛情に充ちたもので、娘だけでなく臣下や藩民全体への思いやりと心遣いにあふれた直正の人柄が窺《うかが》える恰好《かっこう》の史料である。

さて、その岩次郎だが、茂義が亡くなった翌月のその頃、奇妙な事件と関わりを持つことに

なった。そしてその前提として、少々佐賀の特色について語らせて戴こう。

今の佐賀市内――特に旧城下を歩いてみると、街角の至るところに石造りの恵比須《えびす》像が立っているのに気づかされる。実際、佐賀市は日本一恵比須像の多いところとして認定されており、その数、令和四（２０２２）年八月二十二日時点で何と八百四十四体。そして現在もその数をふやしている。

夷、戎、胡、蛭子、蝦夷、恵比須、恵比寿、恵美須、恵美寿などと表記され、えびっさん、えべっさん、おべっさんなどとも呼称される《えびす》は、現在《七福神》のメンバーとして親しまれているが、ほかの神様がヒンドゥー教・道教・仏教から由来するなかで、唯一日本の神様である。（と言うと、七福神のうちの大黒様は大国主神《おおくにぬしのかみ》だから、これも日本の神様ではないかという異論が出るかも知れないが、これは「大国」が「ダイコク」と読めることから、のちにヒンドゥー教のシヴァ神の化身、マハーカーラ神を指す《大黒天》と習合していったものである）

文献上の《えびす》の初出は平安時代末期の辞書である『伊呂波字類抄《いろはじるいしょう》』であり、そのなかで、神道における八百万《やおよろず》の神がみが、仏教における様ざまな仏の化身として日本に現われたものとする《本地垂迹《ほんじすいじゃく》説》により、《夷《えびす》》が《毘沙門天《びしゃもんてん》》の権現《ごんげん》とされていることから、古くは荒々しい神として信仰されていたことが窺われる。

そもそも《えびす》は漁民のあいだで発生した信仰と考えられており、また「夷」や「戎」などと表記されることから窺われる通り、外来神や漂着神としての性格も強く帯びている。現在も豊漁をもたらす漁業神として広く各地に伝えられているし、クジラやジンベイザメを「えびす」と呼ぶ地域も多い。中世になると、次第に商売繁盛をもたらす商業神としての神格を強めていき、また福神《ふくじん》としても信仰されるようになった。さらに農村では農業神としても信仰されていく。

《えびす》は記紀に出てこない神だが、記紀の神と結びつけようとする動きが起こり、いくつもの説が登場した。なかでもイザナギ、イザナミの子である蛭子《ひるこ》、あるいは大国主神の子である事代主神《ことしろぬしのかみ》とされることが多く、また少数だが、少名毘古那神《すくなびこなのかみ》や彦火火出見尊《ひこほほでみのみこと》とされることもある。

なお、ここで言っておくと、《えびす》の旧仮名表記は「ゑびす」であり、その点で、字音仮名遣いが「ゑ」である「恵」の字は、本来当て字として不適当なのだが、既に広く浸透してしまっているので、本作でも最も一般的に流通していると思われる「恵比須」表記を多く使用することをお断りしておこう。

さて、《えびす》を祭神とするえびす神社は全国に約三千五百社あるが、その総本社が兵庫県西宮市《にしのみやし》にある西宮《にしのみや》神社であり、ここでは《えびす＝蛭児》とされている。もともと佐賀の恵比須信仰は、保元《ほうげん》・平治《へいじ》の乱で肥前《ひぜん》に亡命した本田大和守昭雲《ほんだやまとのかみあきたか》という信濃《しなの》の武士が、夢のお告げに従い、承安《じょうあん》二（1172）年、佐賀郡川副《かわそえ》に、かねて崇敬する摂津《せっつ》の西宮神社の分霊を迎えて西宮社《にしのみや》を建てたのがはじめだが、その後の佐賀藩初代藩主・鍋島勝茂《かつしげ》も慶長《けいちょう》九（1604）年、社殿を改築して、規模を拡大するなど、極めて篤《あつ》く尊崇したことが、さらにその信仰を大きくひろめる力となった。その佐賀の西宮社には、市内で最も古い寛文《かんぶん》九（1669）年の恵比須像や享保《きょうほう》十六（1731）年の恵比須像がある。ほかに古いものとしては、今の材木《ざいもく》二丁目に、元禄《げんろく》三（1690）年に造られた恵比須像が残っている。

恵比須像の数は十八世紀後半から急速に増加していった。佐賀を訪れた尾張《おわり》の商人・菱屋平《ひしやへい》七《しち》が著《あらわ》した享和《きょうわ》二（１８０２）年の『筑紫紀行《つくしきこう》』にも「此国の町屋にも村々にも道の辻ごとに石のえびすをおけり」という記述があり、その頃にはかなりの数になっていたことが分かる。

なぜ佐賀でそれほど恵比須像が造られたかについてはほかにも、佐賀城下では水路を利用した海運業が栄えたので、その業者が漁業豊漁や商売繁盛を願って恵比須信仰をひろめたとか、佐賀は長崎街道の中間にある宿場町として栄えたので、旅人の安全を祈願し、また街道筋の商売繁盛を祈願するための恵比須信仰がひろまったとか、佐賀には牛津《うしづ》などに石工《いしく》が多くおり、恵比須像を簡単に注文できたのでその造立が流行したとか、諸説が唱えられているが、恐らくそのいずれの要素もあったのではないだろうか。

いずれにせよ、恵比須像の数は長崎街道沿いが最も多く、現在の「構口交差点《かまえぐち》」のあたりから西の「高橋《たかはし》」まで約五キロに亘《わた》って、およそ二百八十体が鎮座している。近年は市内各地の選《よ》りすぐりの恵比須像を巡る「さが恵比須八十八ヶ所巡り」が行なわれており、通い帳を持って巡礼印を集めると「巡礼の証」と記念品が貰《もら》えることを書き添えておこう。

はてさて、佐賀市内――特に旧城下を歩いてみて、もうひとつ気づかされることがある。それは街じゅう網目をなすように縦横に流れる川である。規模はまちまちだが、そのほとんどが人工的に造られた水路だ。かつて佐賀ではもっぱら「堀」、訛《なま》って「ほい」と呼ばれていた。ここでは現在よく使われている「クリーク」という英語を用いたい。

佐賀の市街地だけでなく、郊外、さらには佐賀平野全体に、このクリークは細かく張り巡らされている。その総延長は約二千キロメートル、総面積は約千九百ヘクタール、総貯水量は約二千二百万トンで、これは嘉瀬川《かせがわ》上流の北山《ほくざん》ダムの貯水量に匹敵するという。この夥《おびただ》しいクリーク網が佐賀平野最大の特徴であり、とりわけ佐賀市は日本でも有数の水の都といえるだろう。

佐賀平野におけるクリーク網の歴史は恐ろしく古い。そもそも佐賀平野は河川の運搬によって土砂が堆積し、有明海《ありあけかい》に向かって徐々に拡大してできた沖積《ちゅうせき》平野であり、後年、人の手による大規模な干拓によってさらに拡大していった。郊外をドライブすれば、佐賀平野の延々と続く、あまりの平坦さに眼を見張らされるほどだ。また有明海は干満差が大きく、最大で約六メートルにも達する。これは潮汐《ちょうせき》による海水の動き（潮汐振動）と湾の形状に左右される海水の動き（固有振動）が近いことで、共振が発生しているためと考えられている。このような条件が揃う湾は世界的にもあまりない。佐賀平野ではこの働きによって干潟《ひがた》が深く掘り削られ、海とだけ繋がった《江湖《えご》》という特殊な自然水路が数多く生じた。これに手を加えて、溜《た》め池や原始的な用水堀へと改修することが、既に弥生時代から行なわれていた。

また、推古《すいこ》天皇十五（６０７）年に秦河勝《はたのかわかつ》が《九十九万代の干拓》を行ない、これが日本最古の干拓であるという。さらに、大化《たいか》の改新後の条里制《じょうりせい》実施によって用水路網として掘られたクリークもある。鎌倉時代にはいると武家社会の発達により、周囲に堀を巡らせた環濠《かんごう》集落が形成され、防護主体のものも築かれるようになった。

こうして先人たちの努力により、幾多のクリークが必要に応じて造られてはきたものの、佐賀平野の水源地である脊振《せふり》山系は山が浅くて保水力に乏しく、いっぽう平野部はあまりに平坦で水捌けが悪いため、「降れば洪水、晴れれば渇水」と言われるほど、常に水害と干害に悩まされ続けてきた。

江戸時代にはいって、そうした状況を一変させる人物が登場する。「治水の神様」と謳《うた》われる成富兵庫茂安《なりどみひょうごしげやす》である。幕末だけでなく、江戸期全体から佐賀の賢人を選ぶなら、まず筆頭にあげられるべき人物だろう。龍造寺《りゅうぞうじ》家・鍋島家の重臣として仕え、朝鮮の役や天草《あまくさ》の戦いでは加藤清正《かとうきよまさ》を援《たす》けるなど、豊臣秀吉から一目置かれるほどの勇猛な武将だったが、江戸幕府が開かれたのちは江戸の町の修復や水路の整備に携わり、また、京都の二条《にじょう》城、駿河《するが》の駿府《すんぷ》城、尾張の名古屋城、肥後《ひご》の熊本城等の築城にも加わった。佐賀に戻ったのちは様ざまな治水や利水事業、新田開発などをひろく手がけ、筑後《ちくご》川の千栗《ちりく》堤防、蛤《はまぐり》水道、三千石堰《さんぜんごくせき》、三法潟《さんぽうがた》の大日堰《だいにちせき》、西芦刈《にしあしかり》水路と片側堤防等、百ヶ所を超える事績を残したが、その多くが現在も稼働しているのは驚くべきことだろう。

　クリークに関しては、もちろん彼が新設したものもあるが、既存の非効率的なクリーク網を再整備し、ネットワーク化したことが大きい。このように平野全体で治水や灌漑《かんがい》を一体的に捉えるのは当時としては画期的な考え方だった。これにより、一部で不具合を起こすと佐賀平野全体の水利に影響するという観念が浸透したこともあって、佐賀藩では江戸期を通じて水争いや百姓一揆による暴動がほとんど起こらなかった。

　その彼の代表的な仕事に《石井樋《いしいび》》の建設がある。佐賀平野の主要河川である嘉瀬川から分岐した多布施《たふせ》川が佐賀城下に向けて流れているのだが、その分岐点に洪水防止と安定的な用水確保のために設けられた取水施設である。「土砂の多く混ざった嘉瀬川の水をまず《大井手堰《おおいでせき》》で受け止め、それぞれ《象の鼻》《天狗の鼻》と呼ばれる二つの突堤で水の流れを緩やかにし、土砂を沈殿させて澄んだ水だけを多布施川に取り入れる」というその巧妙な仕組みは、現在の治水の専門家も舌を巻くほどのものだ。

もうひとつ、彼の天才性を象徴する事績として、《馬頭《うまんかしら》サイフォン》というのを紹介しておきたい。松浦《まつうら》川の伊万里《いまり》市松浦町《まつうらちよう》桃川《ももかわ》で今も稼働し続けている灌漑施設である。これはその付近で川がU字形に屈曲しているのを利用し、一キロ上流に設けた石井手（石造の取水堰）の《萩《はぎ》の尾堰《おせき》》から取水した水を七百メートルほど地下水路で運び、当該地の川床の下をくぐらせるかたちで横断させ、高台にある七十ヘクタールの水田に用水を供給するというもので、現地に立ってみると、そばに見おろせる川面より何メートルも高い場所に滾々《こんこん》と水が湧き出ている景観に、何とも不思議な気持ちにさせられる。

この《逆サイフォン》（当時は「伏越《ふせこし》の理《ことわり》」と呼ばれていた）の原理を応用した給水施設としては金沢市に築かれた辰巳《たつみ》用水の導水トンネルが有名だが、馬頭《うまんかしら》はそれより二十年余り早い。実際、辰巳用水の建設にあたっては茂安のもとで育った技術者も加わっていたようだ。この技術がどのようにして日本に伝来したか、あるいは全く彼の独創だったかについてはよく分かっていない。

と、佐賀における二つの特色を紹介したが、ひとまずここで問題となるのは恵比須のほうである。というのは、この頃佐賀の城下で「辻の恵比須さんが時どき夜の町をうろつきまわっている」というおかしな噂が囁《ささや》かれるようになっていたからだ。

今年の初夏あたりには「夜の町を徘徊《はいかい》している小さな子供を見た」という話をちらりと聞いた。それだけでない。先日亡くなった茂義も似たようなことを言っていた。この「夜歩く恵比須」の噂を聞いたとき、岩次郎は真っ先にそのことを思い出した。はじめは子供、次は恵比須か。いったい何なのだろう。とにかくそういう類いの小さなものが夜の佐賀の町を歩きまわっているということか。

もしかしたら小さい子供というのも恵比須だったのではないだろうか？

いや、小さい子供のほうには「おかっぱ頭の」というのがくっついていたような気がする。佐賀の恵比須像には、鯛を抱えたいかにも恵比須さまというものから、三味線を鳴らしているもの、大福帳《だいふくちょう》をひろげているもの、子供っぽい顔のもの、武将のような面影のもの、のっぺらぼうになっているもの、仲よく二対で並んでいるものなど、姿形はまちまちだが、おかっぱ頭に見えるものというのは出くわしたことがない。とすると、両者はやっぱり別物なのだろうか。それどころか、もしかしたらほかにも背丈が同じくらいのいろんな異形《いぎょう》の者がうろつきまわっているのではないだろうか？

そんなふうに岩次郎がその噂にひときわ興味を惹かれたのは、彼自身のなかに強くそのこと と響きあうものがあったからだった。それはこのところつきまとっている、誰かに見られている、という感覚だ。

始終というわけではない。ふとしたときに耳の後ろや肩口を撫《な》でて通るくらいのかすかなものだ。一度や二度で終わっていたなら、単なる気のせいだとやり過ごしていただろう。しかし三度、四度と続くと、徐々に思い過ごしとしてすませるのは難しくなる。まして五度、六度と重なるに至っては――。

そう、誰かに見られている。何かを仕掛けてくるわけでもなく、ただじっとどこからか監視されている。そんな正体のつかめない視線だ。そしてそれは昼の日中や黄昏《たそがれ》どきの戸外だけでなく、夜中、精煉方《せいれんかた》の敷地内にある田中家の自室で読書やからくり作業に熱中しているときですら、ふと背中に感じることがあった。

もちろんそのことと恵比須の噂がただちに結びつくわけではない。むしろ全然別個のこととして捉えるのが普通だろう。けれども岩次郎には理屈でないところで、なぜかその両者は根っこで繋がっているような気がした。

とはいえ、どのみち恵比須像に関しては雲をつかむようなとりとめのない話だ。実際に歩きまわっているところを現行犯でとっ捕まえるか、夜毎《よごと》にすべての恵比須を点検してまわって、いなくなっているのを見つけるしか事実と断定する術《すべ》はない。まさかそんなことのためにそこまで手をかけて確認するつもりにもなれず、胸の隅にモヤモヤした気持ちを抱いたままやり過ごしているほかなかった。

そうした十二月上旬のある日、岩次郎は長崎から戻った大隈八太郎《おおくまはちたろう》（のちの重信《しげのぶ》）に誘われて、彼の仲間たちの飲み会に顔《かた》を出すことになった。既に暮れ六つを過ぎてはいるものの、もちろんイタチの樋吉《といきち》はついて来ていない。その座には重信とともに長崎の英国聖公会会堂の初代チャプレンであるチャニング・ウィリアムズや二代目チャプレンとなったグイド・フルベッキから英語や数学を学んでいる副島次郎《そえじまじろう》（種臣《たねおみ》）や山口範蔵《はんぞう》（尚芳《ますか》）、また江藤新平の親友・大木民平《みんぺい》（喬任《たかとう》）、さらに佐賀有数の豪商である諸富屋嘉平《もろどみやかへい》といった顔もあった。

話題は岩次郎からの要望もあって、長崎でどのように洋学を学んでいるかが中心になり、諸富屋も興味深げにフンフンと耳を傾けていたが、ほかにも閑叟公の朝廷への働きかけの行方、今後の尊王攘夷派の動向、また、いずれ大坂や神戸が開港されるのだから、今のうちに神戸海岸一帯の土地を買い占めておくべきだなどといった話にまで及んで、おおいに談論風発し、盛りあがった。

ほかに最近の恵比須像の噂も話に出たし、諸富屋が城下の西に建設中で騒がれている通称《お化け屋敷》も当然の如く話題にのぼった。

岩次郎も近くで眺めたことがある。周囲にひろがる田畑や林を買い占め、整備し、いくつもの建物を建設中だ。その多くは蔽《おお》いに隠されて見えないが、寺や庭園のようにゆとりを持たせた配置ではなく、建物どうしがもっと密にくっつきあっているようだ。特に敷地の中央部に造られている、反射炉の煙突を超えそうなバカ高い塔は、完成すれば佐賀の町の新たな名物になるのではないかと評判だった。

「結局ありゃあ何《なん》なとですか。あん辺《へん》一帯ば使《つこ》うて大がかいな見世物《もん》でんやろうっちゅうとか。そいともお江戸の吉原にも負けんごたっ遊郭ばおっ建つるっちゅうことで、藩とも話のついとっとか」

八太郎に訊かれて諸富屋は、

「遊郭はやってみたかばってん、あがん真面目一遍の閑叟さまがお許しにならすわけのなかでしょう。まあ、見世物っちゅうとが近かけん、お化け屋敷て言わるっとも遠からずかも知れんです」

そう言って笑った。

「そいについちゃあ、久重《ひさしげ》どんにも何度か相談ば持ちかけたばってん、色よか返事ばもらえんかったとは残念やった」

諸富屋が言ったのは事実だった。彼が何度も祖父の久重のところに足を運んで、からくりの考案を頼みこんでいるのを岩次郎は見ている。けれども久重は藩の仕事で手いっぱいで、到底そんな余裕はないと断り続けた。もちろん、実際そうだっただろう。だが、岩次郎の見るところ、久重の情熱はもうすっかり蒸気機関や電信機といった先端的な洋学技術に移っていて、かつてのからくり細工といった趣味的な分野にはほとんど興味も関心も失ってしまっていることのほうが大きいと思われた。

事実、久重は過去に作ったからくり人形の類いをほとんど佐賀に持ってきておらず、わずかなそれらも岩次郎へのおもちゃ代わりに過ぎなかった。とはいえ、岩次郎はそれによって幼少の頃からからくりの不思議さに親しみ、なかを開いて自分でもいじりまわすことで、様ざまな原理や工夫の勘どころを身につけることができたのではあるが。

そんな話が続いているさなか、ふと八太郎が首を低く突き出し、

「あっちの隅《はし》に秀島藤之助《ひでしまとうのすけ》のおったい」

ひそめた声で言った。見ると、痩せた生真面目そうな男が一人静かに盃を傾けている。

「岩次郎も知っとっとか」

「そら、同じ精煉方やから。けど、そういうたら、あんまり喋ったことはおへん」

「とにかく真面目一徹で、口数の少なか、沈思黙考ば絵に画《きゃ》あたごたっ男やっけんの。言い換ゆっぎんた、陰気で、頑固で、融通ん利かんっちゅうことばってんのう」

それは岩次郎の印象も同じだった。頭の切れは抜群によさそうだが、どうも外様《とざま》である久重たち四人組とソリがあわないのか、あまり闊達《かったつ》な意思疎通はないように見受けられる。そして

今のこの場の空気からすると、どうやら八太郎たちもあまりソリがあわないようだ。改めてじっくり藤之助を盗み見ると、額にうっすらと青筋を立て、じっと盃を見つめる様子に思いつめたような気配が窺われて、少しばかり気味悪いくらいだった。

秀島藤之助の名前はこれまでの話にもチラリと出た。弘道館《こうどうかん》とは別に設立された蘭学寮の第一期生だ。代々藩主の近習《きんじゅう》を務める家柄に生まれ、優秀さを見込まれて、蘭学寮ののちは幕府の長崎海軍伝習所の伝習生となり、蒸気機関・砲術・物理・数学の四科を学んだ。また、幕府が日米修好通商条約の批准書交換のために派遣した万延元《まんえん》（１８６０）年の《遣米《けんべい》使節団》でも、佐賀藩からの選抜メンバー七人の一人となったのだから、相当なエリートである。アメリカから帰国したのちは蒸気船製造のプロジェクトの主任に任命された。

なお、既にオランダが国際的な第一線から陥落していることは周知となっていたが、現実に佐賀藩が蘭学から英学への転換に踏み切るにあたっては、藤之助の進言によるところが大きかった。この今、八太郎らが長崎で英語を学んでいるのもその延長上のことであり、のちに佐賀藩は英学を学ぶための藩校・致遠館《ちえんかん》を長崎に設立する。

ここでちなみに言っておくと、万延元年遣米使節の流れを受けて１８６２年には《文久遣欧《けんおう》使節団》が派遣されてヨーロッパ諸国を巡ったが、これには佐賀藩精煉方の石黒寛次《いしぐろかんじ》がメンバーに選ばれている。約一年かけて品川《しながわ》港に戻ってきたのがちょうどこの話の当日あたりだが、そのことはまだ佐賀には伝わっていない。

「そがんいうぎ、昨夜《ゆんべ》のあんときも秀島がおったたいのう」

ふとそんなことを言いだしたのは大木民平だった。

「あんとき？」と、首をひねる八太郎。

「昨夜《ゆんべ》、たまたま街道の西ん端《はし》ん家に用のあって行っとったとたい。戌《いぬ》ん刻《こく》に入《ひゃあ》ってまもなくやったか、やけに外の五月蠅《やかまし》かもんで出《ず》っぎんた、嘉瀬《かせ》刑場の番屋に村ん者《もん》の駆けこんで騒いどっと。そいで俺《おい》も聞いてみたぎ、嘉瀬川ん下《し》流《も》んほうで、侍どうしの争うて一人《ひとい》が斬らるっとこば見たっちゅうことやった」

ここで急いで解説しておこう。佐賀城の北側に長崎街道が東西方向に走っていることは以前に書いたが、その長崎街道を西にずっと辿《たど》っていくと、五キロほどで嘉瀬川にぶつかって土手沿いに北に折れ曲がる。そして江戸時代にはそのあたりに佐賀藩の刑場があった。元禄四（1691）年の江戸参府《さんぷ》の模様を記したオランダ商館医ケンペルによる『江戸参府紀行』に、嘉瀬刑場の近くを通り過ぎたときに刑死者八名の首が晒《さら》されていたという記述がある。また、のちに《佐賀の乱》で斬首刑となった江藤新平と島義勇《しまよしたけ》の首が晒されたのもこの刑場だった。この場所は現在の県立森林公園内にあり、千人塚《せんにんづか》という供養のための史跡が残されている。

「ほう。そがんことの」

副島次郎も口を窄《すぼ》めると、

「そうこうしとっうちに、騒ぎで寄い集もうたなかに秀島もおったっちゅうわけたい。まあ、別に言葉は交わしゃあせんやったばってんな」

「そいで、どがんなった」

「現場に出向くっなかに俺《おい》もついて行《つんのうで》ったたい。あん辺から川ん、くう大きゅう曲がいこんどっじゃなかか。そいが曲がいきったちょっと先の、百姓家のぽつんぽつんてあっ、そん一軒の前で、確かに土ん乱れて血のとび散った痕《あと》のあったたいね」

「ほう。で、肝腎の斬られたっちゅう者《もん》は」

「月ものうして真っ暗やったけん、提灯《ちようちん》ば翳《かざ》してあちこち捜しまわってみたばってん、どこにも見あたらん。そこまで案内してきよった村の者《もん》もオロオロしとったばい。そうこうしとっうちに川んむこう岸《べた》からオーイオーイて呼びよっ声の聞こえてくっと。そいで俺《おい》も河原に下《お》いてみっと、冬涸れで水ん流れの少のうなっとっけんが、何とかむこう岸《べた》に渡いきったと。そいぎ、むこうも下《お》いてきよって、家《うち》ん前で友人の刀傷《かたなきず》ば負うて死にかけとっ、医者ば呼んでくれっちゅうて泣こうごたっ顔で言われてのう。そいで役人ば医者に走らせて、俺《おい》がそん男の家に駆けつけたぎんた、斬られた男はもう息がなかったとたい」

「誰《だい》が斬ったかはまだ分からんとか」

「昨夜《ゆんべ》のうちにはな。今日どがんなったかは知らん」

「斬られて死んだ男ん名は？」

「斬られたとは吉岡文衛門《よしおかぶんえもん》、助けば求めてきたとは山下惣八《やましたそうはち》ちゅうて、どっちも弘道館出身の手明鑓《てあきやい》たい。名前までは知らんやったばってん、どことのう見憶えはあったばい」

手明鑓《てあきやり》というのは佐賀本藩と蓮池《はすのいけ》藩にだけある身分で、平侍《ひらざむらい》より下、徒士《かち》より上の下級武士である。戦時には鑓や具足を備えて駆けつけるという意味の名称で、数としてかなり多く、平時は農工商に従事している場合がほとんどで、またいろんな役人に就《つ》くことも多かった。この物語の主要人物のなかでは、江藤新平も手明鑓の身分の家に生まれている。

「吉岡ちゅう男は山下んとこば訪ねようとしとったと？」

民平に詳細を問い質《ただ》しているのは次郎である。諸富屋を除いたこの一座のなかでは最年長で、枝吉神陽《えだよししんよう》の実弟であり、神陽亡きあとは義祭同盟《ぎさいどうめい》の崇敬を一身に集めている立場でもあるので、どうしてもこうした場では仕切り役にまわることが多くなるのだった。ここでざっと年齢を列記しておくと、副島次郎三十四歳、大木民平三十歳、秀島藤之助二十八歳、大隈八太郎二十四歳、山口範蔵二十三歳。参考までにこの場にいない人物もあげれば、江藤新平二十八歳、鍋島直正四十八歳、先日物故した鍋島茂義が六十二歳、田中久重六十三歳である。

「いや、そがんことじゃなからしか。あんなあ、図にすっぎんと分かりやすかばい。あんあたいは、こう川ん曲がいこんどって……まあ、こぎゃん具合たい。（※次ページ図1参照）

吉岡ん家《ち》はもっとずーっと南の川沿いにあって、家の者《もん》の話じゃ、行く先は言わんまんま暮れ六つ頃に家ば出たらしか。誰《だい》かに斬られたとがこん辺たい。川んむこうの山下ん家《ち》ば通《とお》い過ぎとっけんが、吉岡は土手ん道ばそんまんま辿って街道のほうに行こうとしとったとやろう」

「なるほど。そん途中で襲われたけんが、助けば求めて山下ん家《ち》に行こうてしたっちゅうことか。川んむこうっちゅうぎ、あん辺は村田《むらた》家の久保田《くぼた》領たいな」

「うむ。で、吉岡が斬られた場所ん近くにゃ百姓家のぽつんぽつんあっちゅうたばってん、そんうちのいちばん手前んとが岩永康朋《いわながやすとも》ちゅう男ん家《ち》で、やっぱい弘道館出身の手明鑓《てあきやい》じゃったとたい」

次郎は怪訝《けげん》な顔で、

「外でそがん刃傷沙汰《にんじょうざた》のあったとけ、そん男は気いつかんやったとやろか？」

「初めから留守やったかどうかは知らんばってんが、そん家には誰《だい》もおらんやったと。そんあ

〔図1〕

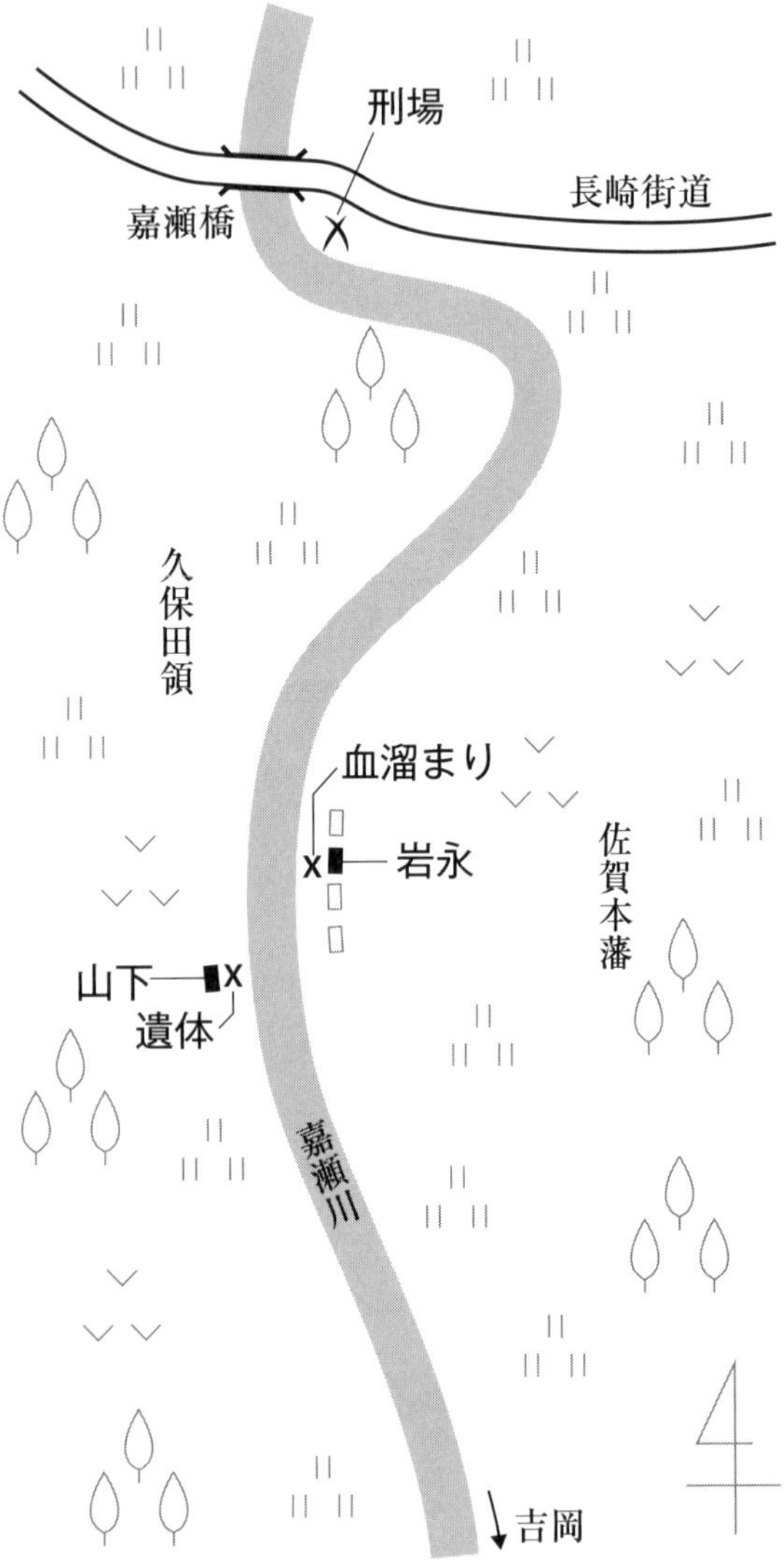

と、岩永ちゅう男の見つかったかどうかも知らん」

「ほかの百姓家は？」

「騒ぎば聞いた者《もん》もおったばってん、恐《えす》うて家んなかで震えとったらしか」

そこで笑いが重なるように洩《も》れたが、ふと八太郎が首を傾《かし》げて、

「そがんいうぎんた、秀島もそん現場までついて《つんのうで》行きよったとか？」

あくまで小声で疑問を挿《はさ》んだ。民平はそれに「うむ」と頷《うなず》いて、

「確かに俺《おい》たちといっしょにいったんは現場までついて《つんのうで》来よった。そこでしばらくウロウロしとったばってん、いつのまにか《いっんはじゃぁ》おらんようになっとったとじゃなかろうか」

八太郎はそれに納得いったようないかないような生返事を返しつつ、ちらりと藤之助のほうに眼をやった。話題の主は依然陰気な顔で、旨くもなさそうにチビチビと盃を傾けている。酒が好きではないのだろうか。かといってまわりの雰囲気を楽しんでいるとも見えないのに、どうしてこんなところで呑んでいるのだろう。岩次郎も不思議に思っていると、

「どうだ。もう何かピンと来たか？」

範蔵が愉快そうに顔を突き出した。

「よう言わはる。こんなんで来るわけあらへん」

岩次郎が顰《しか》めっ面を返すそのやりとりに、

「どがんこつか？」

八太郎が再び首を傾げる。岩次郎が慌てて両手を振るのにかまわず、範蔵は、

「この岩次郎、機智《きち》ものの読本《よみほん》にぞっこん入れあげとうて思うとったら、最近、実際《ほんなごつ》に起こっ

た事件の謎解きもちょくちょくやいようです」

それには全員が「ほほう」と興味深げな声をあげた。

「例えばどがん事件ね」

「岸川町《きしかわまち》の大楠《おおぐす》屋の屋敷で夜な夜な気色ん悪か音の聞こゆっていうて家じゅう震えあがっとった事件とか、佐賀小町て言われとった町娘の面妖《めんよう》か書き置きば残して消えっしもうた事件ば聞いといいます。実はこの俺《おい》自身もある一件について、えらい立派《じっぱ》か推量ばじかに聞いて、感服したこともあいまして」

「ほほう。そいは是非知りたかのう。聞かしてくれんか」

普段どっしりと構えている次郎も前のめりにせっついた。

「いや、あの、その」

と、ますます狼狽《うろた》える岩次郎を尻目に、範蔵は知っている内容をいささか講談めかせて面白おかしく説明してみせ、

「最後んとはちょっと大っぴらには話せんとですばってん、まあ、武雄の旦那さま（茂義）も亡くなりんさったことですけん、くれぐれもここだけの話ちゅうことで——」

そんなふうに念を押した上で、平山醇左衛門《ひらやまじゅんざえもん》の打首の件についても詳しく語って聞かせた。

一座はすっかりその話に引きこまれ、ふんふんと頷いたり、要所要所で膝を打ったりと、聞けば聞くほど感服の度合いも増すいっぽうで、

「なるほど、なるほど。こいは確かに天晴《あっぱれ》か推量たい。さすがに血は争えんのう。頭ん作りの並じゃなかごたっ」と、次郎。

「昨夜《ゆんべ》も岩次郎のおっぎたよかったとけえ。そいぎんた、立ちどころに快刀乱麻で真相ば見抜いとったに違いなか」

民平もそう残念がってみせるので、岩次郎はすっかり居たたまれぬ面持ちで、

「そないな無茶言われても。まだほんの上っ面のことしか分かってへんのに。それぞれの人の動きとか背景とか、いろいろ詳しう出揃うてからの話やないですか」

しばらく弁解におおわらわだった。そこで民平が、

「よかたい。そいないば、俺《おい》が役人たちに詳しかことば訊いとくたい。時間のかかってん、きちんと調べろて螺子《ねじ》ば巻《みや》あとくけん、そいでどがんな。まあ、お前の出《ず》っ幕もなかごと、あっさい方《かた》んつくかも知れんばってん」

「そうじゃな。誰《だい》が見ても明白《めいはつ》か、つまらん事件かも知れん」

八太郎も口を添えたが、

「あてもその事件のこと、もっと知りたいさかい、きちんと調べるように言うてもらうと嬉しいし、自分でもいっぺん現場を見てまわりたなったな」

民平はそれに身を乗り出して、

「ほう。自分でも動いてみっとか。百聞は一見に如《し》かずじゃっけんな。そいないば、明日の明るかうちがよか。何せ、あん辺は夜になっぎんと、えろう恐《えす》かちゅうことで、付き添うて歩くばっかしで銭ば取っ商売もあっくらいじゃっちゅうけんの。昼過ぎでよかぎんた、俺《おい》がいっしょに行ってやっばい」

そんなことで話がまとまった。

そのあとは諸富屋がひとしきり岩次郎を褒めそやし、仕掛け屋敷を造るにあたっての相談には彼のことも考慮に入れるのだった、そうすればもっと斬新で予想もつかない発想を得られたかも知れないのにと悔んでみせた。

「それはどうか分からへんけど、どないなもん造ろうとしたはるのか、もの凄《すご》う気になるし、今日でますます愉しみになりました」

「そいないば、今からでん一角《いっかく》ばお任せして、お好きなごと造ってもろうてよかですばってんが」

「ほんまですか」

そんな話で盛りあがっているうちに、ふと気づくと奥の席からいつのまにか秀島藤之助の姿が消えていたので、一座にはどことなくほっとした空気が流れた。

ところで、苦労しながらここまで読み進めて戴いた読者の方がたには既に法則性が見えてきているだろうが、佐賀弁における音韻の大きな特徴のひとつに、語頭以外の「り」が「い」になるというのがある。「槍」が「やい」、「雨降り」が「あめふい」、「釣り堀」が「ついぼい」といった具合だ。また、代名詞の「れ」も「い」になるので、「それ」や「だれ」が「そい」「だい」になる。

また、終止形が「る」で終わる動詞は、語尾「る」が「とっ」(取る)「あっ」(有る)などと促音化するのが、佐賀市を中心とする佐賀東部地域での大きな特徴で、このため、「とっとっと」(取っている)のように促音が非常に多くなり、また文が促音で終わるケースも多いので、ともすれば喋り全体が棘々《とげとげ》しく聞こえる。ただ、武雄市などの佐賀西部地域では、カ変（来る）・サ変（する）・下二段動詞の「る」は同じく促音化するが、数が多い五段・上一段動詞では「とー」（取る）「あー」（有る）「おきー」（起きる）などと長音化する。このため、「とっとーと」のように東部に較べて響きが柔らかくなる。

いちばん厄介なのが連母音の融合で、佐賀弁ではこれが全体に激しく、ややこしい。例えば[ai]は[ya:]になり、[oi]は[e:]または[we:]に、[ui]は[i:]に、[oo]や[ou]は[u:]になる。大根が「ぢゃーこん」、匂いが「にうぇー」、多いが「うーか」、買い物が「きゃーもん」、食い物が「きーもん」となるとお手あげだ。これがあるため、高齢者に地元べったりの言葉で話をされると、佐賀県に移ってまる九年程度の筆者には半分も内容が分からない。

文法面の、特に助詞で特徴的な言葉もいくつか拾いあげよう。佐賀弁では仮定条件を表わすのに仮定形＋「ば」（「降れば」など）を使わず、「降ると」「降るなら」などと同様、もっぱら終止形＋「ぎ」や「ぎんた」や「ないば」を使う（東部地域では「降っぎんた」、西部地域では「降らぎんた」など）。

順接確定（から）を表わす接続助詞には「けん」や「けんが」がよく使われる。逆接確定（けれども）を表わす接続助詞には「ばってん」や「ばってんが」がよく使われる。また逆接の「のに」に相当する「とけ」や「とけー」がある。

代表的な終助詞として、九州でひろく使われている「ばい」「たい」があり、名詞に直接ついて断定の助動詞の代わりにもなる。「ばい」のほうが主観主張的な意味があり、自己の判断を確認したりそれを穏やかに教示したりするのに使われるのに対し、「たい」のほうは物事を自明のこととして訴える客観的容認的な意味がある――というが、その使い分けは極めて微妙で、ネイティブでないとなかなかニュアンスがつかめない。

面白いのは、佐賀弁の可能表現では能力可能と状況可能が区別されることだ。能力可能では「ゆる」「きる」、状況可能では「るる」「らるる」が使われる。（充分下調べをしたので）「書きっばい」、（〆切にたっぷり余裕あるので）「書かるっばい」、といった具合である。

ほかにも下二段活用が下一段活用に移行せずに残っていることや進行表現と完了表現の区別など、面白い点はいくらでもあり、また特徴的な語彙なども取りあげてみたい誘惑に駆られるが、いくらページがあっても足りないので、このへんまでで控えておいて、話を戻そう。

次の日の昼過ぎ、民平が多布施《たふせ》の精煉方を訪ねた。

これまで何度か述べたが、精煉方は佐賀城の北西方向にあり、多布施川の西側、十間堀《じっけんぼり》の北側に位置する。敷地はやや横長のおおよそ長方形で、広さは十五、六反《たん》（約一万五、六千平方メートル）ほどあり、四方をぐるりと堀《ほり》で囲まれている。敷地の北側に鍛冶《かじ》所、鋳物場、硝子《ガラス》製造所、製薬所といった工場がずらりと並び、東側には紙漉《かみすき》場、蘭学所、硫酸工場、硝石小屋がある。そして西側が田中家ほか、石黒寛次、中村奇輔《なかむらきすけ》の居宅用の空間だ。

門は北側の橋を渡ったところにあり、番人も控えているが、民平がそこに着いたとき、ちょうど岩次郎も門のあたりに出てきたところだった。そしていちめんにひろがる田んぼのなかに続く小道を、連れ立って西へ歩きながら、

「街道の南ば通っちょっとけえ、門の北側にあっちゅうとはちかっと不便かのう」

「街道側に門があるほうが用心悪い思たんやろか。確かにちょっと不便です」

そんなことを喋りながら天祐寺《てんゆうじ》の境内を抜けて十間堀を渡り、長崎街道にはいって、ひたすら西を目指す。

城下の西端を本庄江《ほんじょうえ》川が南下していて、そこにかかる高橋を渡ると、人家はどんどんまばらになっていく。そしてなおもずんずん歩いていったところで、

「知っとっとか。あいが《別れの松》たい」

民平が一本の大きな松を指さして言った。

「別れの松？」

「嘉瀬刑場に引かるっ罪人ば見送っ者《もん》はここで別れんばならんとたい。水盃ば汲み交わす場所じゃな。そいで別れの松て呼ばれとっ」

「へえ。その目印のための松なん？　知らんかった」

そのあたりまで来ると、嘉瀬川が大きくこちらに蛇行しているのが遠目に窺われる。刑場が置かれているのはその蛇行の北端の土手沿いだ。まっすぐ現場に向かうには南西方向に斜めになった近道にはいればいいのだが、二人はそのまま街道を辿り、いったん刑場近くの番屋に立ち寄った。なお、長崎街道はそこから北に曲がり、少し先で嘉瀬橋を渡って久保田領へと続いている。

番屋で一昨日《おととい》の夜の人斬り事件の進展を尋ねたところ、ああ、あれはもう解決しましたよとあっさり言われて、二人は思わずポカンとした顔を見あわせた。

「すると、犯人は――」

「岩永康朋ですたい。現場のすぐ脇ん家《ち》の。独《ひと》い暮らしじゃもんで、いつからおらんようになったんか分からんやったばってん、昨日の夕方《ゆうるし》時分、泥まみれで帰《けえ》ってきよったとば近所ん者《もん》が見つけて届け出たとですたい。そいで駆けつけたぎ、岩永はだらしんのぅ酔《え》えくろうて、半分眼もあかんごたっ様子じゃし、あちこち泥まみれ、傷だらけで、刀もどっかに失《の》うなかしたっちゅう有様《あいさま》でした。昨日はいつ家ば出たとか、今までどこでどがんしとったとか、ちゅうてどがしこでん訊くばってん、何《なーん》も憶えとらんて言うばかいで全《いっちょん》く話にならんとです」

そういう状況から、これはもう岩永が酒に酔って仕出かしたことに違いないと判断されたようだ。

ここで、これまでだけでなく、のちに明らかになった事柄も含めて、各人物の人となりや背景を説明しておこう。

まず、殺害された吉岡文衛門だが、吉岡家の長男で、二十五歳。父母と妹との四人住まい。代官所で様ざまな交渉事に携わっている。性格は陽気で豪放、仕事に関しても有能で責任感が強いと評判がいい。また、それほど熱心というわけではないが、義祭同盟にも加わっていた。

岩永康朋は岩永家の三男で、二十六歳。弘道館時代は成績優秀で知られていたが、役人にはならず、現在は独り住まいで、もっぱら晴耕雨読の生活を送っている。かなりの変人で、人と交わるのを好まず、近所の百姓たちとのつきあいもほとんどない。吉岡とは親しいというほどでもないが、弘道館時代からたまに言葉を交わす数少ない相手であり、最近も本や日用品の貸し借りはあったという。

山下惣八は山下家の次男で、二十五歳。弘道館を出たあとは嘉瀬川の西の久保田領に単身移り住み、そちらの代官所に勤める傍ら、細ぼそと農業も営んでいる。真面目で几帳面だが、いささか気弱な性格で、弘道館時代から下っ端のようにしょっちゅう吉岡にくっついていた。いっぽう、岩永とはほとんど言葉を交わしたこともなかったという。

事件当日の各人の動きを追っていくと、まず吉岡は暮れ六つ頃に家を出たのを母と妹が目撃している。暮れ六つというのは日没の三十分ほどあとのことだ。

ここで解説しておくが、江戸時代の時刻制は現在のような《定時法》ではなく、日の出と日没を基準とする《不定時法》が採られていた。日の出の三十分ほど前を明け六つ、日没の三十分ほどあとを暮れ六つとして、その間を昼夜それぞれ六等分して一刻《いっとき》としたのである。そうすると、夏至では四時前が明け六つ、十九時半過ぎが暮れ六つ、冬至では六時過ぎが明け六つ、十七時過ぎが暮れ六つと、最大二時間半もの時刻の違いが出てしまう。また、当然ながら、季節によって昼と夜の一刻の長さが大きく違ってきてしまったりするのだが、太陽の動きにあわせて生活する江戸時代の人びとはそれで特に不都合を感じなかった。そして庶民が（特に夜間の）時刻を知るのは、もっぱら寺が鳴らす《時の鐘》によってだった。そもそもがそんな具合だし、より細かな時刻となると当事者の主観に頼るほかないので、離れた場所を対象とした時系列を決定するのが極めて難しいことはあらかじめ言っておこう。

さて、刑場の番屋に駆けこんだのは又八《またはち》という農民だったが、その又八が岩永の家の前あたりで人斬りを目撃したときには、あたりはもうすっかり薄暗かったという。それからすぐに番屋に駆けこみ、騒ぎになっているのを民平が聞きつけたという順序だ。そして役人や民平を含めた五、六人が現場に向かった。

いっぽう、斬られて深手を負った吉岡は、逆戻りする方向に河原を斜めに横切り、川むこうにある山下の家に向かった。そのとき山下はまだ家に帰り着いていなかったが、時間的な辻褄《つじつま》をあわせると、民平たちが現場に着いたちょうど同じ頃、戻った山下が家の前に倒れた吉岡を見つけたらしい。そのときはまだ吉岡は虫の息だったそうだが、山下の声を聞きつけて民平らが家の前に行ったときには既に事切れていた。

はっきりしないのは岩永の動向だった。本人の言によると、ここふた月ほど体調が優れず、特にこの数日、頭がぼーっとして、フワフワ足が地につかない感じだった。そしてこの日は特にその感覚がひどく、夕方あたりからはほとんど何も憶えていない。わずかに真っ暗ななかを無闇に歩きまわっていたり、川か池に落ちて必死にあがいていたような記憶が切れぎれに残っているだけで、はっきり意識を取り戻したときにはもう牢屋のなかだったという。

奇妙なのは、捕まったときには酒の匂いをぷんぷんさせ、見た目もグデングデンに酔っぱらっていたにもかかわらず、本人は当日どころか、ここ半年ほど一滴も酒を飲んでおらず、だいいち自分は下戸《げこ》で、少し飲んでも気持ちが悪くなってしまう質《たち》だと言い張っていることだ。

「岩永ん家《ち》は調べてみたとか」

「はい。そいはもう隈《くま》んなかごと。確かに奴ん家《ち》には徳利《とっくい》やぐい呑みものうして、酒んあった痕跡《あと》は何《なーん》も見つからんやったです」

「下戸ちゅうとが本当《ほんなごつ》かどうかは弘道館の同期の連中に訊くぎんた、分かるじゃろう」

「はい。そいも確かめました。下戸ちゅうとは本当《ほんなごつ》らしゅうて、人とのつきあいば好かんのもそこからきとるとじゃなかろうかて言う者《もん》もおいました。そいばってん、こん日にどがんかして酒ば飲んだとは間違いなかとです」

「そいでんまた、なして飲みきらん酒ば飲んだとやろうかのう」

しきりに首をひねる民平の横から、

「刀をなくしたというのも気になりますけど」

と、岩次郎が口を挿んだ。

「夕方《ゆうるしい》、意識がのうなるまでは確かに大小のあったちゅうことばってんが、戻ってきたときには身いつけとらんやったし、家ば捜してもどこにもなか。何《なん》せ、家ば出たときに刀ば差しとったかだけじゃなしい、家ば出たことも憶えちょらんて言うもんじゃっけん、どがんもこがんもならんとですたい」

「斬られた吉岡はんの刀はどないな状態やったんですか？」

「そいはしっかい腰に差さったままじゃったとです。咄嗟《とっさ》んことで抜く暇もなかったらしか。血《ち》も付いとらんかったです」

「岩永はんと吉岡はんの、それぞれの剣道の腕は聞いたはりますか。ついでに山下はんのも」

すると役人はぴしゃりと自分の額を叩いて、

「あいた。そいは訊かんじゃった。今度訊きなおしとくたい」

苦い顔で唸《うな》ってみせた。

二人はとりあえず現場に向かった。東に大きく突き出すように蛇行した川に沿って、ぐるりと土手道をまわりこみ、さらにしばらく歩くと、話に聞いた通りに民家がぱらぱらと散在していて、その一軒の前に血溜まりの痕が残っていた。よくよく見ると、そのときの乱れた足跡らしきものもある。見渡せば東はいちめんの田んぼと鬱蒼《うっそう》とした林、西は嘉瀬川を挟んでやはり田んぼと林がうら寂しくひろがって、いかにもこんな夜道を一人で通るのは恐いだろうと思われた。

「又八さんていうお百姓さんはどっちから来て、その争いを見はったんやて？」

「俺《おい》たちが来たこっちのほうたい。家《うち》はずーっと南にあっらしか。とぼとぼ歩いとったぎ、何《なん》か争う声のすっもんで立ち止まったと、暗かなかに真っ黒か影の動《いご》いとっだけで、はっきい二人《ふたい》の姿ば見たわけじゃなかごたっ。そいばってん、すぐにひどか物ん音に男ん叫《おら》び声のしたもんで、片っぽの斬られとっとが分かったっちゅうことやった。そいで足音のせんごと慌てて引っ返して、そんまんま番屋に駆けこんだちゅうわけじゃな」

「なるほど、こっちから。どのくらい離れてたんかなあ」

言いながら岩次郎は懐から大きな虫眼鏡を取り出し、血溜まりを食い入るように観察しはじめた。そこでたっぷり時間をかけたのち、徐々に周辺へと観察の範囲をひろげていく。民平はそんな様子を愉快そうに眺めながら、

「そいでん、岩永の言いよっことはおかしかばってん、そもそも吉岡ば斬ったとはまるっきい別ん誰《だい》かちゅう可能性は否定しきれんたいね」

そんな見解を口にした。

「しきれんどころか、おおいにありますね」

「そいぎ、とてもじゃなかばってん、快刀乱麻っちゅうわけにはいかんたい。よっぽど地道か調べば続けんといかんな」

「そうですねえ」

神妙に言い、やがて川に向かって大きく腰をのばしながら、

「あれが山下はんの家？」

岩次郎は南西方向の対岸を指さした。そちらに小さな家が一軒、ぽつんと見えている。

「ああ、そうじゃな。一昨日《おとつい》の晩なまるっきい見えんかったばってんのう」

ただでさえ土手から土手の川幅だけで一町半近く（一町は約百メートル）あるので、斜めになったその家までの直線距離は二町近いだろう。

「ここから吉岡はんの家まではどのくらい？」

「はて。十町はなかとしても、七、八町はあっかのう」

「そやったら、斬られたあと、自分の家やのうて山下はんの家に向こうたのも自然やね」

岩次郎はそちらに向かって河原への斜面を下った。進みながら注意深く眼を配ると、地面や枯れた葦《あし》などにところどころ血がついており、岩次郎は再び虫眼鏡を取り出して観察を繰り返した。

血痕は左右によろめきながら山下の家の方向に続いている。途中、冬涸れで細くなった澪筋《みおすじ》を渡り、再び河原を斜めに突っ切って、土手の斜面を登っていく。そして山下の家の前に出ると、再び大きな血溜まりとなって途絶えていた。

家はひっそりと人の気配がない。恐らく山下は代官所の仕事に出ているのだろう。

「ここにこがんして、戸口に手ばかけた恰好で、俯《うつぶ》せに倒れとったらしか」

民平は両手でその姿を描くようにして説明した。

「らしか、ちゅうと？」

「まだかすかに呻《うめ》き声ばあげとったけん、狼狽《おろた》えて助け起こしたいしたもんじゃっけんが、俺《おい》たちの来たときには仰向《おおなかせ》けにされとったとたい」

「初めとは違う状態に動かされてたんやね」

岩次郎はそこでもしばらく血溜まりの様子を丹念に観察していたが、

「傷はどないな具合やったん？」

「右肩から斜めに袈裟《けさ》斬《ぎ》いたい。そいも、背中からな。立ち去ろうとでんして、振《ふ》い返ったとこばやられたとじゃろう」

「斬り口は鮮やかやった？」

「どがんかのう。達人ないば、ひと太刀で絶命させとったとじゃろうけんど、そこまでじゃなかったっちゅうことじゃなかか」

「ふうん」

そして岩次郎は山下の家のまわりをぐるぐると歩きまわりはじめた。母屋と納屋がくっつけて建てられ、納屋の先には鶏小屋もあるが、いずれも強風のときなど大丈夫だろうかと心配になるくらいの粗末な陋屋《ろうおく》だ。狭い庭の端に大きな柿の木が枝をひろげ、その先に三十坪ほど（約百平方メートル）の畑がある。さらにその周囲には田んぼがひろがっているが、あいだに作られた畦道《あぜみち》の具合などからして、田んぼは山下の地所ではなさそうだった。

ひとしきり家の周囲を見てまわったあと、岩次郎は川の西側にひろがる光景を見渡した。一見すれば、東側の光景とほとんど変わりがない。けれどもしばらく眺めているうちに、

「本藩と久保田領とで、やっぱり違いがあるんやね」

岩次郎がぽつりと呟いた。

「ほう？　どがんとこがね」

「東の本藩のほうは堀にかかってるのはみんな立派な石橋やのに、西の久保田領のほうは、あれ、みんな泥の橋やない？」

「泥の？」

民平も驚いたように眼を凝らして、

「なるほど、確かにそがんごたっ。そいだけ貧富の差のあっちゅうことか。久保田も学問に関しちゃ本藩に遜色なかばってん、財政《ふところ》はけっこうきつかとじゃろうな」

腕組みしてしばらく感慨に耽った。

「そいで、こんあとはどがんすっ。吉岡ん家《ち》まで行ってみっとか？」

すると岩次郎は軽く思案して、

「そっちより、もういっぺん岩永はんの家のまわりを調べたいです」

「そいないば、どうせ帰《かえ》い道じゃっけん、好きなだけ《すきんしころ》調ぶっぎよか」

そして二人は再び河原を斜めに横切り、来た道を逆戻りしたが、その帰り道でも岩次郎はあちこちに注意を払うのを怠らなかった。

岩永の家の前に戻ると、岩次郎はさらに注意深くその近辺を調べまわった。その範囲は先程よりもどんどんひろがって、道沿いの草叢《くさむら》から、家の裏手にひろがる田畑、また河原に下りて葦の繁みや玉砂利にまで及んだ。そうするうちに農道の辻に据え置かれた恵比須像に行きあた

り、その後ろの繁みをガサガサ掻《か》き分けていたが、

「ここやな」

そんな言葉とともに懐から使いこまれたスコップを取り出した。

「そいは？」

「父の自家製ですねん」

「何でん出てくっとじゃな」

そして繁みの下をザクザク掘りだしたかと思うと、すぐに何やら手応えがあったらしく、しばらく土を丁寧に左右に分けていたが、何やら大きなものをズルズルと土中から引き出した。

それはいわゆるズタ袋だった。麻布製らしい。それも信玄袋《しんげんぶくろ》のように一方の口が紐《ひも》で絞れるようになっている。ひと抱えもある大きさで、なかに何かが詰めこまれてパンパンに膨れあがっているようだ。

「多分、もともと窪《くぼ》みがあったとこに押しこんで、上から土をかけたんやないかな」

言いながら岩次郎は紐をほどき、口に両手の親指を差し入れて、左右に大きくひろげてみせた。するとなかから出てきたのは、黒ずんだ赤と茶色がかった白がだんだらになった、何とも気味悪いものだった。かと思うと、そんななかからぼとりと落ちたのは――。

「何じゃ、こいは！」

民平もぎょっとしたように身をのけぞらせた。首だ。血まみれの首。ただし、鶏の。

袋のなかに詰めこまれているのは首を斬られた何羽かの鶏だった。

「何でこがんもんのこがんところに――」

しかし岩次郎はにっこり笑いながら振り返って、

「これで決まりや。吉岡はん斬ったんは岩永はんやあらへん」

きっぱりそう言い切った。

「ほう。そいないば、やっぱい誰《だい》か分からん他《ほか》ん者《もん》のやったと？」

それにはぷるんと首を横に振って、

「そやない。やったんは山下はんや」

「何じゃと？　山下が――」

民平は岩次郎の顔とズタ袋をしばらく交互に見ていたが、

「どがんことか、説明してくれんね」

「ほなら」

岩次郎はズタ袋を提げたまま岩永の家の前に戻り、そこから斜め川むこうの山下の家を指さした。

「吉岡はんが斬られたんはここやない。みんな山下はんの家の前で起こったんや。何で山下はんが吉岡はんを斬ったんか、その理由までは分からへんけど、初めからそのつもりやなかったんちゃうかな。あとの泥縄《どろなわ》くさい誤魔化しぶり見ても、その場の行きがかりで思わず斬ってしもたんや思うわ」

「誤魔化し？　そいない、血ん滴《したた》っとっ痕が――」

「そうです。山下はんは吉岡はんを斬り倒したあとでハタと我に還って、慌ててどうにかせなと思たんでしょう。初めは遺体をどこかに処分できひんかと思たけど、近場にええ場所も思いあたらんし、暗闇のなかで血溜まりをきれいに消し去るんも大変やし。そこで血の痕を細工するんを思いついたんやと思います。川むこうに岩永はんの家があるんを利用して、何とか罪をなすりつけられへんかと」

民平は思わず眉をひそめて、

「そいはまたずいぶんと卑劣じゃな。山下は初手から岩永に恨みでんあったとじゃろうか」

「それは分からへんけど、少なくとも好意はなかったんやろね。とにかく犯人が誰とも知れへんより、いかにも疑わしい人物がおるほうが、自分に疑惑が向けられずにすむていう計算が大きかったんやないですやろか」

「そりゃあ、ますます卑劣じゃな」

苦い顔で腕を組んでみせるところはいかにも正義漢らしい。維新後、民平は新政府のメンバーになって以降、どんどん人間がまるく、四方のバランスを取るタイプになっていったが、若い頃は新平に劣らず一本気で、血気盛んだった。

「とにかく、山下はんは自分の飼《こ》うてる鶏を何羽か首を斬り、その血を垂らしながら川を斜めに横切って、岩永はんの家に向こうたんです。垂れ落ちた血の痕を詳しう調べてみても、ひとつひとつの血痕からちっちゃい飛沫がとび出しとる方向が、みんな山下はんの家から岩永はんの家への方向で、その逆がひとつもあらへんことから明らかです。その際、鶏をこないにズタ袋に詰めたんは、通った道筋に羽根が散って残らんようにしたんでしょう。最後にひときわ大きい血溜まりを作ったあと、そのまま鶏の死骸を持ち帰ると結局始末に困るんで、さっきのあの場所に埋めることにした。多分、あそこに恵比須《えべっ》さんがいたはって、その先が窪んだみたいになってたことも、何かの機会にたまたま知ってたんやないかと思います」

「なるほど。そいぎんた、又八ちゅう男の見たっちゅうのも――」

「ええ。ちょうど農民らしい人影が近づいてくるのが見えて、これも咄嗟に利用しようと思いついたんでしょう。諍《いさか》いの末に片方が斬られる様子を独り芝居したんです」

「気弱《ひいたれ》か性格ちゅうことじゃが、そがんことにはえらい頭のまわるとじゃな」

民平はそこでふと首を傾げ、ゆるゆると寒空に眼を向けながら、

「そいないば、岩永のおかしか行動などがんことね。そいも山下の仕業っちゅうことか？」

「いえ。本人の証言やと、岩永はんは事件の前からおかしゅうなったはるんで、さすがにそれは山下はんのせいやないでしょう」

そして岩次郎はちょっと困ったように眉のあたりを掻いて、

「これもまるっきり想像になってしまうんですけど、岩永はん、病気やと思います。もの凄う珍しい病気やと」

民平は怪訝そうに眼を細め、

「病気？　どがんとね？」

「食べ物のなかの糖や澱粉《でんぷん》が腸のなかで醸《かも》されてアルコホルになる病気です。前に蘭書で読んだことあって、そないなことあるんやと思てたんやけど、岩永はんのがまさしくそうやと思いますわ。原因ははっきりしいひんけど、麹《こうじ》みたいなもんが腸のなかでどんどんできてしまうんやとか。岩永はんの場合、ふた月ほど前に発症して、もともと飲めへん体質やのにそんな病気になったもんやさかい、時どき知らんまに二日酔い状態になったりしてたんやないですやろ

か。もちろん、今度みたいに急に泥酔状態になってしもたことも」

「そがん病気のあったとね！　なるほど、そいぎ、説明のつくばい。ちかっと羨ましか気もすっばってん、飲みきらんのにそがん病気になっとも辛《きつ》かもんじゃろうな」

岩次郎は頷き、

「とにかく岩永はんにはきちんとした治療の必要があると思います」

そこまで聞いて、民平は勢いよく両手で太腿《ふともも》を叩き、

「よし、分かった。そん証拠ん品ば預かって、今んことば、俺《おい》からきちーっと請役《うけやく》相談役に話ば入れとくたい」

そしてにんまりと笑みを向け、

「心配せんでよか。手柄は独い占めせん。ちゃんとお前《あさん》の知恵じゃて言っとくけんが」

「それは別にええですけど」

と、岩次郎は慌てて手を振った。そしてズタ袋を民平に手渡し、もと来た道を戻ろうとしかけたが、

――――？

耳の裏をくすぐるようなかすかな感覚に囚《とら》われて、はっと後ろを振り返った。

あれだ。誰かに見られているようなあの感覚！　けれどもいくら眼を凝らして眺めまわしても、どこにもそれらしい人影は見あたらない。

やっぱり気のせい？　風のそよぎか何かを視線と勘違いしただけ？

それともさっきの恵比須だろうか。さっきは目あてのものに気を取られてろくに注視もしな

かったが、顔の造作もはっきりしないほど風雨に削られていたと思う。この事件を解決に導いてくれたような顔をしつつ、実は何かしらの思惑を秘めてじっとこちらを監視しているとでも？

「どがんかしたとか？」

不審げに声をかけられて、

「いえ、何でも」

その言葉とともに、岩次郎は「あほらし」と胸のなかで打ち消した。そんなことがあるわけない。何か心のありようがおかしなところに嵌《は》まりこんでいるだけなのだ。

「こないなとこに長いことといたさかい、すっかり体が冷えきってしもたわ」

肩を窄め、両手をすりあわせながら、岩次郎は小股に帰り道を急いだ。

時計仕掛けの首縊《くく》りの蔵

その廊下には赤黒い光がひろがっていた。

光に赤黒いというのはおかしいかも知れない。けれどもそれがいちばんぴったりくる。赤くて、しかも黒いのだ。あまりにも赤が濃いのでそう感じるのだろうか。それとも縦横に入り組んだ棟や梁《はり》、高くのびる柱、規則正しく並んだ羽目板、化粧漆喰《しっくい》に刻まれた模様、古めかしい板戸などが描き出す陰翳《いんえい》が、質量ともに視界を圧倒しているせいだろうか。

あるいはその両方なのかも知れない。壮麗な寺院の一角にでもありそうなその廊下は、もしも誰もいなかったなら、そのままずっと奥に辿《たど》れば胎内巡《たいないめぐ》りのための漆黒の闇へ引きこまれそうに思われただろう。しかしその廊下には大勢の人びとが行き来していた。裕福そうな旦那衆、孫まで連れた商人一家、若夫婦、女中や下男、立派な身なりをした侍もいれば、芸人らしい一団もいる。

皆赤黒い光を浴びてヌラヌラと光っていた。もちろん壁や床も。ところどころ眩《まぶ》しく照り返して、まるで大量の血をいちめんに流したようだ。血まみれの光景のなかで血まみれの人びとが蠢《うごめ》いている。けれどもそんな感覚に囚《とら》われたのもほんのひとときのことに過ぎなかった。

光のもとを辿ると、柱の高いところにぽつんぽつんと取りつけられた無尽灯《むじんとう》だ。その筒状のガラス自体が赤く彩色されているのだ。器を支える台座から腕が蔓《つる》状にのび、柱に打ちつけられるようになっているその独特の形状からして、きっと特別に発注されたものなのだろう。呆れるほど高い天井からしてまずそうだが、それらの照明だけでもいかに贅《ぜい》が尽くされているかが分かる。

——ただの廊下に過ぎないのに。

けれども、だからこそ、そこが非日常の空間への通路であることを刻みこませる心理的効果は絶大なのだろう。そしてこの赤黒い光もまた、非日常への通路を演出するための端的ながら巧妙な企《たくら》みに違いなかった。

事実、廊下を行き来する人びとのあいだには、大なり小なり浮き立つような高揚感を見て取ることができる。単に御用聞きや物運びで往復しているらしい者ですらそうだ。まして年端《としは》のいかない子供たちは、これから何が起こるのだろうと胸いっぱいの期待に眼を輝かせたり、あるいはオドオドと不安げに視線を彷徨《さまよ》わせたりしている。じっとしている者はいない。人びとは奥へか、その逆へかと流れ続けている。次々に。次々に——。

そんななかで、ふと一人の人物が眼にはいった。

途端に心臓がぎゅっと縮みあがるのを感じた。

それだけではない。その収縮に伴《ともな》うように胸全体が内側に引きつれ、息も満足にできなくなった。同時に、血も凍るような冷気。そして激しい苦痛。痛みというのとは違う、通常の百倍きつい胸焼けと表現すればいちばん近そうな感覚に鳩尾《みぞおち》から上を占領されて、ばったり足を止めたまま身動きもできなかった。

――いけない！　気づかれる！

身を焼くような苦痛を押して、床に貼りついた足を引き剝《は》がし、無理矢理それまでの歩行を続けようとした。そうだ。気づかれるわけにいかない。気づかれたら終わりだ。それにしてもどうしてこんなところで。最悪の巡りあわせだ。考え得る限り、最悪の。

気づかれないためには視線をあわせないほうがいい。それは分かっている。重々分かっている。けれども視線をはずすのが恐かった。こちらがよそを向いているあいだに相手がこちらに気づいてしまう事態が何よりも恐い。だから眼を離せない。だけどまともに顔を向けていたら気づかれる危険性がどんどんあがってしまう。だから大きく顔を背《そむ》け、できるだけ横目でそちらを窺《うかが》うしかない。

大丈夫。気づかれた様子はない。相手には連れがいる。今現在その連れと喋っているわけではないが、幸い二人のあいだに継続している何らかの脈絡から、ゆっくり周囲を観察したりする状況下にないようだ。この赤黒い光も気づかれにくさに貢献しているに違いない。

早くこのまま通り過ぎてしまえ。そうだ、このまま何事もなく――。

一瞬一瞬が果てしなく長く思われた。体の表皮だけでなく、骨の髄まで氷に晒《さら》されるような拷問だ。それでも互いにすれ違うまで十秒やそこらのものだっただろう。すれ違ってしまったあとはまるで百年の軛《くびき》から解放されたように心の底からほっと安堵した。

けれどもその代わりのように別の感情が沸々《ふつふつ》と湧きあがってきた。

嫌悪。いや、それよりも憎悪だ、煮え滾《たぎ》るような憎しみだ。それが炎となって耳の裏あたりから燻《くすぶ》りだし、噴きあがり、たちまち頭髪全体に燃えひろがっていく。その炎で自分自身が焼きつくされてしまいそうな感覚にさえ囚われた。

冗談じゃない。どうしてこんなに怯《おび》えなければならないのか。相手に気づかれるのを恐れて、自分の存在を消し去りたいほどに――。

何よりの問題は、この巡りあわせが一回限りですむかということだ。きっとそうではないだろう。そのことはただのあてずっぽうではなく、相手の佇《たたず》まいや連れとの様子から充分に推察できる。だから今後この巡りあわせを回避するには、こちらができるだけ遠ざかり、いっさい近づかないようにしなければならないのだ。

冗談じゃない。冗談じゃない。どうしてこちらが？　間違っている。あってはならないことだ。こんな理不尽が許されていいはずがない。こんな悪辣《あくらつ》な、非道な、酷薄《こくはく》な理不尽が――。

そう思うとますます憎悪の炎が勢いを増し、身を焦がして噴きあがっていく。だけどもどこかそのいっぽうで、その焼き焦がされる感覚をあえて残さず噛みしめようともしていたのだろうか？　毒の蜜を舐めるような倒錯的な愉悦をひそかに味わおうとして？

分からない。それは分からない。そしてそうしたすべてのなりゆきも、赤黒い光に浸された光景のなかで、流れに逆らわぬよう足を進めながらのことだった。

＊

文久三《ぶんきゅう》（１８６３）年五月九日、前年の《生麦事件《なまむぎ》》によるイギリスの賠償請求に対し、老中格・小笠原長行《おがさわらながみち》が独断で支払いに応じたことで、攘夷《じょうい》決行が回避されたのだが、ここでその後の経緯を追いかけておこう。

さて、攘夷決行が回避されたとはいっても、その内実はイギリスとの当面の開戦が回避されたに過ぎず、現に十日に発せられた「国土が焦土となっても開港交易は認めない」とする宸翰《しんかん》（天皇自筆の文書）に応じ、攘夷派の急先鋒である長州藩は同日、関門海峡《かんもんかいきょう》を通過するアメリカ船を砲撃し、その後も外国船への砲撃を続けた。これによって六月にはアメリカ、フランスの軍艦が長州軍艦や下関《しものせき》の砲台を報復攻撃する事件が起こった。

また、生麦事件の当事者であり、責任追及にシラを切り続けていた薩摩藩についても、六月末にイギリス軍艦七隻が賠償と犯人引き渡しを求めて鹿児島湾に入港し、交渉が難航するなか、七月二日にイギリス艦による薩摩藩船の拿捕《だほ》に対して薩摩藩が艦隊を砲撃し、《薩英戦争》が勃発。双方大きな被害を受け、四日に艦隊が鹿児島湾を去って収束したことは既に第三話に記した。

こうした間も異国船の打払《うちはらい》や条約破棄を求める勅書《ちょくしょ》が次々に発せられた。長州藩は六月の報復攻撃によって甚大な打撃を受けたが、急いで砲台を修復し、さらに対岸の小倉《こくら》藩領の一部を占領して新たな砲台を築き、あくまで海峡封鎖を続行。こうして長州藩と対立した小倉藩に対して、八月には朝廷によって官位剝奪と所領の没収という処分が決定されたりもした。

しかしながら、実際のところ、これらの勅命は孝明《こうめい》天皇自身の意思を超えたものだった。ここで孝明天皇と手を結んだ会津《あいづ》藩・薩摩藩らの主導によって、三条実美《さんじょうさねとみ》ら急進的攘夷派の公家と長州藩が朝廷の中枢から追放される《八月十八日の政変》が起こり、さらに天皇は八月二十六日に、真の勅書はこれより後のものだけとする勅書を発して、それまでの攘夷勅命を事実上撤回したのだった。

それでもなお海峡封鎖を続行しつつ、政権の奪回を窺っていた長州藩は、翌元治《げんじ》元（1864）年七月に、京都守護職の会津藩主・松平容保《まつだいらかたもり》らの排除を目指して挙兵し、京都市中において大規模な市街戦を繰りひろげた。これを《禁門《きんもん》の変》という。そしてこれに敗れた長州藩は以後「朝敵」とされた。ちなみに第三話で取りあげた久留米《くるめ》出身の攘夷派主導者・真木和泉《まきいずみ》も八月十八日の政変で長州に身を寄せていたが、この変に主戦派として加わり、敗走後、追いつめられて自害している。

さらに追い打ちをかけるように、イギリス・フランス・オランダ・アメリカによる十七隻の連合艦隊が、海峡封鎖の報復として、八月の五日から七日にかけて馬関《ばかん》（現下関市中心部）と彦島《ひこしま》（現下関市の南端にあり、現在は陸繋島《りくけいとう》）の砲台を占拠・壊滅させた《下関戦争》（あるいは《馬関戦争》などとも呼ばれる）が起こった。これ以降、長州藩は列強に対する武力での攘夷を放棄し、海外からの知識や技術を積極的に導入して、軍備軍制を近代化させる道を辿っていく。

また、薩摩藩も《薩英戦争》を介して欧米の軍事力の優秀さを改めて痛感し、イギリスはイギリスで講和交渉を通じて薩摩を高く評価したことから、一転して両者の友好関係が深まっていったことも既に述べた。

さて、世の動きがそんなふうに転変していくさなかの文久三（1863）年三月、佐賀藩は佐野栄寿左衛門《さのえいじゅざえもん》（常民《つねたみ》）や中牟田倉之助《なかむたくらのすけ》（二十歳のとき藩命で長崎海軍伝習所に学んだのち、海軍方助役）らを責任者として、ついに念願の蒸気船の起工に至った。竣工は慶応元《けいおう》（1865）年で、命名は「凌風丸《りょうふう》」。これが日本初の実用型蒸気船である。

ちなみに言っておくと、国産蒸気船としては薩摩藩の「雲行丸《うんこう》」が安政《あんせい》二（1855）年に竣工しているが、小型の実験的な船で、ボイラーからの蒸気漏れがひどい、完成度の低いものだった。また幕府も「先登丸《せんとう》」という蒸気船を造ったが、詳細が残されておらず、どの程度実用性があったかも不明である。本格的なものとしては、幕府が蒸気軍艦「千代田形《ちよだがた》」を起工したのは佐賀藩より前の文久二（1862）年だが、竣工は慶応二（1866）年と、あとになった。さらにこの「千代田形」のボイラーは佐賀藩が注文を受けて製造したことも既にふれた。

こうして精煉方《せいれんかた》の四人衆は《三重津《みえつ》海軍所》で作業することがどんどん多くなり、久重《ひさしげ》に関しては同じ文久三年の九月に久留米藩からの度重なる招聘《しょうへい》に折れて、月の前半を佐賀、後半を久留米で働くことになる。

さて、ともあれ、幕末のこの時期、財政悪化で苦しむ藩が多かったなかで、なぜ佐賀藩は長崎警護という大きなハンディを抱えていたにもかかわらず、独力で兵力増強をはじめとする近代化の道を邁進《まいしん》できるほど裕福だったのだろうか？　それには直正《なおまさ》が藩主となって以降、質素倹約とともに一貫して推し進めてきた殖産興業の政策が大きい。佐賀といえばまず第一の特産品としてあげられる焼物があり、ほかにもお茶、石炭、和紙といった特産品があるが、なかでも白蠟《はくろう》（櫨《はぜ》の実の皮から採れる木蠟《もくろう》を晒し、漂白したもの）が大きな財源だった。何より大規模な干拓やクリーク網の整備による安定した米作り、そして繋がり深い長崎からの様ざまな交易品の売買、さらには銀札《ぎんさつ》という紙幣を発行して藩内での使用を厳しく義務づけ、いっぽうで大坂の鴻池《こうのいけ》や兵庫の北風《きたかぜ》らの富豪に貸し付け、年五分の利息を取ることまで行なっている。これがために直正は藩外から《算盤《そろばん》大名》と陰口されるほどになった。

ところで焼物が出たついでに、ここで詳しく説明しておきたい。ごくごく大雑把《おおざっぱ》に分けて、焼物には陶器と磁器がある。陶器は粘土を一二〇〇度以下の低温で焼いたもので、熱を通しにくく、吸水性があり、磁器は陶石を主原料とする長石成分の多い練り土を一三〇〇度以上の高温で焼いたもので、ガラス質で非常に硬く、吸水性がないのが特徴だ。これをして、陶器を「土もの」、磁器を「石もの」とする言い方もある。

そしてこれもまた大雑把に言って、有田《ありた》焼は磁器、唐津《からつ》焼は陶器が中心である。そして現在は産地によるこれらの名称が一般化しているが、江戸期はそれぞれが輸出された港の所在地による伊万里《いまり》焼、唐津焼の名称で呼ばれていたので、少々ややこしい。唐津焼は産地も港も唐津であるから問題ないが、繰り返しておくと、江戸期は有田で焼かれたものは伊万里の港で輸出されていたために伊万里焼と呼ばれていたのだ。こうしたことを踏まえ、今は江戸時代の有田焼製品（つまり、かつて伊万里焼と呼ばれていたもの）は一般的に《古伊万里《こいまり》》と呼ばれている。

ややこしいことをもうひとつあげると、有田焼は磁器中心であるのに、有田で毎年ゴールデンウィーク期間中に行なわれている大規模な陶磁器販売イベントは《有田陶器市《いち》》という名称であることだ。これは「磁器」という言葉が比較的新しく、それ以前の「陶器」という言葉で陶磁器全体を表わしていた時期が長かったので、このイベントが開始された大正四（１９１５）年当時の一般の人びとにとって耳なじみのいい「陶器」を採用したのではないかと思われる。

もうひとつ、ここで注意をしておかなければならないのは、現在、唐津市は佐賀県に属するが、江戸期は唐津藩と佐賀藩は全く別の国だったことだ。佐賀藩は一貫して外様《とざま》だったのに対し、唐津藩は最初期の藩主家こそ外様だったが、その後は幕府の譜代大名が次々に藩主を務めたのだから、その点からしても全く違う。特筆に値するのは、第二話で詳しく取り沙汰した、天保《てんぽう》の改革の指導者であり、鳥居耀蔵《とりいようぞう》とのタッグで武雄《たけお》領邑主《ゆうしゅ》・鍋島茂義《なべしましげよし》を懼《おそ》れさせたあの水《みず》野《の》忠邦《ただくに》も唐津藩の第十五代藩主だったことである。

もっとも、そのいっぽうで、生麦事件における賠償の支払いを独断で決め、攘夷決行を回避させた小笠原長行も唐津藩の最後の藩主であるのはなかなかの因縁だろう（ただし、長行は世《よ》嗣《つぎ》のままで藩主にはなっていないとも）。

話を有田焼に戻して、その歴史を辿ると、豊臣秀吉の朝鮮出兵の際、龍造寺《りゅうぞうじ》隆信《たかのぶ》の右腕で、佐賀藩の藩祖となった鍋島直茂《なおしげ》が連れてきた陶工の一人の李参平《りさんぺい》が、各地を捜しまわったのち、元和《げんな》二（１６１６）年（１６０４年説もある）に有田東部の泉山《いずみやま》で白磁鉱《はくじこう》を発見し、近くの上《かみ》白川《しらかわ》に天狗谷窯《てんぐだにがま》を開いて、日本初の白磁を焼いたと伝えられ、有田焼の祖とされている。李参平は日本名を「金ヶ江《かながえ》三兵衛《さんべえ》」と称し、有田町龍泉寺《りゅうせんじ》の過去帳などにも記載されている実在の人物である。ただし近年の学術調査により、天狗谷窯より早い１６１０年代前半から、有田西部の原明《はらあけ》窯、天神森《てんじんもり》窯、小溝《こみぞ》窯などで日本初の磁器製造がはじまっていたことが明らかになっている。

佐賀藩は寛永《かんえい》十四（１６３７）年に伊万里・有田地区の窯場の統合・整理を断行した。これは窯場を十三ヶ所に限定させ、なおかつ八百二十六人もの日本人陶工を追放し、陶器を排して磁器だけの生産体制を確立させるものだった。こうして東西に長くのびた谷間地区に窯や店が集中する《有田皿山《さらやま》》が形成された。この頃までの有田焼は《初期伊万里》と呼ばれる。

　こうして国産の磁器が作られるようになったが、国内の消費者は品質の優れた中国の景徳鎮《けいとくちん》の磁器を求めており、肥前《ひぜん》磁器はあくまで中国磁器の供給量を補うものに過ぎなかった。ところがここで、日本の窯業《ようぎょう》にとって大きな好機が訪れる。１６４４年、中国の王朝が明《みん》から清《しん》に移る際に大きな内乱が起こり、さらに１６５５年から次々に《海禁令》を発したことで中国磁器の輸出が激減したのだ。この機に有田は高級磁器としての付加価値が最も高い《色絵《いろえ》》の技法を導入するなど、技術革新にも成功し、１６５９年にはオランダの東インド会社による本格的な欧州輸出も開始されて、一躍肥前磁器は《ＩＭＡＲＩ》として世界を席巻していくのである。ちなみにこのとき、磁器の包装紙や詰め物として浮世絵が多く使われたことによってその存在も注目され、磁器と浮世絵が江戸期における日本からの最大の文化発信となったことは特筆しておいていいだろう。

　さらにここで言い添えておくと、従来加賀国《かがのくに》（石川県）の九谷《くたに》で焼かれたものとして《古九《こく》谷《たに》》と呼ばれていた製品群は、二十世紀後半以降の調査研究により、そのほとんどが有田で焼かれたものと判明したのだが、《古九谷》という名称はそのまま残り、有田焼の青・黄・緑などを基調とした初期色絵に《古九谷様式》という用語が使われたりしているので、これまたややこしい。

さらに、これに続いて起こった大きなトピックは、１６６０年代からはじまった《柿右衛門《かきえもん》様式》の登場である。これは濁手《にごしで》と呼ばれる乳白色の生地に、鮮やかな赤を主調として、余白を生かした絵画的な文様を描いたものだ。この様式は初代酒井田《さかいだ》柿右衛門の発明とされていたが、研究の進展によって、柿右衛門個人の作品ではなく、肥前平戸《ひらど》生まれの軍人・政治家であり、近松門左衛門《ちかまつもんざえもん》の『国性爺合戦《こくせんやかっせん》』のモデルにもなった鄭成功《ていせいこう》が景徳鎮の赤絵の技術を持ちこみ、有田の窯場で作製したものであることが分かっている。１６７０年代には純白に近い生地が作れるようにもなった。古九谷様式が国内向けであるのに対して、この柿右衛門様式は海外で大人気を博し、輸出用の最高級品として生産された。また１６９０年代には、金・赤を多用する豪華絢爛《けんらん》な《金襴手《きんらんで》様式》も登場し、これが主流になっていく。

こうして十七世紀後半から十八世紀初頭にかけて有田の磁器生産は最盛期を迎えたが、１６８４年の《展海令》などで景徳鎮の生産・輸出が再開されると、厳しい競争に晒されることになった。実用食器のシェアは中国に奪回され、有田は色絵や室内装飾品などに力を入れていく。しかし、江戸幕府が正徳《しょうとく》五（１７１５）年に《海舶互市新例《かいはくごししんれい》》を制定し、貿易の総量規制を行なったため、重量・体積の大きい陶磁器は交易品としての魅力を大きく減じた。そして最終的には中国との価格競争での敗北、オランダがイギリスに負けて力を失ったこと、そしてヨーロッパ自体で磁器生産がはじまったことなどから、宝暦《ほうれき》七（１７５７）年にオランダ東インド会社に対する輸出が停止され、以降、有田は国内向けの量産品に主力を置くことになったのだった。

さて、ここでもうひとつ、どうしてもふれておかなければならないのは、藩直営の窯で製造された高級磁器《鍋島焼》の存在だ。万治《まんじ》二（1659）年以降は伊万里南部の山中に位置する大川内山《おおかわちやま》に存し、有田民窯の優秀な陶工が集められ、厳しい情報管理のもと、もっぱら藩主の所用品や将軍家・諸大名への贈答品などの最高級品を採算度外視で作製していたものである。公式の記録が残っていないので、この藩窯《はんよう》の開始がいつなのかは判然としない。伝承では寛永五（1628）年、有田の岩谷川内《いわやごうち》で創始され、寛文《かんぶん》元（1661）年頃に有田の南川原《なんがわら》に移り、さらに延宝《えんぽう》三（1675）年に大川内山に移ったとされていたが、近年の研究では岩谷川内での創始が1640年代末頃で、南川原を経ずに直接大川内山へ移され、南川原では一部の製品が作られていたが、のちに藩窯に合流したと考えられている。

器種としては皿が多く、純和風な図柄が特徴で、色絵、染付、青磁《せいじ》、銹釉《さびゆう》、瑠璃釉《るりゆう》、墨はじきといった様ざまな技法が用いられ、幾多の名品が知られているが、とりわけ九州陶磁文化館所蔵の《染付鷺文三足皿《そめつけさぎもんみつあしさら》》などは画法と技法の粋を併せ持つ至高の作だろう。

この藩窯は明治四（1871）年の廃藩置県で途絶えたが、鍋島焼の技法は今泉今右衛門《いまいずみいまえもん》家によって復興され、現在に継承されている。

はてさて、藩窯はもちろんだが、そもそも有田焼自体、当初は日本唯一の磁器生産地ということで、技術が外部に漏れないように《皿山《さらやま》代官所》のもとで厳重な管理がなされていた。生産された磁器は藩が専売制によりすべて買い取り、職人は生活を保障される代わりに、完全に外界から隔離されて一生外に出ることはなく、外から人がはいることも稀《まれ》という極めて閉鎖的な状況に置かれた。こうした秘密保持のために、佐賀の《二重鎖国》もおおいに有効だっただろう。しかし守ろうとする者あれば盗もうとする者もあり、文化《ぶんか》三（１８０６）年に瀬戸《せと》の陶工・加藤民吉《かとうたみきち》がとうとう潜入に成功、技術を持ち出した。こうして瀬戸でも磁器生産がはじまり、江戸末期には全国で磁器が焼かれるようになった。

有田焼に関して、いささか長くなった。話を本筋に戻そう。

大坂の富豪について少しふれたが、佐賀における豪商の代表格としては深川《ふかがわ》家があり、代々酒造を生業《なりわい》とする御用商人で、藩の御蔵方《おくらかた》も務めた。そして前話に登場した諸富屋《もろどみや》もそれに次ぐ勢いの新興の豪商だった。

文久三（１８６３）年九月のある晴れた日、岩次郎は父とともに三重津海軍所に行ったところ、そこで敷地の外から所内の様子を眺めている諸富屋嘉平《かへい》を見かけ、その横に並んで話し相手になった。

眼の前を横切って流れるのは筑後《ちくご》川の支流である早津江《はやつえ》川。対岸に見えるのは大野島《おおのしま》で、早津江川と、さらに東側を南下する筑後川によって挟まれた巨大な三角州であることは岩次郎も知っている。正確にはその三角州の北半分が大野島で、南半分は大詫間《おおだくま》といい、ややこしいが大野島が柳川《やながわ》藩領、大詫間は佐賀藩領だ。

三重津海軍所の敷地はその早津江川のこちら岸に貼りついたように、左から右へとひろがっている。端から端までざっと四町半（約四百九十メートル）ほどだろうか。大きく三つのエリアに分かれているのが見た目にも明らかで、普段船上から眺めることはあるが、こんな近くでしげしげ見聞するのは初めてだという諸富屋に、左から順に《船屋《ふなや》》《稽古場》《修覆場《しゅうふく》》と呼ばれていることを岩次郎が説明した。

ここで改めて三重津海軍所について説明しておこう。佐賀藩は所有する和船を管理する《御船屋《おふなや》》を領内に六ヶ所設置していたが、そのひとつが三重津だった。佐賀藩東南端の、筑後川から早津江川が分かれた、その河口近くに位置し、今の佐賀市川副町《かわそえまち》大字早津江字元海軍所である。

嘉永《かえい》六（１８５３）年のペリー来航を受けて、幕府が慶長《けいちょう》十四（１６０９）年以来の《大船《たいせん》建造の禁》を撤廃し、大型軍船の製造が許可されると、佐賀藩は翌嘉永七（１８５４）年に蒸気船の製造を決定し、三重津をその製造場所とした。

安政五（１８５８）年にはここに海軍の伝習機関《御船手《おふなて》稽古所》を設置した。また安政六（１８５９）年の幕府の《長崎海軍伝習所》閉鎖を受け、三重津の敷地を拡張して《海軍稽古場》を整備。練習艦の「観光丸《かんこう》」（もとの名はスンビン号）を幕府から預かり、佐野栄寿左衛門を監督として伝習を続けた。また所有する西洋船の修理のため、文久元（１８６１）年までにさらに大きく敷地を拡張して《修覆場》区域を設け、そこにドライドックや金属部品の製作加工を行なう《製作場》を建造した。ちなみに三重津海軍所というのはのちの呼称であり、当時の正式名称は《海軍取調方《とりしらべかた》三重津出張所》である。

このように、三重津海軍所は軍港と教練所と造船所の機能を併せ持つ施設だった。教練所としては航海、造船、銃砲等の学科教育や技術訓練が行なわれ、最大時には三百人以上がこの地で学んだ。

この《三重津海軍所跡》は平成二十一（２００９）年から発掘調査され、特に修覆場地区から多くの貴重な史料が掘り出されたが、木材の劣化防止のためにその後遺跡全体が埋め戻されて、現在は「佐野記念公園」となっている。平成二十七（２０１５）年には「明治日本の産業革命遺産　製鉄・製鋼、造船、石炭産業」の構成資産として世界文化遺産に登録された。言わば《見えない世界遺産》となっているのが現状だが、隣設の「佐野常民と三重津海軍所跡の歴史館」では、ドライドック遺構の一部を原寸大模型で復元し、シアター映像で当時の作業風景を再現するなど、《見えない三重津》を視覚化し、体感できる展示がなされている。

さて、佐賀藩は安政四（１８５７）年に購入したオランダ製の木造帆船「飛雲丸《ひうん》」をはじめとして、安政五（１８５８）年に佐賀の伝習生たちが長崎海軍伝習所で完成させた木造帆船「晨風丸《しんぷう》」、安政二（１８５５）年に発注し、安政五年にようやく納入された木造スクリュー蒸気船「電流丸《でんりゅう》」、万延元《まんえん》（１８６０）年に幕府から借り受けた木造外輪蒸気船「観光丸」等、廃藩置県までのあいだに帆船二隻と蒸気船十一隻の計十三隻の洋式船を保有した。

岩次郎と諸富屋が並んで眺める今も、「飛雲丸」が沖合にゆったりと停泊し、「晨風丸」が左手に接岸している。ほかにも小型の和船があちこちに散在し、そして修覆場のメイン施設であるドライドックには「観光丸」が収容されていて、夥《おびただ》しいつっかい棒で固定された船体の下に何十人もの男たちがもぐりこみ、何やら黙々と作業をしていた。

「あいは何《なん》ばしよっとですか」

「船底の竜骨《りゅうこつ》いう部分の銅板の張り換えです。定期的に張り換えんとあきまへんさかい」

「こぎゃん大《ふと》かと大変《てえへん》じゃろうな。見あぐっぎ、帆柱の倒れかかってくっごとして、クラクラすっと。普段俺《おい》どんが使《つこ》うとっ千石船《せんごくぶね》とは訳が違うたい。前に大坂で見たいっちゃん大《ふと》か船でん、こいよいは小《こーま》かったですばい」

千石船とは千石（約百五十トン）の米が積める船という意味だが、スケールは様ざまで、通常は全長二十メートル前後だが、最大級の船は二千五百石積みで、三十メートルはあったという。

「さすが幕府の持ち船だけあって、今、藩が所有したはる船のなかでは『観光丸』がいちばん大きうて、全長二十九間（約五十二・七メートル）。帆柱の高さも百尺（約三十メートル）はありますやろ」

「ほかん船はそいぞいどがんくらいですか」

諸富屋の問いに、

「次に大きいんが『電流丸』で二十五間（約四十五・五メートル）、それから『飛雲丸』が十七間ちょっと（約三十一・四メートル）で、『晨風丸』が十一間足らず（約十九・七メートル）やったと思います」

岩次郎は淀《よど》みなく答えた。

「そがんいうぎ、藩の悲願やちゅう自前ん蒸気船は――見たとこ、修覆場じゃのうて、船屋に見ゆっあいですか」

諸富屋の指さす先に、びっしりと木組みが築かれて、そのなかで船体が組み立てられようとしているのが見える。

「ええ。予定では全長が十間（約十八・二メートル）、幅十一尺（約三・三メートル）と小ぶりやから、和船と同じように、修覆場使わんでもまにあいますさかい」

それこそがのちの初の国産蒸気船である「凌風丸」である。推進は外輪式で、十馬力。船体は木造で、外板などは楠材《くす》、甲板は松材が使われ、船底は銅板被覆されていた。

ちなみに、佐賀の県木は楠で、県花は楠の花である。実際、佐賀県には楠が多く、佐賀城跡や古い寺社には楠の巨木がつきものだ。楠からは樟脳《しょうのう》が採れるくらいで、香りが高く、防虫性、耐朽性に秀で、加工もしやすいことから家具材や寺社建築、彫刻用としてよく使われ、また防水性も高いので船材として重用されてきた。江戸期には金銀に次ぐほどの重要な輸出品であり、さらに戦中戦後に多くが伐採されてしまったが、それ以前は本当に多かったと著者も年配の方から聞いている。

そもそも楠は樹木の中でも最も寿命が長いとされ、常緑広葉樹で枝張りが広く、巨木に育つ能力が高い。東京新聞の『大図解　日本の巨樹』にも「日本国内では、スギ、クスノキ、カツラ、ケヤキ、イチョウなどが長寿で巨樹となる性質を持っており、特に関東より南に生育するクスノキの巨大さは他を圧倒している」とある。

佐賀県の巨木トップ3はすべて楠であり、そのすべてが武雄市にある。一位は国の天然記念物に指定された《川古《かわご》の大楠》で、広びろとした盆地のまんなかにぽつんと聳《そび》えている。幹周二十一メートル、樹高二十五メートル、枝張り二十七メートル。二位は市の天然記念物に指定された《武雄の大楠》で、旧武雄城に隣接した武雄神社の奥の森にあり、ご神木でもある。幹周二十メートル、樹高三十メートル、枝張り三十三メートル。三位は《塚崎《つかざき》の大楠》で、《武雄の大楠》とも近く、武雄市文化会館の北側の高台にあり、そこは鍋島茂義の隠居屋敷の敷地内でもあった。残念ながら昭和三十八（１９６３）年の落雷で本幹の九メートル以上が失われてしまったという。幹周十三・六メートル、樹高十八メートル、枝張り十八メートルだが、根回りは三十八メートルほどもある。そしてこのうち、《川古の大楠》と《武雄の大楠》は全国の巨木ランキングでも（調査した団体によって多少異なるが）それぞれ四位と六位に位置している。

「久重どんは修覆場のほうに？」

「いえ、祖父は月の後半は久留米におりますさかい、今は父だけです。船渠《せんきょ》（ドック）の北側に蒸気罐《がま》（ボイラー）が見えますやろ。そのそばにおるのんがそうです。幕府に依頼されてる蒸気船の蒸気罐がもうじき完成するはずで、それが終わったらすぐに閑叟《かんそう》さま御召《おめし》の小蒸気船の蒸気罐にも取りかかることになってます」

そして、

「京都時代の功績が大きいし、そもそもの考案が得意なもんやさかい、どうしても祖父の評価が高《たこ》なってますけど、こと工作の精密さにかけては父の重儀《しげよし》のほうが上や思います。《万年自鳴鐘《まんねんじめいしょう》》にしても、父の技術がなかったらあそこまで小ぶりに纏《まと》められへんかったやろし、機関車の雛型や蒸気罐製作にももっと苦労したはったのは間違いないですわ。図面ひとつ取っても、あないにきっちり正確には、とてもやないけどあてには真似できひん」

岩次郎はそんなことを言い添えた。

「そがん人物ば四人も得られたちゅうこつ、つくづく藩にとっての幸運でしたのう」

諸富屋がそう感嘆してみせたところに、四十くらいの手代《てだい》ふうの男と二十前の娘が前後してやってきた。その娘のほうを見て岩次郎が眼をまるくして、

「ああ、みすゞさん」

「岩次郎さん。今日は」

挨拶を交わす二人を見て諸富屋は、

「何や。みすゞは岩次郎さんのお知りあいでしたか」

「ええ。去年まで多布施《たふせ》のお医者の中江洪庵《なかえこうあん》さんとこの手伝いに来たはって、それで親しうさせてもろとりました。今は諸富屋さんのとこで？」

「はい。ついひと月ほど前から」と、みすゞ。

「それはよかったですねえ」

すると諸富屋が、

「そん頃、催しで人手の要《い》っごとなって、こん辰吉《たつきち》の伝手《つて》で来てもろうたとですが、よう気いつく娘《こ》やちゅうことで、そっから店のほうで働いてもろうといます」

その言葉に、みすゞは袖口で口許《くちもと》を隠して、

「よかとこで働かせてもろうて、母《かか》さんとも有難《あいがた》かてしょっちゅう言うておいます」

逆から襟足が見えるほど大きく頭をさげた。


諸富屋の本店本宅は佐賀城下の材木町《ざいもくまち》にあるが、別宅がもっとはるか北にもある。佐賀城から二里（約八キロ）ほど北上すると、そのあたりまでずっとのっぺり続いていた平地が途切れて、急に広大な脊振《せふり》山地が立ちあがるのだが、そこからさらに二里以上山道を踏み分けた山峡に古湯《ふるゆ》という、開湯二千二百年と伝えられる温泉地がある。その一角の山際にあるのが諸富屋

の別宅、通称《桂屋敷《かつらやしき》》である。材木町の本宅が《楠屋敷《くすやしき》》と呼ばれているのにあわせてのものだ。

実際、その屋敷はいくつかの桂の巨木で囲まれている、洋風の二階家で、屋根は銅葺《どうぶ》き。裏手に大きな蔵がある。もちろん温泉を引きこんでいるのが大きな自慢だ。

九月二十日、桂屋敷にいたのは諸富屋嘉平、妻のぬい、娘の絹《きぬ》、手代の辰吉、吾作《ごさく》、下男の喜助《きすけ》、女中の鶴《つる》、こま、たえ、みすゞのほか、客人として画人の淵野辺奉斎《ふちのべほうさい》とその息子・榎之介《えのすけ》、さらに木工職人の板倉乙山《いたくらおつざん》だった。客人たちは材木町の本店から来た嘉平夫妻、辰吉、みすゞとともに五泊ほど逗留《とうりゅう》することになっている。

乙山は前々から嘉平がパトロンについており、もう何度も屋敷に来ていたが、奉斎はこれが初めてだったので、到着するや否や、何という素晴らしい場所、素晴らしい建物かと褒めそやした。嘉平もにこにこと相好を崩して、

「ちょびっとでん画欲の湧きんさったないば、こがん嬉しかことはございません。是非一筆お願いしたかとですばってんが」

「もちろん、喜んで」

そして奉斎は一拍置き、

「ただ、この榎之介などは建物や風景より、さっきから娘さんの美しさに見惚《みと》れておるようですがな」

そんな言葉に榎之介と絹の顔はみるみる真っ赤になり、それが二人をますます狼狽《うろた》えさせた。

女中頭の鶴は四十五、その下のこまは三十二だが、たえはみすゞのひとつ上の十九なので、すぐに打ちとけて親しくいろいろ喋りあう仲になった。嘉平の一人娘の絹は普段からこちらの桂屋敷のほうでほとんどを過ごし、あまり材木町の本宅のほうに来ることがないので、ずっと桂屋敷で働いているたえに訊《き》くと、絹は現在十六歳で、幼い頃から評判の器量よしなのだが、恥ずかしがりなのか、極度の奥手なのか、舞いこむ誘いや婚姻話を悉《ことごと》く断って、最近はすっかり引きこもりのようになっているという。まるでかぐや姫だとたえは言い、そのうち月に帰ってしまうのではないかと冗談めかしたが、心のどこかで本当にそうならないかという想いが揺らめいているのが感じ取れた。

普段はこまが中心になって世話をし、外出時などは吾作が忠実に付き従っている。たえはいちばん齢が近いので、友達代わりという役どころも仰せつかっているようだ。歌を詠んだり絵を描くことは好きで、今回奉斎を招くことになったのも絹の希望だったらしい。繊細で、感受性が豊かで、胸の奥底までは明かさない謎めいたところもあり、最近は特に気鬱《きうつ》な様子でいることが多いので心配している。惚れぼれするような美しさもあって、相手をしていても壊れ物に接している感覚が離れない。ご両親の心配もなおさらで、一も二もなく奉斎を呼び寄せたのもそのせいだ、とたえは説明した。

奉斎は五十五で、髪同様に眉も顎鬚《あごひげ》も染めたように白く、枯木の如く痩せていながら鋭く輝く眼光が風格を放っている。遅くにできた息子の榎之介は十八で、やはり画才に秀で、父が物語性に富んだダイナミックな構成を得意とするのに対し、花鳥風月を優美華麗に描いてみせる画風そのままの瓜実顔《うりざねがお》の優男《やさおとこ》だ。

乙山はもう還暦を過ぎているだろう。背が高く、いかにも頑強そうな風貌だ。みすゞは初めてだったが、普段は本店で働いている辰吉も二、三度見たことがあるという。木工職人という肩書だけ聞いていて、どういう人物かははっきりしないが、どうやら城下の西に建設中の《お化け屋敷》に深く関わっているらしいというのが辰吉の推測だった。

そのお化け屋敷だが、建設がはじまってからもう一年近くたつというのに、その全貌はいっこうにはっきりしない。そもそもが嘉平の完全な道楽で、従って資金も個人負担で、企画も施工も店とは関わりのないところで進められているのは間違いないが、どうやら最近は建設そのものが滞《とどこお》り気味のようだ。みすゞはふと、その遅れは絹への心配が影響しているのではないかと思ったりもした。

人物紹介を続けると、ぬいは四十一。どちらかといえばぽってりとした肉づきで、絹は顔立ちは父から、肌の白さは母から譲り受けたようだ。しゃきしゃきした部分とおっとりした部分がいい按配《あんばい》で、みすゞも気疲れすることなく接することができた。

もっぱら桂屋敷で働いている吾作は三十半ばで、中肉中背。陰気な顔つきで至って無口だが、過去に嘉平から大きな恩義を受けた出来事があったらしく、ひたすら黙々と仕えている様がちょっと気味悪いくらいだという。

最後に、下男の喜助は五十二。なりは小柄だが力持ちで、特に腕相撲では誰にも負けたことがないのが自慢だ。きびきびとよく働く。そして女中頭の鶴とは夫婦である。

その日の夕方から、淵野辺奉斎と榎之介、板倉乙山、そして嘉平は屋敷から渡り廊下で繋がった浴場でたっぷりと温泉を楽しんだ。泉質は炭酸ナトリウム、マグネシウム、ラドン等を主な成分とする、ペーハー値九・六と全国的にもアルカリ度の高い単純泉で、鉱味を帯び、無色透明無臭無味。効能はまずもって美肌・美白。そして慢性リュウマチ、神経痛、神経炎、骨及び関節等運動機能障害などによいとされ、また、飲用によって神経衰弱、ヒステリーの興奮型、脳溢血《いっけつ》後の半身不随、不眠症などに効くという。また、古湯の大きな特徴は源泉が四十三度、実際につかる湯は四十度から三十八度という《ぬる湯》なので長時間つかることができ、そのぶん芯から温まり、効能も高められるし、リラックス効果も高い。要するに温泉につかりながら親交を深めるには打ってつけなのだ。

四人は夕餉《ゆうげ》を挟んで再び湯につかり、ちびちび酒の盃を傾けながら存分に温泉を満喫した。夜間の照明には無尽灯が使われ、意匠を凝らした浴場に幻想的な彩りを加えたことは言うまでもない。

翌二十一日は朝早くから嘉平、ぬい、奉斎、榎之介、乙山の五人が散策に出かけ、昼過ぎに戻ってきた。ちょうどその頃、みすゞは、この忙しいのに吾作の姿が見えないと喜助がこぼしているのを耳にしている。

午後は広間で一同が会し、奉斎と榎之介が絹の描いた絵を見て、これは素人の技ではない、きちんとした指導があればすぐに絵で身を立てられるようになると感嘆した。

「とりわけ色使いが素晴らしい。特にこの紺青《こんじょう》の鮮やかさはどうじゃ。いったいこれはどうやって？」

絹はか細い声で、

「以前、武雄の鍋島茂義さまから特別にお分け戴いたベレンス（プルシアンブルー）です」

「おうおう、武雄の浄天《じょうてん》（茂義の戒名）公か。絵がお好きで、海外から色とりどりの絵具の極上品をお蒐《あつ》めになられていたことは聞いておった。そうか、さすがに違うもんじゃのう。吸いこまれそうな色じゃ」

そんなやりとりを、物を運んでいる途中でみすゞも聞いた。

夕餉が近づいて、吾作の姿が見えないことが大きく騒がれだした。嘉平が一同に尋ねたところ、誰も朝から彼の姿を見ていないという。部屋を調べてみたが、きちんと片づけられたままで、変わった様子はなく、もちろん書き置きの類《たぐ》いも見あたらない。いきなり出奔《しゅっぽん》するような理由もないので、多分、気を利かして茸《きのこ》でも採りに山にはいったのだろう。もしかすると、崖から落ちるか何かして帰れなくなってしまっているのではないかと心配する声もあったが、

「なあに、滅多なことはなか。そんうちに帰《けえ》ってくっさい」

喜助がやけに自信たっぷりに言うもので、何となくそのまま様子を見る流れになった。

しかし、その夜も吾作は戻ってこなかった。


翌二十二日、朝になっても吾作が戻ってこないので、そろそろどうにかしないといということになり、ひとまず喜助が茸や山の実が採れそうな場所を捜してみると言って出かけた。

もっとも、何しろ大の大人のことなので、その時点でもそれほど深刻に受け止められていたわけではない。客人たちは気儘《きまま》に散策に出かけ、特に奉斎と榎之介は昨日眼をつけていた場所

でスケッチに勤《いそ》しんだ。

乙山は早めに戻り、日暮れ近くにようやく奉斎と榎之介も戻ったが、そのすぐあとに喜助も一人で帰ってきた。山にはいったなら恐らくここまでだろうという範囲を隈《くま》なく捜したが、崖下にも谷間にも見あたらなかったという。ここまで来ればもう放っておけないということで、

「もうじき陽も落ちっけん、明日《あしちゃー》じゃな。辰吉、すまんばってん、今から材木町まで帰《けえ》って、山狩いすっ人ば集めて、いっしょに朝いちばんに戻ってきてくれんか」

「承知しました。では、早速」

辰吉は素早く身支度を整え、桂屋敷を出た。嘉平はぱんと手を打ち鳴らし、

「さあさあ、お客人にはお気遣いは無用ですけん、またお湯でんごゆっくいと」

空気を変えるように明るく促した。


しかしさらに明けて二十三日、朝になって絹の姿も見えなくなっていたので大騒ぎになった。

「ちょっとそのへんに行っとっとじゃなかか。捜せ、捜せ、そこらじゅう見てまわってくいろ！」

その号令に家の者があたふた駆けまわっているところに山狩りのための男連中が到着して、混乱はますますひどくなった。それでも何とか態勢を整え、分担を決めて十人ばかりが山に踏みこんでいく。そうしてようやくひと息つくなか、嘉平は二階の居間にぬいとともにあがったが、腰を落ち着かせる気にもなれず、ウロウロと檻《おり》のなかの熊のように歩きまわった。

そうして半刻《はんとき》（約一時間）ほどたった頃だろうか――。

いきなりバーンという激しい音が聞こえて、その場にいた全員がビクンと背筋をつっぱらせた。たまたまお茶を運びにきたみすゞもそうだった。

音そのものはそれほど大きくなかったが、かなり距離が感じられたので、そのぶん激しさが伝わった。

嘉平はその音がした方向――山側の窓――みすゞにもそちらからに聞こえた――に駆け寄った。ほかの者もつられるようにあとに続いた。真正面に蔵が見える。大きな土蔵だ。嘉平がこの土地を手に入れる前からあって、母屋はまるごと建て替えたが、土蔵は補修を加えただけでそのまま残したらしい。そのとき塗り替えた白壁が陽の光に照り映え、二階部分の窓がちょうどこちらと同じ高さにぽっかり黒く浮かびあがっていた。

窓は閉じていない。観音開きの鎧戸《よろいど》が大きくこちらに開いている。そこから蔵のなかの闇が覗き見え、そしてその闇のなかに何か奇妙な白いものがゆらりゆらりと揺れていた。

何かぼんやりとした白いもの。だが、まわりの白壁に邪魔されてよく見えない。眼を凝らす。吸い寄せられるようにじっと眼を凝らす。縦に長い。照る照る坊主のように縦に長い。それが闇のなかで薄ぼんやりと左右に揺れている。気味悪い。そしてひどく悍《おぞ》ましい。人？ そう、人だ。間違いない。そこまで気づけば、それが誰なのかはもうほとんど明らかだった。

「絹！」

嘉平が叫んだと同時に、ぬいの金切り声が家じゅうに響き渡った。

嘉平は弾けるようにとんぼ返りし、「誰《だい》か、誰か来てくれ！」と叫びながら階段を駆け降りた。

「鍵！　蔵ん鍵はどこか！」

「お勝手の戸棚ん横に——」

「取って来い！」

　鶴に言いつけながら、履物もそこそこに裏口からとび出していく。そんな騒ぎに驚いて奉斎たち客人もオズオズと顔を覗かせた。

「蔵たい。蔵たい。蔵んなかに絹が——！」

　喚《わめ》きながら真っ先に嘉平が駆けつけ、縦に打ちこまれた大きな鎹《かすがい》にとびついたが、ガタガタと音がするだけで開きそうにない。そこにすぐ鶴もやってきたが、「鍵がなかとです！」と泣きそうな顔だ。遅れて駆けつけた客人三人がどうされましたかと訊き、嘉平がもどかしく事情を説明すると、乙山が進み出て鎹をガタガタ揺すり、

「鍵はあいてるようですが、むこうで閂《かんぬき》がかかってますね。幸い頑丈な板ではないので、斧《おの》や鉈《なた》で破れるでしょう」

　すぐに嘉平が取りに行かせ、乙山が斧、嘉平が鉈を振るって打ち壊しにかかった。特に乙山の腕力《かいなぢから》は凄まじく、七、八回で中央やや上のところに大きな穴があき、そこから手を差し入れて閂の横棒をはずすのが仕種《しぐさ》で分かった。

　乙山によって押し開かれた戸から嘉平が真っ先に駆けこんだ。ほかの者も次々あとに続く。みすゞもほぼ最後に恐る恐る踏みこんだ。

　蔵の一階部分は八間（約十四・五メートル）四方ほどで、さほど荷物が多いわけではないが、隅のほうにいろんなものがゴタゴタと積みあげられ、中央あたりにも長い板や縄や筵《むしろ》が散ら

かって、雑然とした感じだった。二階部分は手前と奥に床があり、中央が屋根裏まで吹き抜けになっている。窓は一階部分には見あたらず、初めに嘉平たちが見た二階の窓からの光も手前の床(一階からすれば天井)に遮《さえぎ》られているので、ひどく暗くて見通しがききにくかった。

そんな暗がりのなかを嘉平はずんずん進み、大きく顔をあげた。そして地面に足が貼りついたように全身を硬直させた。ほかの者も恐る恐る同じように奥に進み、同じように振り仰いだまま凍りついた。

二階の窓からの光を受けて、吹き抜けの空間が薄明るく浮かびあがっている。無数の細かい糸屑《いとくず》のようなものがきらきらと舞い踊っている。そしてそのなかに白い着物を纏《まと》った人間の体が、まだ静止することなく静かに振り子運動を続けていた。

今度は誰にもひと目で明らかだ。縊死だ。縊死に間違いない。折れたようにきつく首を俯《うつむ》け、そこから縄がぴんとのびて天井近くの梁の一本に繋がっている。素足の足裏がやや開き加減になっていて、そのあいだから尿らしいものがぽたぽたと垂れ落ちているのも見えた。

いつのまにか遅れてやってきていたぬいの叫び声が静寂を切り裂き、すぐにやんだ。卒倒してしまったのだろう。振り返ってそれを確かめることなく、みすゞもその場にぺたりと尻を落としたまま、

「降ろしてくれ。早《はよ》う、早う、降ろしてやっとくれ!」

嘉平がそんなことを喚き続けているのをぼんやりと聞いていた。

それまでの時間の流れは一瞬一瞬がやたら引きのばされた感覚だったのに対し、そこからは

時間の流れそのものが切れぎれで、その都度流れが速かったり、亀の歩みのようにまのびしていたりと、ひどくとりとめがなかった。

男たちが階段を駆けあがり、さんざん苦労しながら絹の体を引きあげ、そして一階まで運び降ろした。誰かが見つけた適当な戸板の上にいったん横たえられた絹は、眼の玉がとび出しそうなほど大きく眼を剝《む》き、開いた口からまるまった舌が覗き、膨れあがった顔は紫と白が綯《な》い混ざったような色に染まって、もとが美しいだけに酷《むご》たらしいことこの上なかった。「せめて蒲団《ふとん》に寝かせてやっとくれ」という嘉平の懇願に、今度は女たちも加わり、戸板ごと蔵から運び出されていった。

そうこうするうちに番所から役人や医者が駆けつけ、山狩りに出ていた男たちも報《しら》せを受けて戻り、野次馬たちも押し寄せ、なかにはおせっかいな者がいったい何が起こったのか、何か手伝うことはないかと敷地にはいりこもうとするなどして、騒ぎはどんどんひどくなっていくいっぽうだった。

みすゞにとって何より印象的だったのは、経緯と状況を聴き取った役人の一人がそのことをはっきり言葉にするまで、蔵に内側から閂がかかっていた以上、絹が自分で首を縊《くく》ったとしか考えられないのを不思議に誰も口にしなかったことだ。

そしていっこうにおさまる様子のない騒ぎのなかで、ひとつ大きな出来事は、改めて周囲を調べるうちに、蔵のすぐ裏手にある崖下の藪《やぶ》のなかから吾作の屍体が見つかったことだった。吾作の体はあちこち傷だらけで、特に顔の左半分がざっくり割れたようになっていた。そして医者の見立てでは、死因は頭頂部やや後ろへの激しい打撃であり、絹よりもずいぶん前に死んでいたのは間違いない、ということだった。

なお、蔵の鍵は一階の入口近くの棚に置かれているのが見つかった。


佐賀の有数の富豪である諸富屋の美人娘が首を吊って死んだという話はたちまち城下にも知れ渡り、寄るとさわるとのもっぱらの話題になった。しかもその前に手代が死んでいたという想像を掻《か》き立てる要素も付随しているのでなおさらだ。これはもう二人はひそかな恋仲にあったに違いなく、手代の死を儚《はかな》んで娘が首を吊ったに決まっている。いやいや、手代の遺体は娘が死んだあとで、藪のなかからやっと見つかったというから、娘が手代の死を知っていたはずがないではないか。いやいや、だから大きな声では言えないが、手代を殺したのは娘なんだ、色恋の縺《もつ》れから娘が思わず手代を殺してしまって、その罪に慄《おのの》いて自分も首を吊ったというので決まりだ――などといった想像・憶測がまことしやかに言い交わされ、まるで根も葉もない尾鰭《おひれ》までどんどんつけ加わって、まるで身近に降って湧いたとびきり腥《なまぐさ》い世話物に城下全体が夢中になっているかのようだ。そしてそんな状況は、極力ひっそりと執り行なわれた葬儀ののちも、いっこうに収まる徴候もなく続いた。

そんなふうに膨れあがるいっぽうの心ない噂に耐えかねて、諸富屋嘉平はとうとう岩次郎に助けを求めた。通りすがりに大隈八太郎《おおくまはちたろう》（重信《しげのぶ》）に声をかけられ、いつぞや嘉瀬《かせ》川の事件に首をつっこむきっかけになった店で喋っていると、見る影もなく窶《やつ》れた嘉平が「ここにおらしたとですか」とやってきて、是非ともお知恵を拝借したいとすりつけるように頭をさげた。

こちらとしては娘が自殺したとは信じられないし、ましてや噂のように手代と恋仲だったとか、その彼を殺《あや》めたなどということがあるはずがない。しかしながら、真相があやふやになっている状況がいちばん始末が悪い。どういうことであれ覚悟はしているので、ともかく事の内実をはっきりさせてほしいというわけだ。

「そないに言わはるんやったら、ほな、どこまでやれるか分かりまへんけど」

嘉平の苦悩を痛いほど察して、岩次郎は神妙に了承した。

ただ、自分が前面に立つのではなかなか事が潤滑に運ばないだろうと思い、ふと八太郎にも同行を打診してみたところ、「よかよ」と何ともあっさり引き受けてくれたので、ただちに嘉平の手配で二人に早駕籠《はやかご》が用意された。

「ちょっと用意しときたいもんがあるさかい、精煉方のほうに寄ってもらえますやろか」

そして立ち寄った自宅から持ち出されたのは、大工の道具箱に手提げをつけて運びやすくしたようなものだ。

「そいに七つ道具が入《ひやぁ》っとっとか」

興味深げに訊く八太郎に「ええ、まあ」とやりとりがあったのち、二人の駕籠はいっさんに桂屋敷に向かった。

まずは事の経緯をしっかり把握しなければならない。岩次郎は嘉平に当時家にいた者と検屍をした医者を揃えてもらったが、板倉乙山だけは都合がつかなかったということで会えなかった。

一階の広間で事情聴取がはじまった。八太郎がいちばん立派な設《しつら》えの椅子にデンと腰かけ、その横で実際に話を聴き出していくのは岩次郎だ。八太郎は虎の威の役まわりに徹し、「うむ」

や「よし」以外に口を挿《はさ》むこともなく、ただ岩次郎の聴取ぶりを愉快そうに眺めているだけだった。

岩次郎はまず一同に、両手をひろげて見せてくださいと頼んだ。いったいそれで何が分かるのかと、全員がキョトンとした表情を浮かべるなか、岩次郎はかまわず順繰りに各人の手を点検していき、納得したように小さく頷《うなず》いてみせた。

噂のように絹が吾作と恋仲だったとか、絹が吾作を殺めた可能性があると思うかという問いには、母親のぬいはもちろん、喜助、鶴、こま、たえも、すべてを賭けてもいいという勢いでとんでもないと否定した。仮に、もしも吾作のほうに内心ひそかに恋い慕う気持ちがあったとしても、絹のほうが吾作を好いていたなどということは天地がひっくり返ってもあり得ないと——。そして絹の自殺に関しても、ややトーンは落ちるものの、信じられない、心あたりも全くない、だいいち奉斎さまをお招きしている最中に自殺するなどということがあるはずないというたえの意見はなかなかに説得力があった。

二十三日の経緯は、二階の居間、次に蔵へと場所を移して詳しく聴き取った。蔵は正面が南向きで、戸は斧で穴があけられたままになっており、押し開いてなかにはいると、二階の窓は開いたままになっているのだが、その光が天井で遮られて真っ暗に近く、その代わりのように黴《かび》の匂いが鼻にひろがった。大きな長い板や縄や筵が雑然と散らかっているのは、あえて片づけず、そのときのままにしているらしい。振り返ると、閂の太い四角い棒だけは戸の横の壁に立てかけられていた。

とりわけ岩次郎がこだわったのは、蔵にはいった者の順番と位置関係だ。ああでしたか、こうでしたか、上を見あげたのはどの位置からでしたかとしつこく念を押して、蔵にはいった順番が嘉平、乙山、奉斎、榎之介、鶴、こま、たえ、みすゞ、ぬいであることを確かめた（当時、辰吉と喜助は山狩りに加わっていた）。

そのあとは嘉平から無尽灯を借り受けて階段をあがる。蔵の二階部分の上には梁が縦横に交差し、部分部分に床板も張られて、その上がごく狭い屋根裏部屋のような空間になっている。絹が首を縊った縄は、東西にのびる太い梁の中央あたりに結びつけられていた。そのすぐ北側にはずっと床板が張られているので、梁と首に縄をかけたあと、そちら側から身を投げたのだろう。

窓は二階の東、南、西に三つあり、今は東西の窓は鎧戸で鎖《とざ》されている。南の窓はいつから開かれていたのかという質問に、嘉平は前日の二十二日には閉まっていたはずだと言い、下男の喜助も間違いないと保証した。そもそも蔵自体、はじめに改装はしたものの、結局そこを使うことはほとんどなく、あたかも開かずの蔵のような扱いになっていたという。

また、窓というのとは少し違うが、屋根裏部分の北端に幅半間《はんげん》（約〇・九メートル）、高さがその半分ほどの開口部があるのだが、床近くからだし、その先に軒が大きく覆い被さっていて視界が利かないので、掃除のための掃き出し口に近いだろう。そこから首を突き出して下を覗いてみると、裏の崖下まですとんと見おろせて、まるで城の石落としのような感じもした。

そこまで確認すると。岩次郎は持参してきた道具箱から虫眼鏡や巻尺を取り出して、しきりにあちこちを計測したり、床に這いつくばって何やらつぶさに観察したりをはじめた。さらに岩次郎は遺体の検屍をした藤《ふじ》田《た》良沢《りようたく》という医者を隅に呼んで、いろいろ細ごまと問い尋ねていた。八太郎はそれらもニコニコと興味深そうに見守った。

そしてこれまでのところ、家のことに関してはもちろん嘉平や喜助・鶴夫婦の言うことが確かだが、出来事の流れについてはみすゞの証言がいちばん落ち着いてきちんと整理されているというのが八太郎の印象だった。岩次郎もそう感じたらしく、肝腎な点は必ずみすゞに確認を取っている。

岩次郎と八太郎はとりあえずその夜は桂屋敷に逗留することになった。嘉平としては、事の真相がはっきりするまでは何泊でもかまわないという心づもりらしい。そして二人の世話係にはみすゞがついた。

陽が落ちたのち、ひょっこりとイタチの樋吉《といきち》がやってきた。岩次郎の頭にチョコンと乗っかり、

「お前、ようここが分かったな」

それにキキッと鳴き声を返すのが八太郎の眼にも微笑ましい。お茶を運んできたみすゞもびっくりしつつ、

「あらあ、可愛《やーらし》か」

そう言って顔を綻《ほころ》ばせた。

岩次郎がどういう由来のイタチであるかを説明すると、みすゞはますます眼をまるくして感心した。

八太郎は一歩引いた構えで岩次郎とみすゞを眺めた。かつて親しくしていたというだけあって、二人は気安く、いかにも打ちとけた様子で、事件のこと以外もあれこれと喋っている。途

中から蘭学寮に移ったとはいえ、弘道館《こうどうかん》の厳しい儒教教育にどっぷり浸かってきた自分たちとは大違いだ。精煉方の四人衆といい、この岩次郎といい、彼らの気風を養った京都の時習堂《じしゅうどう》とはよほど風通しのいい学舎《がくしゃ》だったのだろう。これからの若者にはそういう場所をこそ用意してやらねばならん。――そんなことまでつらつらと考えた。

そして八太郎はみすゞのいる前で、何か見えてきたことはあるかと岩次郎に尋ねた。途端に岩次郎は困った顔になって、

「そうそう都合ようは――。まあ、おおまかな見通しだけです」

そう答えた。

「ほほう。見通しとは？」

「皆さんが口を揃えて言わはる通り、やっぱり絹さんは自殺したんやないと思います。それが大前提です」

「つまい、殺しじゃな。吾作ば殺したと同《おんな》じ下手人に殺されたっちゅうわけか」

しかし岩次郎は軽く口を曲げて、

「まだ同じ下手人やとは。その可能性が高いとは思いますけど」

「違う者《もん》が殺したっちゅうとか。そがん、人殺しの二人《ふたい》もおるっちゅうごたっことが」

そこではっとした顔で、

「ひょっとすっと、絹が吾作ば殺した可能性はあっとか？」

「どうでしょう。可能性は低そうですけど、とにかく動機次第やと思います。ほかの誰にしても、絹さんや吾作さんを殺したとは思えへんですやろ？　これはあての直感ですけど、この事

件は動機が要《かなめ》やと思います。動機が分からんと、《如何《いか》にして》というのが分かったとしても事件の核心には辿り着けへんのやないかと」

「《如何にして》？」

「はい。絹さんが殺されたとすると、まず真っ先に浮かぶ疑問は、下手人は絹さんを殺したあと、どないして蔵から出たかていうことになりますやろ。もちろん二階の窓はあいとったし、何やったら屋根裏の北側にも掃き出し口があるさかい、そこから縄でも使《つこ》うて降りることは全然不可能とは言えしまへん。そやけど実際、手を擦《す》り剝きもせんとそないなことやってのけるやなんて、よっぽど軽業師みたいな手慣れた者《もん》やないとできひんの違いますやろか」

八太郎はそのために全員の手を調べたのかと思いあたると同時に、ああと大きく体を反らせて、

「そうか。そいに加えて、諸富屋やみすゞが母屋の二階から絹の首吊いば見たときには、下手人はまーだ蔵んなかにおったはずじゃ。そうすっと――下手人は家の者《もん》が大急ぎで駆けつけて来よっさなかに二階の窓から脱出したとか？　そがん余裕のあっかどがんかも分からんごた隙に？　そいも二階の窓ばあけといて、今首吊いのあったとば見すっちゅうのは、わんざとそがん危なか目に自分ば追いこむことになっとじゃなかか！」

気づいたその点に夢中になった。

「こいはどがんもこがんも訳ん分からん。下手人はなしてわんざとそがん危なかことばしたとか？」

するとそのとき、「あの」と、みすゞが小声で呟《つぶや》いた。

「何《なん》ね。遠慮は要らん。言ってみんしゃい」

促されて、みすゞはますますオズオズとした様子で、

「もしかすっと……妾《わたい》たちが絹さんば見たとき……下手人は蔵におらんやったとじゃなかでしょうか」

途端に岩次郎が眼を輝かせ、

「凄いわ、みすゞさん。あての考えとったことと同じや。そやないと、下手人にあてはまる人間がどこにもおらんようになる。そのとき、蔵には下手人はおらんかったんや」

「下手人はおらんやった？　どがんことか」

思いきり眉をひそめて訝《いぶか》しがる八太郎に、

「時計仕掛けです。ある時間が過ぎたときに働くような。その働きいうんが、今度の場合、絹さんを梁からぶら下げることとやったんです」

岩次郎の言葉に、八太郎はぴしゃりと自分の膝を叩いた。

「そうか。からくり職人にとっては《いろは》の《い》か。そいばってん、具体的にはどがん仕掛けが？」

「それはまだ何とも。むしろ考えられる方法が多すぎるせいですけど。……もしかして、みすゞさんには何か見当が？」

「いえ。妾《わたい》にはそこまでは――」

そしてしばらく腕組みして唸《うな》っていた八太郎は、

「そいで、時計仕掛けの使われたとすっないば、どがんことになっと？」

「つまり、絹さんが殺されたんは嘉平さんやみすゞさんが蔵の窓を見たときやない。多分、それより少し前でもおへん。きっと何刻《なんどき》か前――夜中のことやないかと思います」

「何刻も？　そがん前に？」

「あて、検屍しはった藤田良沢ていうお医者にいろいろ訊いたんやけど……、正直言うて、だいぶ藪《やぶ》やと思うわ。少のうても多布施の中江洪庵さんとは大違いや。ここに呼ばれたとき、首吊りが目撃された経緯を既に聞かされてたんはええとしても、実際に絹さんが亡《の》うなったんがそのときかどうかを疑いもしてへん。詳しう聴いてみたら、屍斑《しはん》の場所や出来具合から、かなり長いあいだ床に寝かせられてたんは間違いないと思います」

「そがん訊くぎんたあ、確かに藪そうばい」

「で、そうなると、今度は下手人にあてはまる人間がおらんどころやない。誰でも下手人になり得る、いうことになります」

「夜中んことないば、確かに誰《だい》でん出来《でく》ったいのう」

大きく頷いた八太郎は、ふと思いあたったように、

「そがんないば、吾作の殺されたとも絹と同じ頃っちゅうこともあっとか？　ひょっとすっと、絹が吾作よいも前に殺されたっちゅう可能性も？」

「いえ、それはなさそうです。吾作さんが亡《の》うなったんは、もう見るからに絹さんよりもだいぶ前やったそうですから。聴いた遺体の具合からしても、多分、姿が見えんようになったその前の夜やと思います」

「お前《あさん》が検屍しとったないばよかとやったとけえのう。いや、そいにしても、吾作はともかく、

絹の場合はなしてそがん手間ばかけて我が首ば縊ったごと見せかけようとしたとやろか、俺《おい》にはさっぱい訳ん分からん」

「それはあてても同じです。下手人の狙いが何なのか、どないあれこれ考えてもしっくりきいひんし、腑《ふ》に落ちひん。結局やっぱり動機の問題に帰ってくるんです」

「動機か」

八太郎は再び腕を組み、しばらく頭を右に、そして左にと傾けていたが、ふと、

「なして人間は難問に遭《お》うぎんた、こぎゃん腕組みばすっとじゃろうな」

そんな拍子抜けするような問いかけに、みすゞがくすっと笑い声を洩《も》らした。


翌日、岩次郎は朝からいっそう精力的に動きまわり、特に蔵の内外を綿密に調べまわった。また奉斎や榎之介をはじめ、家の者ともできるだけ喋る時間を持ち、事件に対する印象などを聴いてまわった。なかでも榎之介はもともと神経が細いのか、受けたショックが大きかったらしい。恐ろしい死に顔が眼に焼きついて、今も夢で魘《うな》されるという。もちろん絹を子供の頃から世話してきた喜助夫妻やこまの嘆きは大変なもので、これから何を励みに生きていけばいいのか分からないとまで涙ぐんだ。

嘉平は朝方一度だけ進捗状況を尋ねてきて、岩次郎がこれまでに見えてきたことを伝えると、その内容に愕然《がくぜん》としながらも、やはりお頼みしてよかったと喜んだ。その後も進展が気になっていたに違いないが、そうした質問を口に出すのは控え、ただ岩次郎が動きやすいように細ごまと気を配ってくれた。

いっぽう、調べを進めるにつれて、岩次郎の表情に憂愁の翳《かげ》りのようなものが掠《かす》める瞬間が次第にふえていっているように八太郎には思えた。それが気のせいではないと確信したのは日暮れ近くになった頃だ。区切りをつけるように八太郎を風呂に誘い、ゆったり湯につかったのだが、そのあいだじゅう伏目がちに物思いに耽《ふけ》って、何事か腹を決めようと苦闘しているのがひしひしと察せられた。

そして夕餉がすみ、家の者の片づけも終わってほっと空気が落ち着いた頃合いを見計らって、岩次郎は今度の事件について考えたことをお伝えしますので聞いてくださいと一同に呼びかけた。それで昨日からは医者が抜けた全員が広間に集まり、期待と不安が入り交じった視線を岩次郎に注いだ。

岩次郎はまず昨夜八太郎に伝えたことをそのまま語った。絹の死が自殺ではなく、他殺であろうこと。嘉平らが首吊りを目撃したのが殺害時刻ではなく、何らかの時計仕掛けでそのときに起こったように見せかけられただけで、実際の殺害時刻は夜中だっただろうことを。一同からは驚きの声とともに、やはり自殺ではなかったのかという声もいくつか洩れた。

「さて、では、その時計仕掛けはどないなもんやったかということですけど――」

岩次郎がそう切り出したので、八太郎も思わず身を乗り出した。

「これは蔵に残ったいろんな形跡を踏まえてのものとはいえ、あくまであての想像に過ぎんことをご承知願えますでしょうか。その上で聞いて戴きたいんですけど、この時計仕掛けは死後硬直を利用したもんやと思います」

「死後硬直？」

鸚鵡《おうむ》返しに言いながら奉斎がぎょろりと眼を剝いた。

「はい。葬儀を執り行なわはったことがある方とかならお分かりやと思いますけど、時間がたつと屍体がいったん木像みたいに硬《かと》うなって、そのあとまた軟《やわ》らこうなることです。多分、こないなことやったんやないでしょうか」

言いながら岩次郎は紙に図を描きながら説明した。（※次ページ図2参照）

「蔵の構造はおおよそこんな感じですね。で、この仕掛けでいちばん重要な道具は一階の床にあった長い板――幅は一尺半（約四十五センチ）、長さは二十尺（約六メートル）ありました。もともとは一階のどこかに置かれてたんでしょう。この板を屋根裏に運びあげて、北側の掃き出し口の縁《へり》から片方の端を突き出させ、その先の軒の内側に横向きに渡された梁の上に載せる。お分かりでしょうか。こんな具合です。

さて、その前の夜に殺して、どこかに隠しておいた吾作さんの遺体を、その板に――恐らく足を北側にして寝かせます。その体を頭のほうから押していって、掃き出し口の外にずらしていきます。そして遺体の踵《かかと》が軒の梁に載ったところで、今度は下に敷いておいた板をちょっとずつ引き戻していくんです。屍体がいちばん硬《かと》うなるのは死後半日ほどやけど、その頃はまだ充分カチコチですさかい、軒の梁と掃き出し口の縁に支えられて、一本の棒みたいに空中にさし渡されたまま残るわけです。そして板は完全に抜き取るんやのうて、遺体の頭と胸の上のほうが載っとる状態にしておきます。

そないなふうにすると、板のもう片方は中央の吹き抜け部分に三尺（約九十センチ）ほど突き出した恰好《かっこう》になります。そして今度は板のそっち側の端に――既に殺した絹さんの遺体を

［図2］

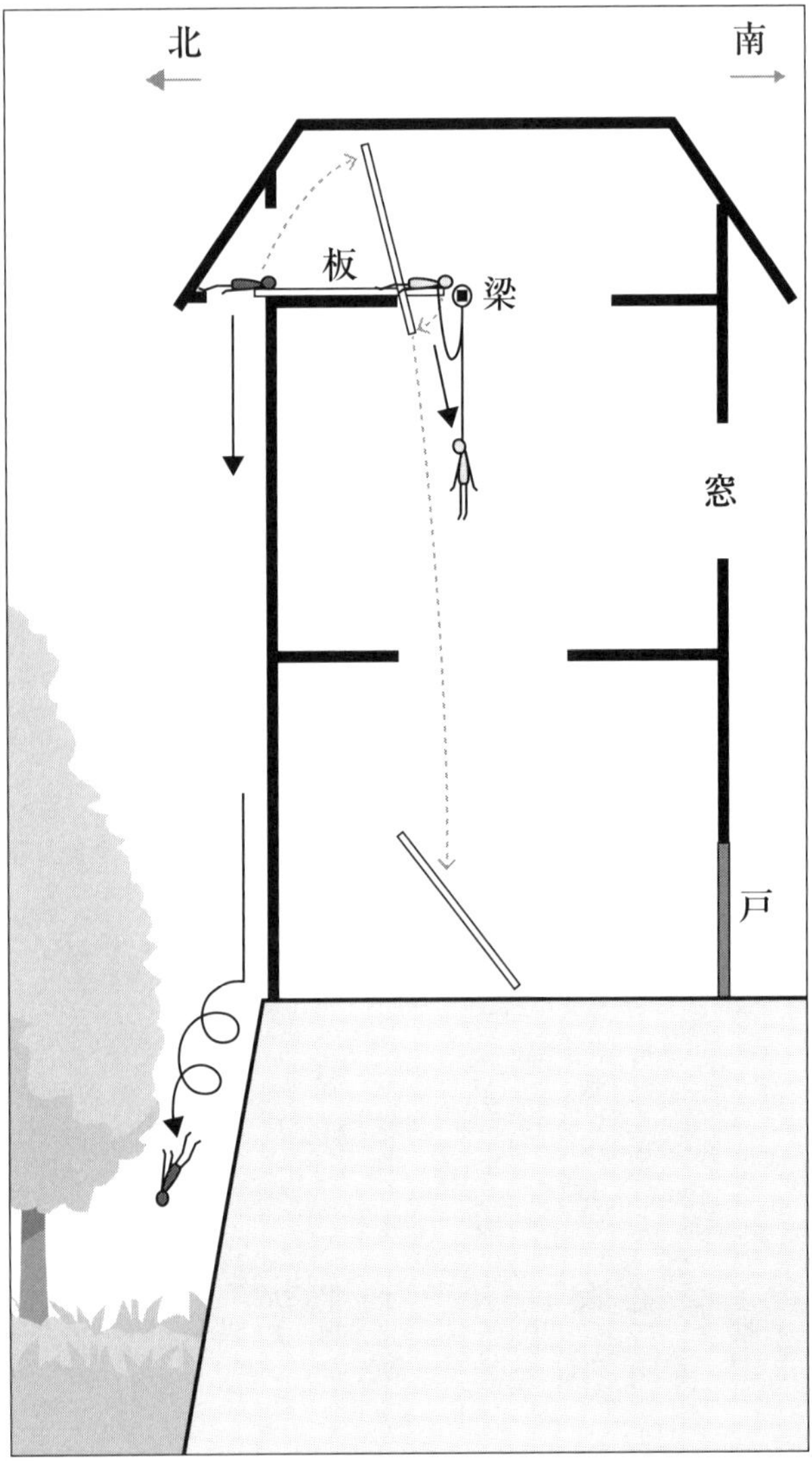

——首に縄をかけ、縄の片方を梁に結わえつけておいて——多分、端に頭が来るように寝かせます。つまり、体の半分以上が吹き抜け部分に突き出した恰好になるわけです」

最後のほうは刺激的な言葉をなるべく和らげようと、間を置き置き喋った。

「さて、そのあと二階の窓をあけ放っておいて、蔵から出るんですけど、そこで下手人はもうひとつの細工を用意してました。ただ、これは簡単です。二本の細い紐《ひも》をそれぞれ閂の横木の両端にひっかけて、戸の上を跨《また》がせて外に垂らします。そして横木が何寸か浮くように持ちあげた状態で、戸の外側で紐の端を太い針を使って固定しとくんです。その状態で外に出、戸をそっと閉め、針を抜いて紐を緩めると、蔵の内側で横木が閂に嵌《は》まりこみます。戸を押し引きしてしっかり嵌まりこんでいるのを確かめといて、それぞれの紐の片端をひっぱって回収してしもたら、あとに残るんはよっぽど詳しう調べんと分からんような紐の擦り跡くらいでしょう。

あとは時計仕掛けが働くのを待つだけです。硬直が解ける時間は温度に大きう左右されるんやけど、今時分やとだいたい一日半から二日弱くらいで解けはじめて、三日半くらいで完全に解ける目安でしょうか。もちろん完全にグニャグニャになる必要はおへん。ある程度解けたところで体が重みで曲がり、支えを失って下に落ちるでしょう。それがあの時刻やったんです。

吾作さんの遺体は崖下に落ち、その勢いで、少し離れた藪のなかに転がりこみました。いっぽう、片方の重しを失った板は、絹さんの重みで大きくそちらに傾き、そのまま跳ねあがって一階に落下する。絹さんの体も当然投げ出されるわけですが、首にかけた縄のために首吊りの恰好になる。と同時に、一階の床に落ちた板がバーンと大きな音をたてる——」

そこで嘉平とみすゞがあっというように口をあけた。そしてほかの者のあいだにも、ああ、そうだったのか、何とまあ恐ろしいことよ、という得心と恐怖の表情がひろがっていった。

「二十三日の朝に起こったのはそういうことやったと思います。お分かりのように、吾作さんの殺害にしろ、絹さんの殺害と大がかりな仕掛けにしろ、すべて夜中に行なわれたことなので、下手人が誰やと断定するのは物凄う難しい。ただ、これだけの細工を思いつき、実行してるんやから、あらかじめ蔵にはいってじっくり見てまわる機会があったこと、蔵の鍵がどこにあるかを知ってたこと、普段はそこが開かずの蔵としてほとんど使われてへんのを知ってたことは間違いないでしょう。そんな条件さえ充たせば、ここにいてへん外の者《もん》が侵入してやったことも考えられますから。

実際、あてにもそれが分かりまへん。そもそも下手人が何で大層な労力かけて、わざわざこないな大仕掛けしてみせたんか、その理由がどない頭搾《しぼ》って考えてもしっくりきいひんのです。そうである以上、もうあてには下手人を言いあてることはできしません。そやさかい、申し訳ありまへんが、これで下手人捜しみたいな役まわりは堪忍してもらえまへんでしょうか」

そう言って、岩次郎は深ぶかと頭をさげた。

そこまで話を聞いてきた面々の顔には、これほど快刀乱麻に謎を切り分け、解きほぐしてきたのなら、あとはもうほんの数歩ではないか、そんなに退散を急がず、もうちょっと粘り強く思案を続ければ早晩真相に辿り着くのではないかという想いが見え隠れしていたが、岩次郎の態度があまりにもきっぱりしているので、強くそんなふうに言えない空気も見交わす視線のあいだから窺われた。

やがて嘉平が静かに頷き、

「分かい申した。こい以上無理《むい》ば言う訳には参らんです。誰《だい》の仕業か分からんままちゅうのは残念かですばってん、こいまでのこつだけでん、ほかの者《もん》にゃあ未来永劫見抜けんやったでしょう。有難《あいがた》かことと思っといます。また何《なん》やい思いつきんさった時分には、いつでんお知らせくんさっごと願《ねご》うといます」

そんなふうに岩次郎を労《ねぎら》った。

その後、岩次郎が解き明かした内容は少しずつ城下にひろまっていった。そしてその噂は次第に、絹を殺めずにいられないほど恋い焦がれた何者かが夜中に忍びこみ、まず邪魔者の吾作を殺しておいて、そのあとゆっくり本命の絹を殺し、思うさま世にも奇なる一幕を描いてみせたのだ、という解釈がつけ加わっていった。

それから半月ほどたった午後、岩次郎はたまたま堂剋堂《どうこくどう》で出会った八太郎に誘われ、近くの茶屋で水菓子をつつきながらぽつぽつと喋った。やがて八太郎は頃合いを見計らったように、

「本当《ほんなごつ》は動機の問題も分かっとっとじゃなかとか？」

そっと囁《ささや》くように切り出した。

岩次郎は上目遣いに相手を見やり、そしてその眼を街並みに移して、

「かなんなあ」

かすかに困惑の交じった笑みを浮かべた。

「こやないかと考えとることは確かにあるよ。けど、それはあくまで仮説や。こないだみんな

の前で喋ったことまでは、ただの推量を積み重ねた部分が多かったにしても、自分のなかでは確信できてる。そやけどここから先はほんまに何の裏づけもない。――そないなことを軽がるしう口に出すわけにいかんのは察してもらえますやろか」

八太郎は一瞬たじろいだが、こちらも意を決したように、

「そいでもよかけん、教えてくれんね」

両腕をそれぞれの膝で支えた構えで、じりっと身を詰めた。

「ほんま、かなんなあ」

岩次郎はしばし首《こうべ》を垂れ、そしてゆるゆると顔をあげて、

「下手人があないなことした理由は――目眩《めくら》ましや思います」

「目眩まし？　何の？」

「下手人の目的の――」

「目的？　目的は殺しやろう。本当《ほんなごつ》はそいの外《ほか》に何《なん》のあったとか？」

「いえ、殺しは殺しです。ただ、ほんまの獲物を勘違いさせようとして――」

「本当《ほんなごつ》の獲物？」

こんなやりとりではまだるっこしいとさすがに岩次郎も思ったのだろう、

「はっきりいうたら、下手人の狙いは吾作さんだけやったんやないかと――。そやけどその上に絹さんも殺して、手間かけてめいっぱい派手に見せて、その裏に底が見えん謎まで残しとくことで、そっちの殺しが本命に違いないと思いこませるようにしたんです」

ひと思いに言い切った。八太郎はあっと口をあけ、

「狙いは吾作だけ？　絹は目眩ましんためだけに殺されたっちゅうとか！」

そう叫んだあとも、信じられないように首を横に振った。

「ばってん、そいは——あまいにも酷《むご》か」

「ですね。ただ、下手人には確信があったんでしょう。吾作さんだけを殺せば、過去の人間関係を洗いざらいほじくり返された場合、自分に疑いの眼が向けられる可能性がある。それに対して、絹さんが本命で吾作さんはつけ足しに過ぎないと見なされている限り、自分に疑いの眼が向けられることは決してないと。そやけど、いくらそないな確信があったにしても、そこで実際に何の恨みもない絹さんを目眩ましのためだけに殺してしまうやなんて、ちょっと普通やない。頭のよさいう点ではほんまに恐いくらいええですけど、そのなかの歯車か糸が少ーし組み違《ちご》うてるのは間違いないと思います」

「少しどころか」

と、八太郎は怖気《おぞけ》を隠さずに言い、

「そいないば、もういっちょ訊くばってんが。動機の問題だけじゃなかろう。そこまで来たないば、下手人が誰《だい》かも見当がついとっとやなかとか？」

最後の核心に踏みこんだ。岩次郎も当然予想していたらしく、もう逡巡《しゅんじゅん》こそしなかったが、

「そやから、今言うたことを逆にして、吾作さんとは殺害動機に繋がるような隠された関係があり、絹さん殺しに関しては疑われる筋合いの全くない人物です」

そんなふうに含みを持たせた。

「そいにあて嵌まっちゅうぎた……奉斎か、榎之介か？」

豪胆な八太郎も具体的な名前を出すのにいくぶん躊《ため》いがちの言い方になったが、

「そのお二人はあてが先に言うた条件のうち、『あらかじめ蔵にはいってじっくり見てまわる機会があった』いうのにあて嵌まりまへん。ええですか。もういっぺん繰り返します。吾作さんとは殺害動機に繋がるような隠された関係があり、絹さん殺しに関しては疑われる筋合いの全くない人物――。そない言うてみると、何とのう、大きう絞られてきまへんか？」

しばらくギロギロと動いていた眼がハタと止まって、

「女か――」

呻《うめ》くように言うと、その八太郎の顔色がみるみる白く褪《さ》めていった。

「やと思います。そしてそれ以上のことはほんまにあてにも分かりまへん。役人みたいに人それぞれの過去の経緯《いきさつ》を根掘り葉掘り調べるような能力も権限もおへんし。そやさかい、これですっからかんの売り切れ。あとは何にもなしですわ」

そして岩次郎は皿に残った水菓子を口に掻きこみ、

「ご馳走さま」

ひょこんと礼をして、そのまま振り返ることなく去っていった。

通りには忙しく行き交う町人たち。バタバタと走っていく子供たち。立ち話に興じている女たち。威厳ぶった足取りで歩いている武士もいる。重そうな荷を掲げた行商人も。物珍しそうに店々を覗く旅人の姿もある。まだまだ昼の日なかなのに、なぜかしらそんな光景がまるで覗きからくりの幻灯絵のようだ。

チンドンシャーン、チャンチャカスチャラカ――

チンドンシャーン、チャンチャカスチャラカ――

どこからか賑やかなお囃子《はやし》まで聞こえてくる。

そしてそんな光景のなかで遠ざかっていく岩次郎の後ろ姿を、かすかに唸り声を洩らしながらじっと睨《にら》み据えていた八太郎は、

「嘘《すらごっ》たい」

口の片端を吊りあげながら呟いた。

からくり曼陀羅《まんだら》

赤や青や黄や緑の色とりどりの光が周囲だけでなく、頭上でもぐるぐるぐるぐるまわっている。

まわりを取り囲んでいるのは大小の建物だ。和風のものもあれば、洋風のものもある。それぞれの輪郭が黒くて太い線となり、さらにその内側に同じような黒くて太い線が直線で格子模様だったり、また曲線で唐草模様だったりを描き出している。

そして大勢の人影。漂うように、揺らめくように、離れたり重なりあったりして流れていく影法師。まるで影絵の世界だ。影絵の世界にまわりをすっぽり取り囲まれている。そんななかに芸人たちも交じっていて、お手玉や独楽《こま》の曲芸や南京玉簾《なんきんたますだれ》を演じる影が幻想味を弥増《いやま》していた。

不思議な音曲《おんぎょく》がそれに輪をかけている。調子がよく、浮き立つように陽気だが、今まで聞いたこともないような節まわしだ。どんな楽器で演奏しているのかも分からない。やはり遠い異国の音楽なのだろうか。

遠い一角で仕掛け花火に火がつけられた。勢いよく火の粉が噴きあがり、滝のように流れ落ち、またくるくると回転しながら撒《ま》き散らされている。それに伴《ともな》って「おお」と歓声があがり、どよめきが大きな波となって、あっちに押し伝わったり、また引き戻されたりしているのも不思議だった。

そんなふうに、その場にあるすべての要素が夢や幻を見ているような感覚をもたらすことに役立っているのだ。

久重《ひさしげ》はそんななかを人ごみに流されるように彷徨《さまよ》いながら、遠い昔、子供だった頃の祭りの様子を思い出していた。それは久留米で行なわれている《御繁昌《ごはんじょう》》や《祇園会《ぎおんえ》》の実際の様子ではなく、幼い頃に焼きついて残っている祭りのイメージにそっくりと思えたからだ。そうだ。この影絵のような感覚。何もかもが幻灯で映し出されたかのように朧《おぼ》ろで、それでいて脳髄の深いところまで染みついて離れない映像だ。まるでどこか知らない世界にそのまま迷いこんでしまいそうな――いや、とうに境界を越えてしまって、もう二度ともとの世界に戻れなくなってしまっているのではないかと怯《おび》えながらも、いつまでもそこに居続けていたいと思わずにいられないような、何ともうっとりとした心持ちだった。

今もまたそんな心持ちに囚《とら》われる。実に素晴らしく計算された舞台装置だ。これまで様ざまな見世物小屋やお化け屋敷や八幡《やわた》の藪《やぶ》知らずを体験してきたが、ここまで夢幻的な空間を味わったことはない。久重は感心しながら、その懐旧的な気分に自らどっぷり浸りこもうとした。

元治《げんじ》元（1864）年八月のある日、諸富屋《もろどみや》が建設している通称《お化け屋敷》が仮のお披露目を行なうということで、久重一家にも招待の声がかかったのだった。先程岩次郎から聞いたところでは、石黒寛次《いしぐろかんじ》や中村奇輔《なかむらきすけ》も呼ばれて来ているらしいが、城下の住人がすべて集まっているのではないかと思えるほどの人ごみのせいで、どこにいるのかさっぱり分からなかった。

そもそも仮のお披露目というくらいで、この施設はまだ完成していないらしい。もう足かけ二年近くになると思うが、いったいどうなっているのか、どういうかたちになれば完成するのかもよく分からなかった。

流されていく。それにつれて光景もどんどん流れ過ぎていく。その移り変わりも幻灯絵を連想させた。不思議な音曲。ぐるぐるとまわる色とりどりの光。のびあがったり、身を縮めたりする影たち。曲芸をする影たち。笑ったり、驚いたり、振り返ってシナを作ったり。踊っている。踊っている。影たちが踊っている……。

気がつくと、いつのまにかまわりに誰もいなくなっていた。

あれだけ人いきれが立ちこめていたのに、いったいどうやって消えてしまったのか、キツネにつままれた想いだった。

ふと見ると眼の前に腰掛け石があり、久重はそこに腰をおろしてひと息ついた。

まわりの様子は確かについ最前と大きく変わっている。黒い太線で模様を描き出している建物は変わらずあったが、それ以上に丈《たけ》高い喬木《きょうぼく》がこもごもに折り重なっている。とりわけ正面に夜空を覆いつくすように枝をひろげているのは楠《くす》だろう。それでも赤が主体だったが、色とりどりの光がまわりを照らし出し、だいぶ遠くなったが不思議な音曲も聞こえていた。

依然としてうっとりした感覚も周囲の空間を充たしている。久重は両手をやや後ろにつき、ちょっとのけ反るようにして背をのばした。

そうしてぼんやり光の移ろいを眺めているうちに、久重の脳裡《のうり》にふと直正《なおまさ》のことが思い浮かんだ。

久重が精煉方《せいれんかた》に移ってまもないある夜だった。久重が土間で作業をしていると、戸をホトホトと叩く音がして、今時分誰だろうと開けてみると、お忍びで訪ねてきた直正だったのでびっくり仰天した。聞けば、これから精煉方を引っ張っていってもらうことでもあるが、それでなくとも《からくり儀右衛門《ぎえもん》》としてかねて高名な久重どのと、膝を交えてゆっくり語りあいたかったのだという。これほど気さくな殿さまがいるだろうかと感じ入ったが、それとともに、いろいろ語りあううちに眼から鼻に抜ける頭のよさや、久重のような者からも様ざまな知見を貪欲に吸収しようという謙虚な姿勢に、ああ、この方はホンモノなのだなと心底感服させられた。もともと自分を藩の命運に関わるような役職に取り立ててもらい、さらにその際、士分《しぶん》まで与えてもらったことには感謝のほかなかったが、この一夜の出来事によって、この方のためなら粉骨砕身、全身全霊を以《もっ》て恩に報いねばと骨身に刻むように忠心を誓ったのだった。

そして今、直正の悲願である国内初の蒸気船も、何とか来年の竣工を目指しての追いこみの最中で、とりわけその心臓部である蒸気罐《がま》（ボイラー）に関しては完成直前にまで漕ぎつけている。実のところ、のちに《凌風丸《りょうふう》》と命名される佐賀藩産の蒸気船のボイラー製造を開始したのは文久《ぶんきゅう》二（１８６２）年の四月だったが、その直後の五月に幕府から《千代田形《ちよだがた》》のボイラー製造を依頼され、そちらは文久三（１８６３）年十月に完成させ、納品もすませているのだ（前にもふれたが、竣工自体は《凌風丸》が慶応《けいおう》元（１８６５）年、《千代田形》が慶応二（１８６６）年である）。

自身の悲願を差し措いてまで《千代田形》のボイラー製造を優先したのはいかにも直正らしいと久重は思った。そこまで佐幕《さばく》派の立場を堅持し、幕府への忠誠を貫き通そうとするのは、京都時代、闇雲に蘭学を排斥しようとする攘夷《じょうい》派の連中に閉口してきた久重にとっては好ましいものだったが、反面、それによって幕府の蒸気船が先に完成するとすれば、いささか口惜しさの念も禁じ得なかった。とはいえ、今年になって幕府から藩に褒賞が下され、老中の水野《みずの》忠精《ただきよ》から「さぞ大変な苦労であったろう」と労《ねぎら》いの言葉をかけられたのは久重にとって大きな誇りとなった。

かつまた、自分のなかでは《千代田形》のボイラーになお不満足なものを感じ、藩の蒸気船のためにはよりいっそう完成度をあげねばという奮起をもたらしてくれたのは結果としてよかったに違いない。――そんなふうに考えると、久重の胸中に自分こそが時代の最先端を切り拓くのだという熱情が改めてムラムラと湧きあがってくるのだった。

さて、事のついでに、ここで前話以降の世の動向をざっと追いかけておこう。

長州藩は文久三（１８６３）年の《八月十八日の政変》で、会津《あいづ》藩と共闘した薩摩藩に敗れ、京都政界から追放されたことは既に述べた。長州藩はその巻き返しを図って翌元治元（１８６４）年七月十九日に上京出兵したが、再び薩摩藩に敗れ、敗走した。これを《禁門《きんもん》の変》あるいは《蛤御門《はまぐりごもん》の変》という。

長州藩にとっての不幸は、その直後の八月五日に、前年から長州藩によって続けられていた関門《かんもん》海峡での外国船への打払《うちはらい》への報復として、英仏蘭米の四国連合艦隊による攻撃、すなわち《下関《しものせき》戦争》が開始されたことである。既に《禁門の変》で急進的指導者の大半を失い、圧倒的な軍事力の差でこの《下関戦争》に大敗し、さらに《禁門の変》によって《朝敵》の烙印を捺《お》され、長州追討の勅命を受けた幕府から七月二十三日から十二月二十七日に亘《わた》る《第一次長州征討》を受けるなど、四面楚歌《そか》の窮地に陥り、いったん幕府に対する恭順を余儀なくされたことで、鎖国政策の維持に固執したそれまでの攘夷論は大きな転換点に行きあたらざるを得なかった。攘夷そのものが不可能であり、むしろ列強に接近して積極的に軍備の洋式化を進めなければならないという認識が共有されていったのである。これにより、それまでの攘夷のエネルギーが倒幕の方向に一本化されたともいえるだろう。

ところがそのいっぽうで、従来公武合体派であり、幕府の開国路線を支持しつつ幕政改革を求めていた薩摩藩も、いっこうにその展望を開くことができない状況のなか、大久保利通《おおくぼとしみち》や西郷隆盛《さいごうたかもり》らを中心に幕府に対する強硬論が高まっていた。

そしてそんななかで時代の流れを大きく変える一大転回が起こる。慶応二（1866）年一月、土佐《とさ》の脱藩浪人である坂本龍馬《さかもとりょうま》の仲介により、薩摩藩の西郷隆盛・小松帯刀《こまったてわき》と長州藩の木戸孝允《きどたかよし》のあいだで秘密裡に締結された《薩長同盟》である。なお、これには佐賀藩の山口範蔵（尚芳《ますか》）も尽力した。

他方、幕府は幕府で、一橋慶喜《ひとつばしよしのぶ》と会津藩主で京都守護職の松平容保《まつだいらかたもり》により、慶応《けいおう》元（18

65）年閏《うるう》五月に将軍・家茂《いえもち》を上洛《じょうらく》させて復古派の幕閣から遠ざけ、畿内長期滞在態勢によって公武合体を推進しようとした。しかし長州藩の処分問題がいっこうに進まない状況のもと、幕軍の士気は落ち、幕府の財政も悪化するいっぽうで、このままでは将軍の畿内滞在態勢の維持も危ういため、慶喜は長州再征によって態勢の立て直しを図った。この間、イギリスら四国による兵庫開港要求によるゴタゴタも重なったが、幕府は三十一藩に長州征伐の出兵を命じ、慶応二（1866）年六月七日の幕府艦隊による屋代島《やしろじま》への砲撃をもって《第二次長州征討》の戦端が開かれた。

しかし薩摩藩は薩長同盟に基づいて出兵を拒否（ちなみに佐賀藩も拒否した）。また戦況が思わしくないさなかの七月二十日に将軍・家茂が二十歳で病死してしまう。将軍家を継いだ徳川慶喜は自ら出陣しての巻き返しを宣言したが、小倉《こくら》陥落の報に衝撃を受けて中止し、朝廷から休戦の勅命を発してもらった。さらに九月二日、慶喜の意を受けた勝海舟《かつかいしゅう》と長州の広沢真臣《ひろさわさねおみ》・井上馨《いのうえかおる》の宮島《みやじま》での会談で停戦合意も成立した。それにもかかわらず、長州藩は小倉藩領への侵攻を継続したが、幕府はこの違約に対して強く停戦を迫ることすらできない有様だった。

小倉藩は独力で長州藩への反撃を続けたが、十月に要衝の多くが陥落したのちにようやく両藩の停戦交渉がはじめられ、慶応三（1867）年一月に和約が成立した。

要するに第二次長州征討は完全な失敗で、幕府の力が張子の虎であることを露呈しただけに終わったのだった。また慶喜個人も、はじめは徳川家の家督だけを継ぎ、四ヵ月後の慶応二（1866）年十二月五日、周囲から推されるかたちでようやく征夷大将軍に就《つ》いたが、同月二十五日に孝明《こうめい》天皇が突然崩御してしまい、大きな後ろ盾を失ったかたちでのスタートを切らざるを得なかった。

さて、政治の主導権を幕府から雄藩《ゆうはん》連合へ奪取し、朝廷を中心とした公武合体の政治体制へ変革したいと考えていた薩摩藩は、慶応三（1867）年五月に雄藩諸侯らを上京させて、長州問題や兵庫開港問題を議するための四侯会議《しこうかいぎ》を設けた。四侯とは薩摩藩主の父の島津久光《しまづひさみつ》、前福井藩主の松平《まつだいら》春嶽《しゅんがく》、前土佐藩主の山内容堂《やまうちようどう》、前宇和島《うわじま》藩主の伊達宗城《だてむねなり》である。この会議は五月四日から二十一日まで、場所を変えつつ八回行なわれたが、後半に会談に交じった慶喜の卓抜した手腕によって主導権を奪われ、全くの不首尾に終わった。

この失敗を受け、西郷、大久保らはもはや列侯《れっこう》会議で幕府を牽制するのは不可能として、すかさず戦略を変更した。二十一日、土佐脱藩を許されたばかりの中岡慎太郎《なかおかしんたろう》の仲介によって、土佐藩の討幕派の重鎮・乾《いぬい》（板垣《いたがき》）退助《たいすけ》、谷干城《たにたてき》らと《薩土討幕の密約》を締結し、二十五日には薩摩藩邸での重臣会議で武力討幕に舵《かじ》を切ることを確認しあった。

いっぽう、もともと徳川家への恩顧意識が強く、四侯会議でも途中から欠席を続けるなどして薩摩と距離を置こうとしていた容堂は、ますます徳川家擁護の方向へと傾いていった。その頃、乾や谷の武力による討幕論に対し、土佐藩参政の後藤象二郎《ごとうしょうじろう》はもっと穏便に《大政奉還》を推し進めるべきだとした。幕府は天皇から統治権を委任されているに過ぎず、それを返上してしまえというわけだ。この大政奉還論は儒学者の横井小楠《よこいしょうなん》や大久保一翁《おおくぼいちおう》・勝海舟らの開明的な幕臣などによって早くから唱えられていたが、いよいよ幕府の威光が末期症状を呈してきたため、にわかに現実味を増してきたのである。

七月には直正も京都二条城にて慶喜に謁見して大政を奉還するよう強く説得し、大いに手応えを得た。

さらに象二郎からこの論を進言された容堂は、十月三日に建白書を慶喜に提出。結果、討幕派の機先を制するかたちで、十月十四日に《大政奉還》が実行されたのだった。

慶喜の思惑としては、朝廷には政権を運営する能力も体制もないので、形式的に政権を返上したところで、新政府に徳川家が参画せざるを得ず、そうすれば実質的に政権を握り続けられるということだっただろう。実際、朝廷も奉還を受理したものの、十月二十二日に条件つきながら緊急政務の処理が引き続き幕府に委任され、将軍職もしばらくのあいだ継続されることになった。

朝廷は諸侯会議を召集して合議により新体制を定めることとし、徳川慶勝《よしかつ》（尾張《おわり》藩）、松平春嶽（福井藩）、島津久光（薩摩藩）、山内容堂（土佐藩）、伊達宗城（宇和島藩）、浅野茂勲《あさのもちこと》（広島藩）、鍋島直正（佐賀藩）、池田茂政《いけだもちまさ》（岡山藩、慶喜の実弟）ら諸藩に上洛を命じた。しかし諸大名は形勢傍観の態勢を取る者が多く、十一月中には薩摩・広島・尾張・福井、十二月八日にようやく土佐の容堂も上洛するという状況だった。

当初、慶喜は大政奉還を拒否すると予想し、それを武力蜂起の口実にしようと目論《もくろ》んでいた討幕派は狼狽《うろた》え、混乱し、なかには小松帯刀や岩倉具視《いわくらともみ》のように慶喜を評価する者までいた。薩摩藩はしばらく静観の構えだったが、最終的には武力による討幕で藩論を統一し、着々とクーデターの計画を進めていった。

当面の最重要な政治的課題は、四侯会議でもそうだったように、《文久遣欧使節》が結んだ《ロンドン覚書》に基づく兵庫開港問題だった。この国際合意上の開港期日はグレゴリオ暦の

1868年元日であり、旧暦では慶応三年十二月七日である。大政奉還で雄藩側の政治的根拠が失われた状況下で兵庫開港が実行されれば、慶喜の政治的復権を内外に強く印象づけてしまう。雄藩側としては、政変を起こすのであれば、少なくとも十二月七日以降のなるべく早い時期でなければならない。大久保らは当初、開港翌日の八日を予定していたが、後藤象二郎から二日の延期を要請され、やむなく一日延期して十二月九日を政変決行日とした。

その前夜、岩倉具視は自邸に薩摩・土佐・広島・尾張・福井各藩の重臣を集め、王政復古の断行を宣言し、協力を求めた。八日は夕方から翌朝にかけて摂政《せっしょう》二条《にじょう》斉敬《なりゆき》が主催した朝議があり、長州藩主・毛利敬親《たかちか》、広封《ひろあつ》父子の官位復旧と入京の許可、岩倉ら勅勘《ちょっかん》（天皇から出仕停止などの処分を受けること）の公卿《くぎょう》の赦免と還俗《げんぞく》、九州に追いやられていた三条実美《さんじょうさねとみ》ら五卿の赦免などが決められた。そして九日朝、朝議が終わって公家衆が退出したのち、待機していた五藩の兵が御所の九門を封鎖。赦免されたばかりの岩倉らが、天皇出御のうえ、御所の御学問所に参内《さんだい》して《王政復古の大号令》を発し、ここにおいて幕府は廃止された。

しかしながら、同九日、大号令が定めた新たな三職（総裁、議定《ぎじょう》、参与）による御所内小御所の会議において、最終的には慶喜の辞官（将軍職の辞任）納地（封土の返納）が決定したものの、山内容堂ら公議政体派が、慶喜の出席が許されていないことを非難し、慶喜を議長とせよと主張するなど最後まで紛糾した。また十六日には慶喜が仏・英・伊・米・独・蘭の六ヶ国公使と大坂城で会談を行ない、内政不干渉と外交権の幕府の保持を承認させて存在感を見せつけ、さらに十九日には朝廷に対して王政復古の大号令の撤回を要求するに至った。朝廷はそれに応えて二十二日に告諭《こくゆ》を出したが、大号令の取り消しこそなされなかったものの、事実上徳川幕藩体制による大政委任の継続を認める、慶喜の主張がほぼ通ったものであった。

　だが、ここで双方の命運を決する事件が起こる。慶喜の拠点である大坂城では、会津藩と桑《く》名《わ》藩《な》の兵士を中心に薩摩への憤激が膨れあがっていたが、そこに江戸からの報《しら》せがはいった。十二月二十三日夜、薩摩藩の一隊が三田《みた》の庄内《しょうない》藩屯所を銃撃し、詰めていた者を殺傷。また同日江戸城二の丸も炎上するなど擾乱《じょうらん》が相継ぎ、これらも薩摩の仕業と見た旧幕府が薩摩藩上屋敷の浪人処分を決定した。二十五日に浪人たちの引き渡しを求めたが薩摩側が拒絶したため、庄内藩らが薩摩藩邸の焼討《やきうち》を決行したのである。江戸での薩摩の狼藉《ろうぜき》ぶりを聞くに及んで、噴きあがる討薩の声はもはや慶喜の懸命の制止も利かぬほどの勢いになった。

　そんな状況下で慶喜のもとに再び上洛せよと朝命が届いた。慶喜は朝命通り、少数のお供だけを連れて上洛しようとしたが、血気に逸《はや》る会津・桑名らの兵士が断固として聞き入れず、結果、一万五千の軍勢が大坂から京都に向けて出発した。かくして慶応四（１８６８）年一月三日、旧幕府軍と薩摩軍は鳥羽《とば》と伏見《ふしみ》で衝突し、「通せ」「朝廷からの許可を待て」の押し問答の繰り返しの末、ついに旧幕府軍が強行突破に出たのを機に戦闘が勃発した。これが《鳥羽・伏見の戦い》である。

　四日、朝廷は仁和寺宮嘉彰親王《にんなじのみやよしあきしんのう》を征討大将軍に任命し、錦《にしき》の御旗《みはた》と節刀《せっとう》を与え、新政府軍を《官軍》として任じた。ここにおいて旧幕府軍は《朝敵》《賊軍》となり、入京していた諸藩の兵も官軍となった薩長に続々と合流していった。戦闘は各地で行なわれ、一時は拮抗した局面もあったが、六日には五千人の新政府軍に敗れ、旧幕府軍の大敗で終わった。

　さて、慶喜ははじめから全く戦意がなく、風邪のために蒲団《ふとん》にくるまり、そもそも旧幕府軍が出発したときから一歩も大坂城を出ていなかった。そして案の定戦闘の勃発の報せを聞き、さらに薩摩側に錦旗《きんき》が掲げられたのを聞いて、たとえ家臣の刃《やいば》に斃《たお》れようとも命を賭して会津・桑名を諭《さと》し、帰国させておくべきだった、その上で、朝廷に今後は平《ひら》大名としてお使いくださいと懇願すればよかった、部下が命令を聞かない腹立たしさに、つい「勝手にせよ」と言い放ってしまったのは一期の不覚と、臍《ほぞ》を噛んで後悔した。

六日、巻き返しをとなおも血気逸る城内の空気に居たたまれず、慶喜は老中・板倉勝静《かつきよ》、会津藩主・松平容保、桑名藩主・松平定敬《さだあき》ら数人を連れ、ひそかに大坂城の後門から脱出した。大坂湾で軍艦・開陽《かいよう》丸を捜しあて、江戸を目指したが、途中で暴風雨に遭って沖に流されるなど、命からがらの逃避行だった。勝海舟がそのときの船での様子を「一同の顔色は土の如く」だったと日記に残している。

しかし江戸でも、薩長をまだ幼い天皇に取り入る奸臣《かんしん》として憎み、断固西からの討幕軍を迎え討て、いや、こちらから軍艦で大坂湾を攻撃せよといった主戦論が城の内外で噴きあがっていた。慶喜は今度こそ大坂城での轍《てつ》を踏むまいと、人事を刷新し、とりわけ庶政を取り仕切る会計総裁・大久保一翁と軍事を司《つかさど》る陸軍総裁・勝海舟の二人を最高指揮官として、恭順策を実行に移させていった。

ちなみに、このときの会計副総裁が、かつて将軍家定《いえさだ》・家茂に侍講《じこう》（君主に学問を講義すること）し、のちにジャーナリストとなって神田孝平《かんだたかひら》の『和蘭美政録《オランダびせいろく》』を世に紹介した成島柳北《なるしまりゅうほく》である。

いっぽう、京都では二月九日に新政府総裁の有栖川宮熾仁親王《ありすがわのみやたるひとしんのう》が東征大総督に任命され、十五日に東征軍を率いて東進を開始、三月五日に駿府《すんぷ》に到着し、軍議によって江戸城進撃は三月十五日と決定された。ただし、はじめは厳罰を科すべしと強硬論を譲らなかった西郷や大久保も、この頃には穏当な処分で済ませる寛典論《かんてんろん》との合意がなされていたのだろう、この軍議において、慶喜の恭順の意思が確認できれば条件つきで受け容れることも内定していた。

その頃、上野《うえの》の寛永寺《かんえいじ》で謹慎生活を送っていた徳川慶喜は、護衛の高橋泥舟《たかはしでいしゅう》の推薦で、その義弟の山岡鉄太郎《やまおかてつたろう》（鉄舟《てっしゅう》）を使者に頼んだ。山岡は勝海舟の助けも借りて、九日、駿府の旅館に宿泊する西郷との面談に漕ぎつけた。西郷は江戸城総攻撃の回避条件として七箇条を提示し、うち「慶喜の身柄を岡山藩に預ける」という一箇条を山岡が拒否して、保留というかたちになった。

この山岡の下交渉を踏まえ、大総督府下参謀《しもさんぼう》・西郷隆盛と徳川家側の最高責任者である勝海舟・大久保一翁との江戸開城交渉は、田町《たまち》の薩摩藩江戸藩邸において、三月十三日・十四日の二回行なわれた。ここで勝から提示された回答は、先に山岡が受け取った七箇条の条件からすると、大幅に厳しさが緩和されたものだったが、西郷は翌日の江戸城進撃を中止し、回答を京都へ持ち帰って検討すると約束した。これによって《江戸城無血開城》が決定され、また同日、京都では明治天皇が天地神明に誓約する形式で《五箇条の御誓文《ごせいもん》》が発布され、明治政府の基本方針が示された。

いったん京都での朝議を経て、再び江戸へ取って返した西郷は勝・大久保らと最終的な条件を詰め、四月四日、東海道先鋒総督・橋本実梁《はしもとさねやな》、下参謀・西郷らが三十の兵を率いて江戸城へ入城した。このなかに江藤新平《えとうしんぺい》もいて、真っ先に書庫に向かい、行政に関する書籍や書類を夢中で点検していた、と城内案内役の山岡鉄太郎が書き残している。十一日に慶喜は寛永寺から蟄居《ちっきょ》の地である水戸へ出発し、同日江戸城は大総督府が接収した。また東征大総督・熾仁親王は四月二十一日に入城。江戸城は正式に大総督府の管下に入り、明け渡しが完了した。

しかしこうした恭順路線を良しとしない者も多数いた。新選組の近藤勇《こんどういさみ》・土方歳三《ひじかたとしぞう》らによる甲陽鎮撫隊《こうようちんぶたい》が三月六日に甲斐国《かいのくに》山梨郡勝沼《かつぬま》（現在の甲州《こうしゅう》市）で新政府軍と戦って敗れた《甲州勝沼の戦い》、古屋佐久左衛門《ふるやさくざえもん》率いる衝鋒隊《しょうほうたい》が三月九日に下野国足利《しもつけのくにあしかが》郡梁田《やなた》（現在の足利市）で新政府軍と戦って敗れた《梁田の戦い》などが江戸開城前に起こっている。

開城後も、新政府に帰順せず、脱走・挙兵する流れが相継いだ。大鳥圭介《おおとりけいすけ》率いる伝習隊《でんしゅうたい》を中心とし、土方歳三らも加えて四月十九日に下野国の宇都宮城を陥落させるが、二十三日に新政府軍によって奪還された《宇都宮城の戦い》、福田道直《ふくだみちなお》率いる撒兵隊《さっぺいたい》が閏《うるう》四月三日、下総《しもうさの》国市川《くにいちかわ》・船橋《ふなばし》で新政府軍と衝突、撃破された《市川・船橋戦争》などが続く。

旧幕府海軍副総裁の榎本武揚《えのもとたけあき》は降伏条件として約束されていた軍艦引き渡しを断固拒否し、慶喜が水戸へ移った四月十一日、艦隊七隻を率いて安房国《あわのくに》（現在の千葉県）館山《たてやま》沖に逃れた。勝の説得により、いったん新政府軍に四隻を渡すなどしたが、結局八月十九日に八隻（開陽《かいよう》・回天《かいてん》・蟠竜《ばんりゅう》・千代田形・神速《しんそく》・長鯨《ちょうげい》・美賀保《みかほ》・咸臨《かんりん》）を率いて東北諸藩の支援に向かい、のちに箱館《はこだて》の五稜郭《ごりょうかく》を占拠して最後まで新政府軍に抵抗した。

また、二月に主戦派の幕臣たちによって結成され、新政府に敵対する軍組織と受け取られるのを恐れた旧幕府によって江戸市中取締に任じられていた彰義隊《しょうぎたい》は、慶喜が水戸へ移ったあとも、天野八郎《あまのはちろう》が中心になり、上野の寛永寺を拠点として江戸に残り続けた。旧幕府軍の兵士らが幕府復興を名目に関東各地で放火や強盗を働いたり、彰義隊隊士によって新政府軍兵士への集団暴行殺害が繰り返されるといった混乱を憂慮し、勝海舟らが山岡鉄舟を介して彰義隊の解散を勧告したが、聞き入れなかった。

五月一日、新政府は彰義隊の江戸市中取締の任を解くと通告、また、新政府自身が彰義隊の武装解除にあたる旨を布告した。これにより彰義隊との衝突事件が上野近辺で頻発。軍務局判事・江戸府判事に着任していた大村益次郎《おおむらますじろう》の指揮での武力討伐が決定し、十四日に彰義隊討伐の布告が出され、翌十五日にわずか一日で鎮圧した。この《上野戦争》によって、旧幕府残党勢力は江戸近辺からほぼ一掃された。

これら《鳥羽・伏見の戦い》に端を発した新政府軍と旧幕府軍による一連の戦闘を《戊辰《ぼしん》戦争》といい、その後も《秋田戦争》《北越戦争》《会津戦争》などの《東北戦争》を経て、明治二（1869）年五月十八日に終結した《箱館戦争》まで続いた。日本最大の内戦であり、その名称は慶応四年（明治元年）の干支《えと》が戊辰（ぼしん・つちのえたつ）であることによる。

さて、ここで佐賀藩の動向についても書いておこう。

殖産興業、科学技術の導入による産業革命、近代化された強大な軍事力と、国内で稀《まれ》にみるレベルで富国強兵を達成してきた佐賀藩だったが、一貫して佐幕派であり、公武合体派であった鍋島直正のもと、攘夷や討幕運動には与《くみ》せず、かといって積極的に幕府側につくでもなく《第一次長州征討》には加わったものの、《第二次長州征討》の際には既に記したように参戦を拒否した）、中央政局に対して常に一定の距離を置き、大政奉還・王政復古に至るまで静観の立場を通した。こうしたどっちつかずの日和見《ひよりみ》的態度と腹の見えない不気味さから、直正は他藩から《肥前の妖怪》と畏怖《いふ》まじりに陰口された。

そうしたこともあって、《鳥羽・伏見の戦い》の後の一時期、佐賀藩は旧幕府側につくのではないかという疑惑が中央でひろまり、危機的な状況に陥りかけた。京都の藩邸に間者《かんじゃ》が送りこまれている可能性があるので、「邸内でも奉幕らしい言葉はいっさい口にしないように」と言い渡したほどだったという。それを救ったのが京都警護を命じられた藩主直大《なおひろ》の先発隊として上京した江藤新平だった。脱藩時代に幅広い人脈を培《つちか》っていた新平は岩倉具視や三条実美ら政府首脳に佐賀藩の事情を述べ、すぐに藩主直大が上京できない理由を説いてまわった。結果、佐賀藩への疑惑は鎮静し、このことで新平の藩内での信望はいやが上にも高まった。

ともあれ、そんな佐賀藩が《薩長土肥》と、四番目とはいえ、明治維新を推進させた人物を輩出した四藩に数えられるのは、もともと存在感の巨大さが周知されていたからであり、さらには《戊辰戦争》における活躍が大きい。《上野戦争》におけるわずか一日での彰義隊の鎮圧は佐賀軍の参戦なくしてはなし得なかっただろう。その軍事力がいかに桁外れに凄まじいかを天下に――何より新政府に対して示したひと幕だった。

また《秋田戦争》での活躍も特筆されるべきだろう。そこでの主役は実質、武雄邑主《たけおゆうしゅ》の鍋島茂昌《しげはる》率いる武雄軍である。以下、やや詳しくその経過を紹介する。

東北地方では五月六日に陸奥国《むつのくに》（現在の福島県・宮城県・岩手県・青森県）・出羽国《でわのくに》（現在の山形県・秋田県）・越後国《えちごのくに》（現在の新潟県）の諸藩が、輪王寺宮公現入道親王《りんのうじのみやこうげんにゅうどうしんのう》を盟主として《奥羽《おうう》越列藩同盟《えつれっぱんどうめい》》を結成し、新政府と敵対した。奥羽諸藩ははじめ、新政府が仙台藩に派遣した奥羽鎮撫総督府に従っていたが、会津藩・庄内藩の「朝敵」赦免嘆願を拒絶されて以降、新政府軍への対抗姿勢に転じていったのだった。

五月二十七日、茂昌は朝廷より横浜への出兵命令を下された。このとき茂昌は三十五歳。武雄軍の本隊は七月一日伊万里《いまり》より出港。四日に兵庫に着き、ここで出兵先の越後（新潟方面）への変更を報される。十日に京都で直正と会見。十五日には明治天皇に拝謁し、勅諚《ちょくじょう》、天盃《てんぱい》、錦旗、軍扇《ぐんせん》等を拝領した。陪臣、すなわち又家来に過ぎない茂昌が直接勅諚や天盃を賜ったのは異例で、武雄軍の軍事力の高さが新政府内で認識されていた証《あかし》だろう。また、ここで出兵先がさらに羽州《うしゅう》（秋田方面）へと変更された。

二十二日に二隻のイギリス船で兵庫を出港、二十七日、二十八日にそれぞれ能代《のしろ》港と土崎《つちざき》港に到着。八月一日に秋田で合流したが、その日に奥羽鎮撫総督から院内（秋田から南に八十キロ）への出撃命令が下された。

この地では新政府側についた久保田《くぼた》（秋田）藩と列藩同盟の庄内藩や盛岡藩が戦闘を繰りひろげていた。七月四日に同盟の固守を求める仙台藩使節を襲撃・殺害し、奥羽越列藩同盟との訣別という苦渋の選択をした久保田藩だったが、とりわけ庄内軍は仙台軍の加勢も得て数的に優勢で、御用商人の本間《ほんま》家の資金により装備の面でも東北諸藩中最も充実していたので、薩摩軍・長州軍・佐賀本藩軍らが送りこまれていたにもかかわらず、この時期には周囲を包囲・制圧され、窮地に陥っていたのだった。

武雄軍は総勢千名、アームストロング砲四門、フランスボーム砲二門、野砲四門、全員にスペンサー銃が配備されていた。しかしはじめは大きく進撃するも、逆に大きく攻め戻され、その後一進一退の苦戦が続いた。そのさなかの八月二十日に直正からの伝令で茂昌が佐賀軍全体の総指揮官に任命されている。

新政府軍は久保田城から十二キロの椿台《つばきだい》に強固な陣地を築き、ここに九月十日から庄内軍の総攻撃が加えられたが、武雄軍の大砲が威力を発揮し、大敗させた。

幸いにもこの頃、九月二日に米沢藩《よねざわ》、十三日には仙台藩、十五日には上山藩《かみのやま》と、新政府への降伏が続き、列藩同盟自体が瓦解《がかい》していった。十四日に庄内軍は軍議を開き、撤退して自領防衛に徹することを決めた。

武雄軍は二十日に亀田《かめだ》、二十一日に本庄《ほんじょう》へと進撃。二十三日には佐賀本藩軍も加わって関村《せきむら》に砦を設営。そして九月二十七日、ついに庄内藩は降伏。既に二十二日に会津藩が降伏していたので、これで大規模な《東北戦争》は終結した。武雄軍は千名中、戦病死者は十四名だった。

激戦のなか、九月八日に慶応から明治と改元されていた。茂昌は十月二十五日に東京に到着したが、そこも七月十七日に江戸から名称が変わり、首都となっていた。ちなみに同年の閏四月一日、江戸を東京と改称し、奠都《てんと》すべしと唱える建白書を岩倉具視に提出したのが大木民平と江藤新平だった。その内容は関東以東の平定を主眼に置いた説得性の高いもので、ゆくゆくは東京と京都の東西両京を鉄道で結ぶという構想まで含まれており、新平の卓抜した議案作成能力がここでも遺憾なく発揮されている。

茂昌は十一月十二日には天皇に謁見して功労金百五十両を拝領。武雄軍を東京に引き留めて警護の中心にしたいという動きから兵部省《ひょうぶ》出仕の招請もあった。その頃既に直正ほか、藩主・直大、副島《そえじま》次郎、大木民平、江藤新平、大隈《おおくま》八太郎、山口範蔵らが政府に参画していたが、茂昌は「朴強武毅《ぼっきょうぶき》の人」と直正が評価する通り、固く断って武雄に戻り、隠棲した。

さて、さらにここで北海道と佐賀県の関係も紹介しておきたい。江藤新平が二十二歳で書いた『図海策《とかいさく》』に感銘して以降、直正は蝦夷地《えぞち》の開拓と北方の海防の重要性をたびたび幕府に進言した。そして大砲や蒸気船の製造同様、藩としても独自の活動に乗り出した。それに抜擢されたのが島義勇《しまよしたけ》で、安政《あんせい》三（１８５６）年に直正の命で箱館奉行・堀利熙《ほりとしひろ》の近習《きんじゅう》となり、蝦夷地と樺太《からふと》の探検調査に随行して、安政四（１８５７）年にその模様を詳細な図入りで記録した『入北記《にゅうほくき》』を残した。

戊辰戦争時には大総督府軍監として東北地方征討に従軍した。

《箱館戦争》終結後の明治二（１８６９）年六月四日に直正自身が蝦夷開拓督務に任じられると、義勇もただちに蝦夷開拓御用掛《がかり》に任命され、さらに七月二十二日、開拓使首席判官に就任した。八月十五日に蝦夷は北海道と改称された。しかし直正は八月二十五日、高齢病弱のため現地へ赴任できないという理由で辞任し、東久世通禧《ひがしくぜみちとみ》が二代長官に就任して、開拓使は民部《みんぶ》省から太政官《だじょうかん》内に移された。

明治政府は函館から本府を移すための都市を札幌に建設すると決定。その担当となった義勇は十月十二日、石狩《いしかり》の銭函《ぜにばこ》（現在は小樽《おたる》市に属する）に開拓使仮役所を開設し、そこから南下して、札幌原野での都市建設に着手した。その構想は「五州第一」、すなわち世界一の都を目指すという壮大なもので、碁盤の目のように整然とした区画は京都や故郷の佐賀の城下をイメージしたものだったという。

工事開始が冬場だったため、酷寒のなかの都市建設は多額の費用と労力を要し、困難を極めた。掘っ立て小屋で犬を抱いて寝て寒さをしのぎ、盛岡藩の凶作で米が予定の八分の一しか届かず、食糧不足に陥り、品川《しながわ》からの米も船の難破に見舞われる不運も重なった。また、蝦夷地で行なわれていた独特の流通制度を廃止させようとしたが、既得権を保持したい兵部省との対立によって開発を妨害され、さらに予算問題で東久世通禧とも衝突した。義勇自身、一年分の予算配分を三ヵ月で使い果たしてしまったり、上司の東久世をとび越して東京の太政官に直接談判したり、ほかにも様ざまな点で独断専行のきらいがあり、同じ開拓使判官の大橋慎《おおはししん》に「悍《かん》馬《ば》（気性の烈《はげ》しい馬）の如く御し難い」と評される気性だったので、対して「駑《ど》馬《ば》（のろい馬・才能の鈍い人）」と評される東久世とは所詮嚙みあうはずがなかった。義勇はついに明治三（1870）年一月十九日、志半ばで解任され、帰京を命じられた。

しかし解任されたにもかかわらず、義勇の功績は政府内でも朝廷でも高く評価されていたのだろう。帰京後まもない四月二日に官位が一等あがって大学少監《しょうげん》となり、さらに侍従も務めた。明治五（1872）年一月には秋田県の初代県令（知事）にも選ばれた。義勇の名は現在も「北海道開拓の父」として知られ、ことに札幌では親しみをこめて《判官さま》と呼ばれている。

もっとも、同年六月に退官した義勇は、その翌々年の明治七（1874）年、江藤新平とともに、佐賀にとっての最大の凶事である《佐賀の乱》に巻きこまれていくのだが——それについてはまたのちほどふれる予定である。

いささか時間を早送りし過ぎた。話を戻そう。

久重は腰掛け石の上でのけ反るように背をのばしながら、つらつらと考えていた。元治元（1864）年八月のこの今、世は先月の《禁門の変》によって朝敵となった長州征伐のさなかで、佐賀藩も出兵準備を進めるように命じられたことから、いっきょに緊張が高まっている。《義祭同盟》の連中が大木民平宅に集まって議論し、長州征伐には加わらないよう藩に求める建白書を副島次郎から提出したという話も聞いた。恐らく閑叟《かんそう》さまは同意なさるまいが、と久重は思った。

ここのところ、閑叟さまと義祭同盟の連中とのあいだの意見の開きが大きくなっているような気がして、心配でならない。とはいえ、同盟の連中のあいだにも閑叟さまへの畏敬の念が強く保たれているので、他藩のように謀反《むほん》めいた動きがないのは幸いだ。これも反対意見だろうと感情を挟まずにじっくりよく話を聞き、よいところは取り入れようとなさる閑叟さまの懐の深さによるものだろう。とはいえ、世の流れによってどんな事態に巻きこまれていくか油断はできない。とりわけ、《薩英戦争》後、薩摩とエゲレスが手を結んだという噂だし、幕府にはフランスが接近して支援を申し出たりと、あたかも列強が裏で手をまわして内戦を後押ししているかのように見えるのが、久重には気がかりでならなかった。

そんな騒然とした状況のなかで、こうしてすっぽり外界から切り離されたような催しが行なわれているのはいかにも不思議だ。そして彼自身、士分を授かっているものの、一家してそうした実際の戦闘とは無縁な立場でいられるのは何と有難いことだろうか。戦《いくさ》というものが生来大嫌いな久重は心の底からそう思った。

そして久重にはもうひとつ大きな気がかりがあった。直正の健康問題である。もともと胃腸が弱いとは本人の口からも聞いていたし、大痔主《おおじぬし》だというのも耳にしていたが、ここのところいちだんと調子がよくないらしく、頬の窶《やつ》れや顔色の悪さが目立っているのだ。露骨に「老けた」と口にする者もいる。六十四歳の自分に対し、閑叟さまはまだ四十九歳ではないか。まだまだ元気で新時代を引っぱっていってもらわなければ。そう願わずにいられなかった。

そんなふうにどれほどの時間、過去のあれこれ、未来のあれこれに想いを馳せていただろうか。

ふと視界の隅で何かが動いた気がして、久重は反射的に首を擡《もた》げた。その動作の通り、何かが動いた気がしたのは視界の上のほうだった。もちろん視界のなかで動いている部分はほかにもある。色とりどりの光がそうだし、風にそよぐ木々の葉影もそうだ。しかし今のはそれらの動きと違った種類のものだった。そんな異質な動きをいち早く察知する人間の眼の働きには常づね感心するところだ。急いでその動きの場所を捜そうと視線を彷徨《さまよ》わせると――あれだ。眼の前の大楠の――分厚く繁り重なった梢《こずえ》の真んなかよりちょっと上！　あそこに黒くひと塊りになっている影――と思った瞬間、その影が再び大きく動いた。サルかムササビのようにひゅんと上方向に移動し、今度はそこでじっと静止している。本当にサルかムササビだろうか。それとも、もしかするとイタチの樋吉《といきち》か？　だとしたらここに岩次郎も来ているのに、どうしてあんなところにひそんでいるのだろうか。

そのままそいつはじっとこちらを見ているような気がする。眼が見えているわけではない。だが、突き刺さるような視線を感じる。

かつて考えたことがあった。人はよく、視線を感じるという言葉を使う。だが、その視線というのは何だろう。あたり前に考えれば、モノはそこから発した光なり影なりが眼に届いて見えるはずだ。決して眼の側から発したナニモノかがモノに届いて見えるわけではない、と思う。だが、視線を感じるというときの視線は、眼からモノの側へと及ぶ働きが想定されている。

翻《ひるがえ》って、そもそもそんなことがあるのだろうか。相手の眼が見えもしない場合、視線を感じるなどということは本来あり得ないのではないだろうか。もしもそう感じたなら、それはそんな気がするという、こちら側の心のなかだけのことではないだろうか、と。幼い頃からの習い性で理屈っぽく考えすぎかも知れないが、それがこの件に関する自分なりの結論だった。

しかし今、やっぱりそう感じる。突き刺さるような視線をありありと感じる。こちらのわずかな身じろぎ、息遣い、毛のそよぎばかりか、胸のうちまで見透かされそうな視線を。

そこまで感じるのには理由があるはずだ。そう、舞台装置だ。この眼の前にひろがっている光景、ぐるぐると巡る色とりどりの光、建ち並ぶ建物が輪郭とともに描き出しているモザイク模様、黒ぐろと枝を押しひろげ、十重二十重《とえはたえ》に葉影を折り重ねている樹影、そしてその葉影の細かで微妙な動きが視線の存在を浮かびあがらせているに違いない。仮に、そいつが本当にこちらを喰い入るように見つめているとしても。

そして――

全く意外なことに、ふと気づくと、こちらと大楠の幹との中間地点の地面に小柄な人影が立っていた。久重はビクンと身を縮め、同時に尻を後ろにずらした。

いきなりぱっと空中から現われたのではない。いつのまにか出現していたのにこちらが遅れて気づいたという感じだった。

小柄な人影。子供だ。おかっぱ頭の。そして煌《きら》びやかに刺繡《ししゅう》された緋色主体の衣装を纏《まと》っている。まるで贅沢豪華に作られた人形――そうだ、人形だ。久重自身が何十体と作ってきたからくり人形だ。しかしまじまじと見つめてみると、その相手は彼が作ってきた、そしてほかのからくり師が作成してきたからくり人形とはかなり印象が違っていた。

まず顔だ。造作やそれが生み出している陰影が非常に写実的で、肌の色も艶の具合も人と変わらない。それに体形も。関節の具合、肩や腰つきの微妙な曲線も本当の子供にそっくりだった。それなら実際に本当の子供ではないか、まずそう思うのが自然ではないかと言われそうだが、決して最初から生きた人間とは思わなかった。その理由はあまりにも顔の造作が整いすぎているせいだ。こんなに整った顔立ちの人間はいるはずがないと直感的に思わせるくらいに。そして何よりもその眼。黒目がちだが、その黒はよく磨かれた黒曜石のように濃く、深く、見つめるこちらの魂が引きこまれそうなほどだった。

そう、人間ではない。だが――

久重は血が凍りつくのを感じた。人形であるはずの相手がまるで本当の人間のようにまっすぐこちらに視線をあわせ、それだけでもぞっと震えが来たが、しかもその顔に表情の変化が――それまでの冷たいいっぽうの顔にかすかな笑みが立ちのぼったからだった。

気のせいではない。見間違いでもない。確かに表情が変わっている。頬が緩み、口の両端が吊りあがり、眼も全体が細まって眼尻に皺《しわ》まで刻まれている。そんな馬鹿な。いったいどうやって？　そもそもそんなことが可能なのか？

恐怖よりも好奇心が勝《まさ》って、久重は相手の顔を嚙みつくように見据えた。そうするうちに分かってきたのは、どうやら皮膚の部分が複数の薄い曲面の板に分割されていて、しかも隣あった板が上下に重なり、ずれあうように移動しているのではないかということだった。それが分かったと同時に、久重はなるほどと思い、しかもそれをどう実現させているのかの機構も一つ二つ思いあたった。そしてその機構に思いあたったこと自体が、その正しさを証明しているに違いない。

なるほど、そういう手があったか。うまい。実にうまい。そして斬新だ。それにしても、いったい誰がこんなものを作ったのか。からくり人形作りにかけては日本一と言われ、そう自負もしているこの田中近江大掾《おうみだいじょう》を驚かせるような。

この佐賀にそんな技量を持った人間は、自分以外には娘婿《むすめむこ》の重儀《しげよし》しかいない。かといって、重儀はいきなりこんなものを作って驚かせるような性格ではないし、だいいち蒸気船の製作で忙しい今、そんな余分な時間はないはずだ。とすると、もしや岩次郎？　ここのところずっと機智《きち》ものとやらに凝っていたが、その傍ら、ゴソゴソといろんなものを作ったり実験したりしていたようだ。確かに物作りの能力は今の弟子たちにも負けないものがあるし、それ以上に考案の才が図抜けている。いや、それにしても、これまでからくり人形の実作に携わりもせずに、いきなりこんな水準のものを完成させることができるだろうか。自分自身の経験に照らしあわせても、そんなことがあり得るとは思えない。

そして、そうしたことを察知すると同時に、久重はあることに思いあたってもいた。ここ一年ばかりだろうか、街なかをぶらぶら散策しているときとか、夜中に自宅で作業や書きものをしているときとか、三重津《みえつ》や久留米の作業場で仕事に打ちこんでいるときとか、状況はいろいろなのだが、ふと誰かに見られているような気がして、思わずその出どころをキョロキョロ捜すことがしばしばあった。いつも視線の相手は見つからず、街なかや作業場のときは気のせいかとやり過ごすことができたが、自宅のときは気になってあちこち見てまわったことも一、二度ある。

どうして最近そんなふうになってきたのだろうか、齢のせいで、いろんな疲れがそういうかたちで出てきたのだろうか、などと考えて自分を納得させていた。だけどそうではない。こいつだ。きっとこいつが視線の主だったに違いない。今までもずっとそうだったに違いない。途中の理由づけはすっとばして、久重はそう確信していた。

しかし、なぜ？ 今まではずっと陰からの監視を続けていたのに、どうして今回はこうして堂々と姿を現わしたのか。そもそもお前はいったい何だ。誰が、どういう目的でお前を作ったんだ。そして何を、どうしようとしてるんだ。そんな疑問と、どんどん募ってくる恐怖で綯《な》い交ぜに胸を掻《か》きまわされながら、久重は三間《げん》（約五・五メートル）ばかり先にぽつんと立っている人形を睨みつけた。

人形はそんなこちらの想いを読み取ったかの如く、微笑みの度を少し増した。そしてそのからくりが推察できた今、久重にはそれより相手の視線がまっすぐこちらを捉えているほうが不思議だった。相手の眼がやや上目遣いになっているぶん、いっそう不思議でならなかった。なぜこんなにも正確にこちらの眼を捕捉できているのだろうか。どうやってそんな眼球の動きを実現させているのだろうか。久重は懸命に頭を回転させたが、これればかりはどうしても理屈を捻《ひね》り出すことができなかった。

今はたまたまそうなっているのか？　こちらが体を横にずらせばそれを確かめることができる。だが、恐ろしくて立ちあがることができない。まるで相手の視線に縛りつけられたような案配だ。せめてもと、久重は腰掛け石の上で尻を少し右にずらした。一寸、また一寸と。すると相手の眼はそれにつれてわずかに動き、こちらの眼の捕捉を維持し続けている――ように思えた。

さらに信じられず、分からないのはその人形が二本の脚で〝立って〟いることだ。久重も《童子盃台》、いわゆる茶運び人形といった、立って歩く人形をいくつも製作している。しかしそれらは脚ではなく、実は着物で隠された車輪つき台車で動いているに過ぎない。しかし眼の前のこの人形は確かに二本の脚だけで立っているように見える。地面に接している足の裏の大きさも子供同様だ。いったいどうやってバランスを取っているのか――恐らく体内に重い独楽が仕込まれているのだろうとだけは見当がついたが――それにしてもこんなふうに立たせ続けるにはよほど巧妙精緻な制御機構が必要だ。

深い木立の闇を背景に、ぐるぐると色とりどりの光がまわっている。異国のものらしい不思議な音曲も依然遠くから聞こえて、何だか眩暈《めまい》に誘《いざ》なわれるようだ。もしかして夢でも見ているのではないか。はじめから何もかも夢だったのではないか。だったら覚めてくれ。この恐ろしい悪夢から――いや、ただ恐ろしいばかりでなく、そのいっぽうで脳漿《のうしょう》がトロトロと溶けていってしまいそうな、そんな魅惑的な妖夢から覚めさせてくれ。

そんなふうに思ったとき、いきなり人形はそれまでだらりと下げていた手を動かした。視線をはずし、やや顔を俯《うつむ》けながら、両手で襟元を開くような動きを見せる。そして右手を懐に深く差し入れ、そこから何か取り出してみせたのは――一羽の鳥――白黒鮮やかなカチガラスだった。

カチガラスは一般にカササギと呼ばれ、北半球の広い範囲に分布しているのだが、なぜか日本ではほとんどが佐賀平野を中心とした限られた範囲のみに生息している。サギの仲間ではなくカラス科で、カラスよりひとまわり小さく、全身黒だが胸腹と翼の先半分が真っ白というのが特徴だ。「カチカチ」という鳴き声から佐賀ではカチガラスと呼ばれ、県鳥として親しまれている。豊臣秀吉の朝鮮出兵の際、佐賀藩祖の鍋島直茂《なおしげ》が「鳴き声が縁起がよい」と持ち帰ったのが伝来の起源という言い伝えもある。

本物の鳥ではない。それも作り物だ。細かく分割された形状から明らかだった。だけどキロキロと首を動かし、時にはこちらに視線を向ける仕種《しぐさ》は本物そっくりだった。そして――人形はその鳥を両手で支え持ち、腰を踏ん張るようによいしょと反動をつけておいて、ぽーんと空高く投げあげた。

鳥はいちばん高くあがったところでバサッと翼をひろげ、パタパタと一周輪を描き、そこから夜空の一方へ飛び去っていった。それもこれまで一度も見たことがない、あまりに見事な一連の動作だった。

久重は呆気《あっけ》に取られてそのあとを見あげていたが、ククッという笑い声に、慌てて視線を人形に戻した。

心底ぞっとした。相手は眼を細め、きゅっと吊りあげた口に手の甲をあて、肩を痙攣《けいれん》的に揺すりながら声をたてて笑っているのだ。さらに――

一拍置いて、ザワッという音とともに、眼の前の大楠全体の影が揺らめいた。久重は大きく眼を剝《む》いた。押しひろがった梢のあちこちで双眸《そうぼう》が赤く青く爛々《らんらん》と光っている。身をひそめていた奴らがいっせいに気配を現わしたのだ。その数は二十ほどもあるだろう。続いてザザッとそれらの葉影が蠢《うごめ》いたかと思うと、黒い影が次々に地面にとび降りてきて、それがまるで雪崩《なだれ》のような勢いだった。

いずれもはじめの一体と同じような人形だ。着地の際にうまく膝を使い、転びもせず、よろめきも最小限に留めている。見ると、顔も微妙な体形もそれぞれすべて異なっていた。はじめの一体が首領格なのだろう。それを先頭に二十体ばかりの人形がずらりと横にひろがり、こちらを見つめているのは凄まじい威圧感だ。そこではじめの一体がケラケラと笑い、

「何て顔してるの？　天下に名を轟《とどろ》かすからくり儀右衛門とも思えない」

子供の声でそんな台詞《せりふ》を投げかけた。

久重はこれまで自分のことをかなり豪胆な性格だと自任していた。その自分が腰が抜けたように身動きもできず、カチカチと歯を鳴らしている。しかしその台詞を聞かされたのをきっかけに、持ち前の負けん気がムラムラと湧き起こるのを感じた。

やはり相手はこちらのことを知っていた。すべて承知でこんなものを見せつけているのだ。からくり人形に関して、お前よりもはるか高みを極めているのだと。悔しいが、確かにそれは認めなければならない。技術的にもそうだが、どういう仕組みか分からない点がいくつもある。であるだが、ともあれ相手のそんな思惑が透けて見えた以上、これはもはや怪異ではない。であるなら恐れることは何もないだろう。事は相手の挑戦に対する勝負の問題でしかないのだから。

「……そうか」

久重は懸命に声を絞り出した。いったん咽《のど》が開いて声が出ると、あとはさほど苦労はなかった。

「それで、どうしたい？　我が技量を自慢したいだけなのか？」

久重は笑いかけてきた人形から視線をずらし、この場のどこかにひそんでいて、すべてのやりとりを眺めているはずの何者かに向けて訊《き》いた。

「自分のほうが上だと認めさせたいだけなのか？」

しかしそれに応えたのはやはり人形だった。クスクスと笑い、片手を頬に押しあてて、

「認めるの？」

小憎らしく首を傾《かし》げてみせた。

「ああ、降参じゃ。あんたのほうがはるかに上じゃ」

そう返すと、人形は口をまるめ、ちょっと驚いたような表情を見せた。

「降参？　それで？」

それには久重も少し戸惑って、

「それで、とは？」

「それで終わりじゃないよね」

「終わりでない……？　言うとることが分からんが」

人形は眉をひそめ、不満そうに口を歪《ゆが》めながら、

「シッポを巻いて降参して、それで終わりかって訊いてるんだよ。後《おく》れを取ったなら抜き返し

てやろうって思うのが職人魂だろ。重職に取り立ててもらって、侍の身分まで与えてもらって、そんな気概もなくしちゃった？　だったらがっかりだな。近江大掾の名が泣くんじゃない？」

首領格がそう言うと、後ろに並んだ人形たちがクスクスケラケラと笑い声をあげた。そんな嘲《あざけ》りの笑いのなかで、久重はさすがにむっと口を曲げた。

「なるほど。それがあんたの思惑か。しかし、儂《わし》がせっせとからくり人形を作っておったのは三十年前までじゃ。この間にあんたが研鑽《けんさん》を重ね、ここまでのものを作ったのは称賛に値する。だが、儂はもう人形作りを卒業しとるんじゃ。今さら人形作りの技量較べを挑まれても詮なきこと。儂には儂の目指す道があるんじゃからな」

きっぱりそう言い切ると、クスクス笑いは次第に薄れ、消えていった。

「もう人形作りには未練がないっていうの？」

低く落とした声。

久重は顔をあげ、しばし夜空を眺めていた。そして外には聞き取れない長い溜息《ためいき》をつくと、

「正直言うと、まるで興味を失ったといえば嘘になる。まして、これだけのものを見せつけられてはなおさらじゃ。自分も挑んでみたい、これ以上のものを作ってみたいという意欲に搔き立てられもする。しかし、今の儂にはそれ以上に心を捉えて離さんものがあるんじゃ」

「それが大砲や蒸気船だっていうの？　分かんないなあ。あんな見てくればかり大仰な、大味なもの作ってて面白い？　精密細妙こそ命じゃないの？」

「個々人の娯《たの》しみのための考案はあとまわしと決めたんじゃ。もっとひろく、世の人びとに役立つような考案・発明をしたい。それが今の——いや、三十年前からずっと続いとる儂の念願

じゃ」

　そして、

「ただ、あんたの作った人形にはいくつも新考案の仕掛けが組みこまれとるようじゃ。それには大いに興味がある。是非とも見極め、解明したい。そして儂の目指す方向に応用したいと思う。――そういう答えでは不満足か」

　それにはしばらく沈黙が続いた。長い長い沈黙だった。ぐるぐるまわる色とりどりの光。不思議な音曲も依然遠くから聞こえている。やがて首領格の人形は小さく頷《うなず》き、

「分かったよ。とんだお門違いの無駄骨を折ってしまった。あんたはあんたで好きなようにするさ。つまらぬ座興につきあわせて悪かったたな」

　一語一語に念をこめるように言うと、いきなりぽーんと宙空《ちゅうくう》に跳ねとんだ。そしてきりきりと回転したかと思うと、そのまま樹影に溶けこむようにして消え去った。それに続けてほかの二十体も同じように次々に跳ねあがり、キャホホ、キャホホホという叫びを残しながらもんどり打って闇に溶けこんでいった。

　そのとき、後ろから駆けつけてきた者がいた。

「爺ちゃん！」

「おう、岩次郎か」

　久重はうんうんと頷いてみせた。

「あいつやったんやね。ここずっと誰かに見られてるような気がしてたんは。夜の町なかを子供や恵比須《えべっ》さんが歩いてるいう噂も」

「何じゃ、お前もあれにつきまとわれとったんか。――そう、どうやらそうじゃったらしい」

「あないな人形が作られてたやなんて信じられへん。二本の脚で立って動いて、眼や表情も動かせて、おまけに言葉も喋るやなんて。爺ちゃんには誰なんか心あたりはないの？」

久重は首をぐりんぐりんとまわして、

「はあて。今にして思うと……心あたりはないでもないが」

「え？　誰？」

岩次郎が声の調子を高くしたとき、何気なく左から右へ視線を巡らせていた久重の首の動きがぴたりと止まり、表情もさっと変わった。岩次郎も「え？」という顔でその視線を辿《たど》ると

――


人形たちはすべてが消え去ったのではなかった。闇に紛れて見て取りにくいが、一体が確かに居残っている。恐らく後列のいちばん端にいた一体だろう。表情も闇に隠されていたが、眼だけが赤く爛々とこちらを見据えていた。

どうして？　これは何だ。納得したと言って立ち去ったのは見せかけか。でも、そうならこうして姿を見せずに物陰にきちんと隠れていればいいではないか。なぜあそこに残ったままなのだ。

もしかすると故障？　ほかと同じように消え去るはずだったのに、その前にとび降りたときの衝撃吸収がうまくいかず、どこかに不具合が生じてしまったのだろうか。――そんなことを急いでぐるぐる考えていると、

「俺は納得いかねえ」

不意にその人形がそんなことを言った。

二人は何も言えないまま息を呑《の》んだ。

「このままやり過ごすなんてとんでもねえ」

その言葉とともに、久重は一瞬くらくらと気が遠のくのを感じた。はっと支えなおしたが、そのあとも何かが繰り返し意識を溶け崩そうとする。岩次郎もしきりに眼をシパシパさせて、同じ異変を感じているらしい。そのうちに気づいたが、いつのまにか発酵した蜜のような甘い香りが周囲にうっすらと漂っていて、どうやらそのせいに違いなかった。

「……どうするつもりじゃ」

久重がやっとのことでそう返すと。

「さあてね」

依然、眼だけ爛々と赤く燃えあがらせながら嘯《うそぶ》き、

「ここで今すぐはちょいとまずいか。お愉《たの》しみはあとまで取っとけっていうしな。……とりあえずはこのまま帰してやる。……どんなことが降りかかるか……まあせいぜい……用心して……」

そんな言葉が次第にまのびし、途切れ途切れになっていく。眼の前の光景も支えを失い、ゆらゆらと大波に遭った船底のように揺れ、そのままどんどん横倒しになっていくようだった。

「何じゃ、何じゃこれは！」

「爺ちゃん！」

もう相手の眼もどこにあるか見定めることができない。光景までが途切れ途切れでグニャグ

ニャだ。明滅しながら回転する色とりどりの光。モザイク模様が次々に転変し、変幻していく。

「あわわわわわわ……」

口を突いて出るのはそんな声でしかなかった。今は何もしない？　このまま帰してやる？　でも、これは何だ。この天地がひっくり返ってしまいそうな異変は。ああ、たまらない。自分が自分でなくなってしまいそうなこの感覚。人間ですらない、何か悍《おぞ》ましいものに変わってしまいそうなこの感覚。やめてくれ。やめてくれ。どうか何でもない日常に戻してくれ。だけどもその異変は苦痛なばかりでなく、どこかうっとりととろけるような甘美さが混じっているのも確かだった。

そうするうちに無数の星屑が一方からざあっと視界に流れこみ、それに押し流されるようにして意識が闇の底にこぼれ落ちて、それきり何も分からなくなった。


前後して二人が目覚めると、もうすっかりお化け屋敷での催しは終わったあとで、色とりどりの光も異国の音曲もなく、夜空に星が瞬いているばかりだった。園内にも人は残っておらず、二人が外に出ると、どこからともなくイタチの樋吉が現われて、岩次郎の頭にちょこんと乗った。そしてとぼとぼと精煉方の自宅へと戻る道すがら、

「多分、幻覚を起こすようなお香でも使われたんやろね」

「そうじゃな」

「そないいうたら、心あたりて誰なん？」

「おう、そうじゃったな。あれは多分、加賀《かが》の大野《おおの》弁吉《べんきち》じゃろう」

そんな名前がひょっこり出てきたので、岩次郎は眼をまるくした。

「へえ。どないな人？」

「京都の頃、加賀にも大野弁吉ちゅうからくり名人がおると聞いとった。どんな人形を作り、どんな発明をしとるのか、そりゃ気にならんことはなかったが、結局ようは分からんままじゃった。ただ、空徳利《からどっくり》を持たせて人形に酒屋へ酒を買いに行かせたり、からくりの鶴を作って本物と同じように飛ばしてみせたちゅう話は耳にして、ほんまかいなとは思っとったがな。それが頭の隅にあったから、あのカチガラスを見たとき、もしやと思ったのよ」

「そんな人がいたはったんやね。そやけど、そないな人がここ最近になって、何でからくり勝負を挑むようなことを仕掛けてきたんやろ。それに、いったんこっちの話に納得して引きあげたと思うたのに、ひとつの人形だけ反乱起こしたみたいに脅しをかけてくるやなんて」

「さあて、それはよう分からんがの、もしかしたら、最後の人形を操っとったのは弁吉の弟子じゃなかろうか。狂信的に師匠を崇拝しとる弟子が、これだけ大層な労力をかけて挑んだのに、それに乗ってこんのを許せんと思ったとか」

「そんな。勝手にそないなことしたら、かえって師匠に迷惑かけることになるやろに」

岩次郎は口を尖らせたが、

「世の中にはいろんな人間がおるからな。儂にはおらなんだが、知りあいの仏師に、師匠の名誉を勝手に慮《おもんぱか》ってやたら他人に噛みつく弟子がいて、手を焼いておった。思うに、今の攘夷派の連中にはそういう種類の人間が多いのではないかな」

「ああ、なるほど。それは分かるような気がします。血の気が多うて、熱に浮かされやすうて、どんどん突っ走っていく自分に酔う種類の人間やね」

「うまいことを言うな」

　笑う久重に、

「そないいうと、あてもちょっと心あたりがないでもないわ」

「ほほう。これは面妖な。どんな心あたりじゃ」

「去年、諸富屋はんの桂屋敷で起こった事件のこと、言うたよね。あの事件当時、屋敷には木工職人の板倉乙山《いたくらおつざん》いう客人がいたはって、前々からお化け屋敷のほうで働いたはるいうことやったけど、あてが呼ばれて屋敷に行ったときは都合がつかんいうことで、関係者のなかでその人だけ会うことができひんかったんや。そこで訊くけど、大野弁吉いう人、齢《とし》はどのくらいか聞いたはる？」

「確か、儂とそう変わらんという話じゃったな」

「板倉いう人も見た感じ還暦過ぎたはるいうことやさかい、もしかしたらそれが偽名を使《つこ》うた弁吉はんやないやろか。少のうても弟子のほうとは違うやろから」

「なるほど。弁吉がお化け屋敷そのものに関わっていたとすれば、今度のことで、まるで誂《あつら》えたような舞台になっとったのも納得がいく。まあ、それがあたっとるかどうかは諸富屋を介して確かめることができるじゃろう」

「そうやね。明日、すぐ訊いとかんと」

「とにかく、今後はいっそう身の安全に気をつけんとな。お前もじゃぞ」

「気いつけます」

岩次郎が形ばかり神妙に答えると、それにあわせるように樋吉がキキッと鳴き声をあげた。

翌日、岩次郎が諸富屋に会って尋ねると、板倉乙山は急に郷里に帰らなければならなくなったと言いだし、弟子たちを引き連れて既に夜のうちに発《た》ったということだった。

やはり――。

岩次郎は得心すると同時に、(もし久重の想像があたっているなら)弟子の勝手な行動を窘《たしな》めるように申し入れる機会を失ったことを残念に思った。

さて、ここで実在の人物である大野弁吉について解説しておこう。ただし、彼の経歴は久重ほど詳細には分かっていない。

弁吉は享和《きょうわ》元(1801)年、京都五条《ごじょう》通りの羽根細工師の子として生まれ、叔父の佐々《さ さ》木右門《き うもん》の養子となって佐々木姓を名乗った(久重は寛政《かんせい》十一(1799)年生まれ)。幼少の頃から非凡な才を発揮し、特に四条《しじょう》流の画をよくしたが、二十歳のとき長崎に遊学し、医術や理化学を修め、また絵画や彫刻を学んだ。その後、対馬《つしま》経由で朝鮮に渡り、帰国すると紀伊国《きいのくに》に遊んで、この間、馬術や砲術、算学、暦学を究めたという。加賀の儒学者・黒本稼堂《くろもとかどう》の『三州遺事《さんしゅういじ》』によると、弁吉はからくりを《竹田《たけだ》のからくり人形》から学んだとしているが、恐らく久重同様、細川半蔵《ほそかわはんぞう》が寛政八(1796)年に出版した『機巧図彙《からくりずい》』に若くしてふれたのだろう。

やがて京都に帰った弁吉は中村屋八右衛門《なかむらやはちえもん》の娘うたと結婚、中村屋姓を名乗った。そして天《てん》保《ぽう》二（1831）年、うたの故郷である加賀国石川郡大野村（現在の金沢市大野町）に移り住み、永住したが、その頃から大野弁吉と呼ばれるようになった。ちなみに久重が久留米から上方《かみがた》に移ったのが天保《てんぽう》五（1834）年なので、完全なすれ違いである。

弁吉のなした業績について、確定的なことは何も知られていない。ただ、茶運び人形や山車《だし》からくり、からくりの動物を作り、火薬を使った光源傀儡《くぐつ》（花火人形）で人を驚かせたこと、また拳銃（ピストル）や点火器（ライター）、灯火具や望遠鏡、懐中磁石や測量器具、羅針盤、歩度計（歩数計）といった計器類を作ったことなどが伝えられている。写真技術もいち早く取り入れ、自作の写真機による妻や自身の写真も残されている。また、弁吉が残した『一東視《いっとうし》窮録《きゅうろく》』は、各種の科学機器、エレキテル、ボルタ電池などの図解、色ガラス、火薬、写真機、大砲などの製法、また鉱物、化合物、薬品などの名称や調合方法など、多岐に亘っての覚え書き帳である。

弁吉のからくり人形についての最も有名な伝説はこうだ。弁吉は加賀藩公の命によって給仕人形を作ったが、茶托を捧げ、膝行《しっこう》して進み出てくる様があまりに人間そっくりだったので、藩公が大いに感心しつつ、戯《たわむ》れに扇子でその頭を打つと、人形は素早く腰の刀に手をかけ、今にも抜きかからんとした。藩公が驚き、弁吉を呼んだところ、このようなこともあろうかと、悪戯《いたずら》であらかじめ仕掛けを施しておいたと陳謝したが、藩公の怒りはおさまらず、二度と拝謁を許さなかったという。

さて、弁吉の経歴で落とせないのは、隣村の宮腰《みやのこし》（現在の金沢市金石《かないわ》）の豪商・銭屋五兵衛《ぜにやごへえ》との親しい交流である。銭屋五兵衛、略して《銭五》は加賀藩の御用商人を務めた商人・海運業者で、特に密貿易で巨大な財を築いた。もちろん当時は海外との交易はご法度だが、藩への献上金への見返りに黙認されていたと言われる。樺太ではアイヌを通じて山丹人《さんたんじん》（アムール川下流の民族）と、択捉島《えとろふとう》近海ではロシアと、朝鮮、また香港《ホンコン》や廈門《アモイ》には直接出向き、アメリカの商人とも交易し、はるかタスマニア島に領地を持っていたという伝説まである。弁吉は航海術や朝鮮事情を含む幅広い知識を見こまれて銭五の知恵袋となり、また彼の発明の多くは銭五からの依頼によるものだった。しかしこれほどの豪商との親交にもかかわらず、弁吉は加賀藩や若狭《わかさ》の小浜《おばま》藩などからの士官の口も断り、生涯清貧の生活を貫き通したというのだから、かなり偏屈だったのは確かだろう。

ただ、銭五に関していえば、藩の勝手方御用掛である奥村栄実《おくむらてるざね》が死亡してから大きく風向きが変わった。銭五は河北潟《かほくがた》の干拓・開発工事を請け負うが、難工事の上に地域住民とのゴタゴタが続き、果ては埋め立てに石灰を使ったところ、銭屋が毒を流したと農民・漁民からの猛反発が噴きあがった。密貿易の発覚を恐れていた藩は、これを機にすべてを銭屋に押しつけての切り捨てを謀った。五兵衛は子の要蔵《ようぞう》ら十一名とともに投獄され、嘉永《かえい》五（1852）年に七十八歳で獄死した。ほかに獄死六名・磔刑《たっけい》二名・永牢《ながろう》二名など。銭屋は財産没収、家名断絶とされた。これまでさんざん甘い汁を吸ってきた藩による、あまりに苛酷な仕打ちといえよう。しかもこの二年後には幕府が日米和親条約を締結し、鎖国から開国へと転換していくのだから皮肉である。

こうして銭五という後ろ盾を失い、孤立を深めたのちの弁吉についてはよく分かっていない。ただ、悲嘆に暮れる遺族を懸命に慰めたという話とともに、その遺族のために隠し財産を残すよう働いたという話もまことしやかに語られている。

ともあれ、残る余生をからくり人形のいっそうの進化と技術研鑽に費やすことが唯一の生き甲斐になったとしても何ら不思議はないだろう。そうするうちに、同じからくり名人として天下に名を轟かす久重のことが気になってくるのも自然だ。

調べれば、久重は佐賀藩からの招聘《しょうへい》に乗り、京都で繁盛している店を残してまで新天地に移って、大砲や蒸気船製造のために獅子奮迅の活躍を続けているという。弁吉は様ざまな面で自分との違いを意識せざるを得なかっただろう。

実際に佐賀にもぐりこみ、諸富屋の下につきながら偵察をはじめると、その想いはますます大きくなっていった。いちばんの違いは、久重がもうすっかりからくり人形自体に興味を失っていることだ。結果、悔しさという感情が湧きあがってきたのは致し方ないなりゆきではないだろうか。そこで弁吉は自分の練りあげてきた人形の精華を見せつけ、久重の人形への情熱を呼び覚まそうとしたのだ。

結果、無駄だと悟った弁吉は潔く思い切り、ただちに加賀に戻った。なお、没したのは六年後の明治三（1870）年五月である。彼の晩年の作品は全く世に残っていない。

さて、そんな出来事から五日ほど過ぎた夜、岩次郎はみすゞに呼び出されて多布施《たふせ》川のとある橋の袂《たもと》で逢《あ》った。前話に登場したあのみすゞである。肩に乗った樋吉に眼を細めながら、

「去年のあの事件以来、初めてですわね」

開口一番のその言葉を聞いて驚いた。すっかり佐賀訛《なま》りが消え、物腰も優雅なくらいに大人

びている。どんな顔をして逢えばいいか迷ったり悩んだりしていた岩次郎は、なぜかそれですっと落ち着くことができた。

「あのときのお礼も言わないままだったので、ずっと心の片隅で申し訳ないと思っていたんですのよ」

「そないなことはええです。お礼を言われるような筋合いでもないですし。それより……今はどないしたはるんですか」

みすゞはあくまで物腰柔らかに、

「あれからちょっと普通でない仕事をしています。いろんな国をとびまわって、いろんなことをして。そのためにいろんなことも身につけて――」

「いろんな国に？　佐賀から出入りしたはるん？」

「ええ。私、今、江藤さんの下で働いているんですの」

岩次郎はびっくりして、

「江藤て……新平はん？」

「ええ、そうです。あの方も今は閑叟さまの命で長州にとんでらっしゃいますけれども、私もそうしたお手伝いで、あちこちでいろんなことを見聞きしてまわっているんです」

ただ単に見聞きするだけではないだろう。要するに諜報活動だ。そこにはいろんな交渉術や、誘導法や、騙し討ちの類《たぐ》いが渦巻いているに違いない。あるいはこのみすゞさんにはぴったり合った、もしかすると天職ともいえる仕事なのだろうか。

「岩次郎さんのほうはどうなんですか。変わらずいろんな事件の謎解きをしてらっしゃるのかしら」

「そのへんはもうきちんと調べたはるんやないですか？」

「まあ。随分なしっぺ返しですこと。でも、調べたりはしていませんわ。そんな見込み違いをなさることからして、まだまだかしら。いいえ、きっと以前にもまして名解答を連発されているんでしょうね」

そんなやりとりからはじまって、以前のような弾み方ではなかったが、それでも二人はぽつぽつといろんな話をした。

そうするうちに、肩に乗った樋吉が急にキキッと鳴いた。と同時に、岩次郎の鼻先にかすかな香りが流れ過ぎたような気がして、思わずはっとした。それは先日、あのお化け屋敷の庭園の一角で嗅いだ香りだったからだ。それに気づいて岩次郎が周囲に眼を投げかけたとき、川沿いの道の先からふわりと人影が浮かびあがった。

お侍――と思ったときには既に刀が抜かれているのが分かった。その刀を大上段に振りあげるが早いか、

「おのれ、物《もの》の怪《け》！」

そう叫んでこちらに斬りかかってきた。

間一髪だった。声も出なかった。あらかじめ人影に気づいていなければ到底よけられなかっただろう。岩次郎が逃げたのは橋の上の方向だった。みすゞはその反対方向へ。侍は刀を胸元に引き寄せながらまっすぐ岩次郎に向きなおる。この男が狙っているのは自分だ！　それを悟って、全身の血が凍りついた。

まだ二十歳代だ。吊りあがった眼が完全におかしい。

「逃《の》がすか！」

喚《わめ》きながら今度は横から斜め上に刀を撥《は》ねあげる。思った以上の刃先の伸びだ。岩次郎がかろうじてよけられたのは足の踏ん張りがきかずに尻餅をついたからだった。そのままジタバタと後ずさったが、相手もずいと歩を詰め、再び上段に構えた姿が頭上に大きく押し被さった。

今度こそ殺《や》られる――そう思ったとき、

「お待ち！」

みすゞの声が鋭くとんだ。岩次郎までがビリッと電撃を受けるほどの声だった。侍もぴたりと手を止め、初めてみすゞの存在に気づいたように振り返る。驚いたことに、既にみすゞは侍めがけて駆けだしていた。

「邪魔すっとか！」

侍は素早く向きなおり、みすゞに向けて上段の刀を振りおろした。いや、その一瞬前に「ギ――ッ」という凄まじい叫びとともに樋吉が侍の顔にとびかかった。「わっ」と侍が身を縮めた次の瞬間、みすゞの足が侍の膝を横から蹴りつけ、次いで相手の懐に背中からとびこんだかと思うと、腕を絡めつつ身を屈めた。

侍の体が真っ逆さまにぽーんと跳ねあがった。何とも鮮やかな光景だった。侍の体はそのまま橋の欄干を越えて川に落ち、ドブンと水しぶきが白くあがった。

「じ……柔術？」

岩次郎がやっとのことで呟くと、

ていった。

「その要素もありますけど、私が習ったのは《タイ捨流《しゃ》》ですわ」

みすゞは欄干越しに川面《かわも》を見おろしながら答える。侍はアップアップしながら川下に流され

ていった。

ここで説明しておこう。タイ捨流とは戦国時代から江戸時代にかけての剣豪・丸目長恵《まるめながよし》によって創始された剣術の流派である。長恵は肥後国《ひごのくに》の八代《やつしろ》（現在の熊本県八代市）で生まれ、若い頃から合戦にも出、様ざまな兵法の修行に励んだ。十八歳のときに上洛して、新陰流《しんかげ》を創始した上泉信綱《かみいずみのぶつな》（伊勢守《いせのかみ》）に弟子入りし、四天王の一人にまであがる。以降は新陰流の普及に努めたが、二十九歳のとき、肥後で武将として大きなしくじりを犯し、出世の道を断たれてしまう。その後いっそう武芸の修行に専心し、ついに新陰流にそれまで習得した様ざまな兵法を取り入れて独自の流派を編み出し、タイ捨流と名づけたのだった。

タイ捨流の最大の特徴は、突き、蹴り、投げ、目潰し、関節技といった体術の導入、飛び違いなどの相手を攪乱《かくらん》する技、様ざまな場所や環境を想定した戦法の変化、袈裟《けさ》斬りを極端に重視した剣捌《さば》き、また剣以外の武器の使用など、ほかの流派に較べてとび抜けて実戦的なことである。

タイ捨流という名称の「タイ」は「体」「待」「対」「太」など複数の漢字が当てはまるが、例えば「体」とすれば体を捨てるに留まり、「対」とすれば対峙《たいじ》を捨てるに留まってしまうので、カタカナで表記することでそのすべてを表わす——すなわちあらゆる固定観念を離れ、自由自在の境地を目指すことを意味させているという。

タイ捨流は九州一円にひろまり、特に肥後の人吉藩《ひとよし》、そして長恵が直接伝えた肥前一帯で隆

盛した。幕末の佐賀城下ではタイ捨流の川原小路《かわはらこうじ》道場と文久の頃に伝わった直心影流《じきしんかげ》の水ヶ江《みずがえ》道場が勢力を二分し、『東の直心影流、西のタイ捨流』と言われた。また、直正もタイ捨流に入門して学んでいる。

だが、佐賀のタイ捨流は明治から昭和にかけて、多くの古武術・古武道と同様に途絶えた。その理由は、含まれる内容があまりにも幅広く、総合的な習得が困難だったこともあるだろうし、何より剣道全体が競技化していくなかで、実戦性などは不必要だったことが大きいだろう。現在は人吉藩に伝わった系統が残り、全国各地（そのなかには佐賀県嬉野《うれしの》市の、長崎街道を再現した忍者体験テーマパーク《肥前夢街道》も）で行なわれている。

「それにしても、あのお侍、はっきり岩次郎さんを狙っていましたわね。誰かご存知？　謎解きのせいで怨みを買いましたの？」

岩次郎はぶるんと首を横に振り、

「全然知らん人です。謎解きのせいでもないです。あれは――」

言いかけて口を鎖《とざ》したが、

「心あたりはおありなんですね。どのみち怨みは怨みなんでしょう？」

「多分、さっきのお侍さん自身はそやないと思います。きっと薬を使われたんやないですやろか」

「薬？　確かにまるで犬神にでも憑かれたような、普通でない顔でしたわね。では、その薬を使った者が怨みを？」

「まあ、そんなところです」

「何だかややこしい立場に置かれているようですのね。宜《よろ》しければお力になりましょうか?」

今度は何度も首を横に振って、

「ええです、ええです。それには及びまへん。どうか放っておいてください」

みすゞは小首を傾げながら艶然《えんぜん》と微笑み、

「そうですか。まあ、そう仰言《おつしや》るのでしたら。ですけど、どうかくれぐれもお気をつけくださいね」

岩次郎は礼を言い、多布施川を辿って精煉方の近くまで送ってもらい、そこで別れた。

別れてから、改めてひたひたと恐怖が這《は》いのぼってきた。あの最後の人形を操っていた、恐らく弁吉の弟子であろう人物は、その場だけの脅しではなく、本当に逆恨みを実行してきたのだ。しかもその対象は自分——祖父ではなく自分だった。直接本人を標的にするのでなく、その周囲の大事な人間を犠牲にして苦しめるなんて、あまりに卑劣で陰湿なやり口ではないか。

どうしたものか。あるいは、どうにかする手立てはあるのだろうか。考えてもいっこうにいい知恵は浮かばず、その夜はなかなか寝つけなかった。

さらにその数日後、恐ろしいことが起こった。

そのとき岩次郎は精煉方敷地内の製薬所で、いろんな煤《すす》の比較実験をしていた。岩次郎は前々から人の指先の紋様が人によって異なり、全く同じものはないことに気づいており、しかも人がさわったものにその跡が残るので、それをうまく採取することができれば誰がさわったかを特定できると考えていた。そしてその採取のためには煤が適しているようなのだが、特に何をどう燃やした煤がいいかを調べようとしていたのだ。これは実際に指紋が犯罪捜査に利用されはじめる1890年代のはるか前である。

実はこの指紋の犯罪捜査利用についてては日本が大きく関わっている。イギリスのヘンリー・フォールズは宣教師・医師として明治七（1874）年に来日したが、日本人が個人の同一性の確認に拇印《ぼいん》を使用していることに強く関心を抱いた。また、モース発見の大森《おおもり》貝塚から出土した数千年前の土器に付着した古代人の指紋が現代人のものと変わらないことに感銘を受け、指紋の研究をはじめた。日本滞在中に研究を進め、明治十三（1880）年に論文を日本からイギリスの科学雑誌「ネイチャー」に送り、発表した。これにより、現在の東京都中央区明石《あかし》町《ちょう》のフォールズの住居跡には「指紋研究発祥の地」の記念碑が建てられている。

話を戻そう。

製薬所や鋳物場、鍛冶所などの工場は中庭側が開け放しになっている。作業に熱中するうちに次第に手元が覚束《おぼつか》なくなってきて、岩次郎はもう宵闇が押し迫る時刻になってきているのに気づいた。それで、そろそろ店仕舞いしようと実験器具の片づけにかかっていたところ、いきなり中庭の先のほうでド――――ンという凄まじい爆裂音が轟き、次いで黒煙がモクモクと湧き起こった。

敷地内の堀のむこうに見える中村奇輔の家からだ。岩次郎は一瞬硬直したが、すぐに腰を跳ね起こし、そちらにすっとんでいった。詰所の役人も血相変えてとび出してきた。妻や子が金切り声で叫んでいる。土間にとびこむと、何とも凄惨な有様だった。黒煙と蒸気が混じりあって渦巻き、いろんなものが散乱したなかで、焼け爛《ただ》れた奇輔が血まみれでのたうちまわっていた。

両手で眼を覆い、太腿《ふともも》には砕けた板が深ぶかと突き刺さって、わあわあと喘《あえ》ぎ苦しんでいる姿に、妻も子もどうしていいのか手をつけかねている。そんなところに久重が駆けつけ、ぎろりと状況をひと渡り見て取ると、

「急いで水で冷やすんじゃ。あんたは医者を！」

テキパキと指示し、自分は自宅のほうに駆け戻っていった。まもなく鼈甲《べっこう》細工用の大箸を携えてやってくると、

「いいか、ちょいと我慢せいよ」

言いながら奇輔の太腿に両足をかけ、木片を大箸で挟んでおいて、エイヤと力いっぱい引き抜いた。そして太腿のつけ根を紐《ひも》で縛り、引き裂いた布で傷口をきつく固めておいて、あとは家人とともに火傷《やけど》を極力冷やすことに専念した。

その豪胆さと判断力にはその場のすべての者が感嘆せざるを得なかった。役人に呼ばれて駆けつけた医師も応急処置の的確さにしきりに感心していた。

おかげで命に関わることまではなかったものの、負った損傷の深さは如何《いかん》ともし難く、結局奇輔は失明し、ほとんど寝たきり同様になってしまったのだった。

どうやら奇輔は新たな爆薬を発明し、その試作品を調合中だったらしい。あとでいろいろ聴き出して調べたところ、その爆薬は爆発感度がかなり高いため、扱いがなかなか難しいものではあったようだ。それでも化学に関しては豊富な知識と天才的な勘の持ち主である奇輔にしては、魔が差したような失策だったとみんなが悔しがった。

ただ、岩次郎だけは単なる不運な事故でないと分かっていた。いや、久重も内心疑ってはいるだろう。だが、岩次郎の場合は確信だ。なぜなら彼は見てしまったのだから。久重が大箸を携えて二度目に駆けこんできたとき、混じりあった黒煙と蒸気がようやく薄らぎ、そのせいでぼんやり見て取れるようになった天井の一角で、小さな黒い影が下から上へ、から、から、からと何段ももんどり打って消えていくのを——。

あの動きはからくり人形の段返りだ。その動きを重力に逆らうように下から上へと連続させたのだ。だから間違いない。あいつ以外であるものか。あいつが人形を使って爆薬が発火するように細工したのだ。

あいつは祖父の同志である中村奇輔を生贄《いけにえ》に選び、まんまとそれをやってのけたのだ。

何てひどい。何てねじくれた復讐心なのか。岩次郎は怒りに震えたが、そのことを久重には言えなかった。言えば彼がどれだけ罪悪感に苛《さいな》まれるかが分かっているからだ。しかも実際問題、今の手持ちの状況証拠と推論だけで、犯人の捕縛にまで持っていけるとは到底思えない。

それに、これでさすがに終わりだろう、あいつも気がすんだだろうという想いも働いた。であるなら、なおさらこのうえ余計な葛藤をもたらす必要はないだろう。

そう。狂犬に咬《か》まれてしまったのだ。返すがえすも慙愧《ざんき》に堪《た》えないし、奇輔には申し訳ないですまないことだが、岩次郎は当面そう考えることにした。

そうして運命の九月十二日——。

その日、父の重儀は秀島藤之助《ひでしまとうのすけ》とともに、長崎港に回航されてきた購入予定の英国蒸気船

「カルタゴ号」（のちの甲子丸《こうし》）の検査を命じられ、岩次郎も父について乗船した。重儀は蒸気機関の、秀島はそれ以外の部分の担当である。だが、その検査の最中から秀島の様子がどことなくおかしかった。顔が全体に強張り、額や頬も蠟《ろう》のように蒼白く透け、そしてその眼がしきりに重儀のほうを追っている。岩次郎は次第に悪い予感に囚われていった。

秀島藤之助が蘭学寮の第一期生であり、幕府の《万延《まんえん》元年遣米使節団》にも佐賀藩からのメンバー七人に選ばれ、彼の進言によって藩が蘭学から英学への転換に踏み切ったことは既に書いた。代々藩主の近習を務める家柄の出でもあり、直正からの直接の覚えもめでたい、エリート中のエリートである。だが、同じ精煉方に所属しながら、元京都組の四人と秀島のあいだには以前からギクシャクしたものが横たわっていた。

そこには秀島自身のエリート意識と、理化学的な知識・技術に関してはどうしても京都組に及ばないという現実との板挟みもあっただろう。また、自分たちは若い頃から「勉学は合戦と思え」「死に物狂いの勉学こそが忠義であり、武士道である」と叩きこまれ、今も「何としてでも藩の悲願を達成させよ」と叱咤《しった》激励され続けているのに対し、京都組は風通しのいい塾風をそのまま受け継ぎ、万事に関して実に自由闊達《かったつ》に振る舞っていることへの羨望や嫉妬もあったに違いない。ただ、普段は秀島も大人なので、そんな想いもあくまで意識下に沈潜させていただろう。しかし自前の蒸気船完成に向けてのこのところの超多忙さ故の過労で、両者間の軋《あつ》轢《れき》が今にも表面化しそうな気配は仄《ほの》見えていた。

そして実際のところ、このとき秀島にはまた別の事情がのしかかっていた。彼はかなりひどい雷恐怖症だったのだ。

空模様が怪しくなるともう落ち着かない。遠くでゴロゴロ鳴りだすとすっかり駄目だ。心臓がドキドキし、胸の奥のほうが冷たくなり、冷や汗が止まらなくなる。稲光が閃き、雷鳴が轟くに至っては、頭を抱えて蒲団にもぐりこむ以外にやり過ごす手立てもない。そして間が悪いことに、湾外を航行しながらの蒸気船検査の最中、ずっと空は真っ黒な雲がムクムクと渦を巻き、思い出したように遠雷が轟くという状態だった。

検査中、交渉相手の英国商人の前でみっともなく取り乱すわけにはいかない。そして航行中の船内では逃げ場がなく、まして逃げこめるような蒲団もない。秀島は必死に痩せ我慢を続けるほかなかったが、我慢すればするほど自分が挙動不審になっていくのを意識せざるを得なかった。

そうするうちに、おかしな幻覚までちらつくようになった。おかっぱ頭の子供が物陰からひょいと覗いたり、通路の先のほうをヒョコヒョコ横切ったりするのだ。

「申し訳ない。ちょっと気分が悪い」

とうとうそう申し出て、あとはずっと医務室で厄介になった。

船が港に戻ると、検査の残りは明日に延期して、早々に長崎の佐賀藩邸に逃げ戻った。田中父子も藩邸に投宿。そしてその夜、本格的な雷雨になった。

翌日の早朝、佐賀にとんでもない出来事が伝えられた。突如錯乱した秀島藤之助によって田中重儀・岩次郎父子が斬殺されたというのだ。報せを受けた者たちは皆、唖然愕然《あぜんがくぜん》として言葉を失った。

聞けば、激しく雷雨が荒れ狂うなか、突如秀島が乱心し、田中父子の眠る寝室に踏みこんで、逃げも反撃の隙も与えず無惨に斬り殺したのだという。その騒ぎにほかの者が駆けつけると、秀島は血に濡れた刀を持ちながら、「田中はかねて我の邪魔をしていたが、今度もエレキテルの妖術を用いて雷雨を呼び、我に恥をかかせたのを見届けたので討ち果たした」と叫んでいた。すぐに取り押さえたが、その後も理屈にあわぬことを喚いて手がつけられぬ、ということだった。

「あの岩次郎が――」

まだ十七歳である。山口範蔵《はんぞう》も江藤新平も大木民平も大隈八太郎も歯噛みして嘆き、口惜しがった。

二人の遺体が無言の帰宅をしたが、周囲の者たちは久重の悲嘆を思うとその姿を見るのも憚《はば》かられた。しかしそのとき久重は人々を分けて棺《ひつぎ》の蓋を開け、それぞれの全身を検分し、傷の状態を詳細に調べた。その胆力には舌を巻かぬ者がなかった。そのことは当時七歳だった奇輔の次男・林太郎《りんたろう》がのちに書き残している。

直正は「秀島は我が苛酷な命によって乱心し、田中父子はその犠牲となった。いわば戦場で斃《たお》れたに等しい」と自分の責任も認め、「双方に対して通常の刃傷沙汰の扱いはせず、秀島にも減封《げんぽう》（所領の削減）・改易（所領の没収）は無用」とした。また直正の取り計らいによって、林太郎は久重の養子となり、士分《しぶん》も与えられた。

秀島はついに正気を取り戻さぬまま十数年後、座敷牢中にて没した。

ここでお断りしておくが、重儀・岩次郎父子が長崎において突然狂気に陥った秀島藤之助に斬殺されたのは、複数の史料によって確定している歴史的事実である。そしてこれは司馬遼《しばりょう》太郎《たろう》が「アームストロング砲」で描いてみせたように、佐賀藩が近代化に邁進《まいしん》するなかでの様ざまな矛盾軋轢《あつれき》の皺寄せが生んだ悲劇的なエピソードである——と、一般的には受け止められている。

だが、しめやかに執り行なわれている葬儀のなかで、参列した新平はきつく口を一文字に結びながら、ずっとひとつの気がかりに囚われていた。それは斬殺の現場に駆けつけた者の一人から聞いた話だ。

いや、気が動転していたために見た幻だったのかも知れんが、と男は口ごもりながら洩《も》らしたのだ。秀島が血刀をさげ、あらぬことを口走っていたそのとき、天井板の一角がぽっかりとあいておって、そこから何やら子供のような気味悪い顔がニタニタ笑っているのが見えた。一瞬、確かにそんなような気がした。しかし急いで秀島を取り押さえたあと、またそちらを見あげたときには、天井のどこにもそんな様子はなかったので、やっぱり気の迷いだったのだろうが——と、それでも得心いかぬように、男はしきりに首をひねっていた。

いかにも一瞬の幻だったに違いない。壮大な展望を描き観る稀有《けう》な能力を持ちながら、その根っこはあくまで現実主義者であり合理主義者である新平はそう思った。しかしその話を聞いたときから、なぜか棘《とげ》のように咽奥にひっかかって、いつまでも消え去ろうとしないのが我ながら不思議だった。

そんな新平からずっと離れたところにみすゞもいた。

「やっぱりこういうことになってしまったわねえ」

と、誰にも聞こえない声でみすゞは呟いた。

「力になりましょうかと申し出たあのとき、断らずにお受けになればよかったのに。いえ、こちらももっと強く迫っていれば、きっとお受けになったでしょうにね」

そんなことを言いながら、悔恨めいた表情はいっさい表には出さず、

「どうかご成仏なさいまし。きっと妾《わたし》が正体をつきとめて、無念を晴らしてさしあげますから」

誰にも聞こえない声で、あくまで淡々と呟いた。


そしてまた葬列者の一角で、範蔵は範蔵でひそかに異なる想いを巡らせていた。

今眼の前で行なわれていること――これらはすべてまやかしではないか。

そうとも。平山醇左衛門《ひらやまじゅんざえもん》の憤死が見せかけのものであり、手妻《てづま》の手口を使って演じられた大芝居であることを説いてみせたのは岩次郎だ。だとすれば今度のこれも同じだと言えないだろうか。田中父子の死は久重も交えて――いや、もっと大勢の関係者――もしかしたら閑叟さまも加わって演じられた世紀の大芝居なのではないだろうか。

岩次郎は今も生きていて、そのうち何らかのほとぼりが冷めた頃、後ろからそっと声をかけてくるのではないだろうか？

そう考えることで範蔵はぽっかりと胸に穴があいた悲しみと空虚さをかろうじて慰め、いつ

かのそのときを心待ちにしようと思い決めていた。

見あげれば彼らのそれぞれの想いを溶かしこむような蒼穹《そうきゅう》がひろがり、透き通った風が騒然とした世情も知らぬげに吹き渡っているばかり。

そして、以降、この件に関する後日談は歴史に残されていない。

さて、その後の個々人の経緯もいくつか紹介しておこう。まず採りあげておかなければならないのは久重のその後である。

佐賀藩悲願の自前の蒸気船は翌慶応元（1865）年に竣工し、《凌風丸》と命名され、直正も乗船して諫早《いさはや》湾の航海を行なった。このときには関係者ばかりでなく、城内城下の多くの者が泣いた。

こののち、久重は久留米で見つけて三重津で学ばせていた十九歳の金子大吉《かねこだいきち》も養子にした。

久留米で完成させた青銅製のアームストロング砲を慶応二（1866）年二月に佐賀の大久保で直正を迎えて試射を行なったのち、久留米への完全な帰藩を直正に申し出、許しを得た。

こうして久留米に戻った久重だったが、九月には開明派の重臣・今井栄《いまいさかえ》らに同行して上海に密航し、二ヵ月近く西洋文化を見聞して戻った。滞在中に六十七歳を迎えたのだから驚かされる。

久重は久留米藩でも近代化のために尽力したが、慶応四（1868）年一月二十六日に攘夷派・保守派による政変が勃発し、ここから久留米は長らく血腥《なまぐさ》い暗黒の時代が続く。今井をはじめとする後ろ盾が次々に粛清され、久重も一転して陥った苦境のなかで猛烈な勢いで様ざまな発明を続けていたが、明治六（1873）年二月に佐野常民《さのつねたみ》からの招きにより上京。実に七十三歳のときである。のちに田中工場を設立し、かつての門人の田中精助《せいすけ》らの助力もあって軌道に乗った。

その後も様ざまな発明を続け、久重は明治十四（1881）年十一月、八十二歳で没したが、この田中工場が二代目久重を襲名した大吉による田中製造所を経て芝浦《しばうら》製作所となり、のちの東芝《とうしば》となったのである。

先程名前の出た佐野常民は、慶応三（1867）年に開催されたパリ万博に、幕府の呼びかけで佐賀藩と薩摩藩も出展したのだが、その佐賀藩派遣団の団長として海を渡った。有田焼や佐賀錦《にしき》や漆器をはじめとする日本の工芸品はもちろん、日本女性が茶を振る舞う数寄屋造りの茶屋が大変な人気を博したという。常民はそこで西洋文化の精華を見聞し、多くのものを持ち帰ったが、彼自身にとって何よりも大きかったのはアンリー・デュナンの提唱した赤十字との出会いだった。

明治六（1873）年のウィーン万博にも派遣団の副総裁となったが、総裁の大隈重信が渡欧しなかったので全権を担い、「博覧会男」の異名を取る。

明治十（1877）年に《西南《せいなん》の役《えき》》が勃発し、伝わる凄惨な状況に心を痛めた常民は、赤十字のように敵味方隔てなく救援する組織《博愛社《はくあいしゃ》》の設立を政府に願い出るが、却下。諦めずに政府軍の拠点の熊本に赴き、征討総督の有栖川宮熾仁《たるひと》親王に直接願書を提出して、即日許可を得た。これがのちに日本赤十字社となる。

また、明治十二（1879）年には、日本美術の海外流出を防ぐために《龍池会《りゅうちかい》》（のちの日本美術協会）を発足し、亡くなるまで会長を務め、芸術家の保護と育成に力を尽くした。彼もまた、日本の近代化にとって欠くべからざる人物だったのである。


維新後、直正が育てた人材の活躍は大きかったが、直正自身も議定《ぎじょう》（明治初期に置かれた政府の官職）に就任した。《箱館戦争》終結後、直正は蝦夷地の開拓と防衛の必要を強く主張し、明治二（1869）年六月に《開拓使》を創設し、総督に任じられたが、島義勇をその首席判官に就かせると、八月に高齢病弱のため現地へ赴任できないという理由で辞任した――ことは既に書いた。

実際、直正の健康状態は悪化していくいっぽうだった。恐らく癌だったのだろう。佐賀に戻ることもできず、新政府に召し上げになった桜田屋敷の代わりに永田町《ながたちょう》に建てた屋敷に留まったまま、明治四（1871）年一月十八日に五十六歳で没した。

なお、直正の葬儀委員長を江藤新平が務めたとしている物の本もあるが、実際は葬儀委員長が古川松根《ふるかわまつね》、副委員長が久米邦武《くめくにたけ》だったようだ。なお、久米邦武は直正の近習も務めた佐賀藩士で、岩倉使節団に同行して大書『特命全権大使　米欧回覧実記』を書き、また直正、そして幕末佐賀藩史についての最大の基本文献である『鍋島直正公伝』の著者でもある。


さて、その江藤新平だが、新政府にはいったのち、三権分立や議会制や四民平等といった国家の基本理念の構築に奮闘し、初代司法卿《きょう》に就いたのちは長州閥の不正腐敗を容赦なく剔抉《てっけつ》していったことは既に述べた。だが、新平はこののち《征韓論》、そして《佐賀の乱》という魔のなかに取りこまれていく。

明治四（1871）年十一月十二日から明治六（1873）年九月十三日まで《岩倉使節団》が欧米を巡っていたあいだの《留守政府》において、明治六年六月十二日に行なわれた閣議で征韓論問題が議題にのぼった。

遡《さかのぼ》って明治元（1868）年、新政府は対馬藩を通じて、当時鎖国していた李氏《りし》朝鮮に対し、王政復古した旨を伝えるとともに、開国を促すための使節を派遣した。しかし、かつて朝鮮政府は江戸幕府と対等の関係にあり、その江戸幕府は天皇の臣下であったという理屈から朝鮮政府を格下と見る風潮があり、この国書には従来の江戸幕府での国書にはなかった「勅」や「皇」の文字がはいっていた。このため朝鮮政府はこの国書を受理しなかった。

その後に交わされた国書では勅の文字は使用されなかったが、明治四（1871）年に朝鮮の宗主国である清《しん》と《日清修好条規》という「対等」条約を締結したことにより、再び上下関係を明確化させせようとする動きが強まり、明治政府が「天子」の文字がはいった国書を送った結果、日朝は国交断絶に陥った。

明治五（1872）年、外務卿の副島種臣は飢饉《ききん》に見舞われていた朝鮮に米を送り、懐柔を図ろうとして使節を送った。しかし朝鮮政府は「飢饉はデマ」としたうえ、釜山《プサン》の公館を兵糧攻めにして使節を追い返した。

これら一連の朝鮮の対応を侮辱として、武力で懲らしめねばならないとする声が高まり、それが民衆にも伝わって、大きな世論になりつつあった。そうした状況下の明治六年五月三十一日、釜山の公館からの、朝鮮政府が日本人の密貿易を取り締まる布告のなかに日本に対する無礼な字があったとの報告を引き金に、六月十二日の閣議が行なわれたのである。

このとき、外務卿の副島は清への使節のため不在で、出席者は太政大臣の三条実美のほか、西郷隆盛（薩）、板垣退助（土）、後藤象二郎（土）、大隈重信（佐）、大木喬任（佐）、江藤新平（佐）の参議六人だった。

もともと根っからの武人で血の気の多い板垣は即刻の派兵を主張したが、西郷がそれに反対し、まず使節を送って情理をつくして説得し、それでも聞かぬときには派兵の大義が立つ、なおかつ自分がその大使となると申し出た。その場合、状況から見て使者は十中八九殺害されると予想されたが、むしろそれを前提としての西郷の申し出だった。

もともと西郷には豪胆さと裏腹の根深い自殺傾向があったが、大隈重信もこの時期の西郷は蓋を開ければ不正腐敗にまみれた新政府への失望と、旧主である島津久光から露骨に憎悪されている憂鬱、さらに健康状態の不調もあって、自分の死に場所を求めていた、と分析している。

ともあれ、重信、喬任は征韓自体に反対したが、新平は西郷の案を支持した。この新平の西郷支持については、もし西郷の案が通れば、内治派の頭目であり、外遊前から征韓派を疎《うと》んじていた大久保利通が西郷と対立し、薩摩閥が分裂する。その混乱を利用して薩長の排斥を狙ったのだろう、とこれも重信が分析している。

岩倉使節団が外遊に出る前、留守政府とのあいだで「洋行中に大規模な内政改革は行なわない」と取り決め、特に朝鮮問題には手をつけないと約束されていた。このため、西郷は事を急ぎ、再三三条に遣使の件を強く要求したが、三条は西郷が殺害される事態を避けたく、了承を引きのばした。そして八月十七日の閣議で西郷の遣使自体は決定されたが、詳細については未決。三条は明治天皇に奏上し、「岩倉の帰国を待って熟議すべし」という回答を得た。

九月十三日の岩倉具視ら使節団の帰国後、当然様ざまな押しあい圧《へ》しあいがあったが、西郷と対決する意志を固めた大久保と征韓派の副島種臣が参議に復帰したのち、十月十五日の閣議で征韓派の板垣・後藤・副島・江藤が西郷を支持し、西郷の遣使を三条が認めて八月十七日の決定が再確認された。しかし大久保利通は宮内卿《くないきょう》徳大寺実則《とくだいじさねつね》を通じて秘密上奏の工作を行ない、病で倒れた三条に代わって太政大臣摂行《せっこう》（代理）となった岩倉と天皇のあいだで征韓論への危惧が共有されて、使節派遣の延期の裁断が下されるのは既定路線となった。

結局十月二十四日に西郷の遣使は中止され、西郷・板垣・後藤・副島・江藤らは辞表を提出し、下野した。これが《明治六年政変》、あるいは《征韓論政変》である。このとき西郷派の士官が百名、土佐閥の士官も四十名が辞職して帰郷し、特に近衛の将兵が大量に離脱したため、事実上解体に追いこまれた。こののち新平は《佐賀の乱》、西郷は《西南の役》というそれぞれの悲劇に飲みこまれていく。

翌明治七（１８７４）年一月十日、新平は板垣・後藤・副島らと日本最初の近代政党である《愛国公党《あいこくこうとう》》を結成。十二日には《民撰議院設立建白書》にも署名した。しかし新平は自由民権運動に繫がっていくこの流れから大きく逸れていく。政変を受けて結成された《征韓党》の幹部であり、かつて新平の教えを受けていた中島鼎蔵《なかじまていぞう》・山田平蔵《やまだへいぞう》らが前年十二月に上京し、新平と副島に帰郷して首領になってほしいと要請していたのだ。

この頃、佐賀に限らず、新政府に対する不平不満が全国的に積もり積もっていた。廃藩置県、太陽暦への転換、廃仏毀釈《はいぶつきしゃく》といった政策はもちろん、身分制度の廃止は武士だけでなく、百姓にとっても反感の対象だった。とりわけ佐賀では戊辰戦争で多くの犠牲を払ったにもかかわらず、藩士たちには何の報いもなく、かえって士分の取りあげで返されたのは考えもしなかった仕打ちだった。朝鮮への進出の際には先鋒を務めるという気概で結束しているが、それを支えているのがそうした不平士族のエネルギーであることは明らかだった。

副島は東京に留まったが、新平は板垣や後藤、また政変によって距離ができていた重信や喬任、はたまた土方久元《ひじかたひさもと》や木戸孝允らによる懸命の引き留めの動きにもかかわらず、自分なら軽挙妄動を阻止できるという自信があったのだろう、一月十三日には新橋《しんばし》から汽車に乗り、横浜から船で佐賀に向かった。

なお、日本の鉄道は明治五(1872)年五月七日から品川・横浜間で仮営業が行なわれ、九月十三日に新橋・横浜間で正式開業している。そしてその実現に最高責任者として尽力したのが、かつて精煉方における鉄道模型走行に眼をまるくした大隈重信だった。ちなみに鉄道敷設に際し、高輪《たかなわ》での用地取得の問題に直面した重信は、海上に石垣を築き、そこを通した。平成三十一(2019)年四月、JR高輪ゲートウェイ駅周辺の開発工事に伴う調査でその石垣の一部が出土。歴史的資産としての価値が認められ、令和三(2021)年九月、既指定史跡に追加されるかたちで史跡《旧新橋停車場跡及び高輪築堤《ちくてい》跡》として指定された。現在、史跡指定部分は現地保存のため埋め戻され、《三重津海軍所跡》同様、「見えない遺跡」となっている。

さて、新平は伊万里、嬉野温泉を経て佐賀にはいったが、実際に来てみると、状況は彼の想像をはるかに超えていた。続々と押しかける逸《はや》りきった士族たちの高揚はとても抑えきれるものではなく、また逆に旧下級武士のなかには暗殺を企《くわだ》てる者もいるという混乱ぶりで、新平はいったん長崎郊外の深堀《ふかほり》で様子を窺《うかが》うことにした。

いっぽう、政変ののちの立て直しにあたって、大久保利通は内務省を設置し、自ら内務卿となることで強大な権力を掌握した。また、政変の過程での伊藤博文《いとうひろぶみ》の活動は長州閥内で評価されていたが、その伊藤が次第に木戸から離れ、大久保に接近していくことで、いっそう大久保による専制が確立していった。

その大久保が、二月一日に起こった佐賀の《憂国党《ゆうこくとう》》党員による小野組《おのぐみ》襲撃というごく小さな事件を、さも「佐賀県士族暴動」の端緒であるかのように決めつけ、熊本鎮台《ちんだい》に佐賀県士族鎮圧のための出兵を命じた。大久保はその前の一月二十八日に佐賀県権令《ごんれい》（県令に次ぐ地方長官）を岩村高俊《いわむらたかとし》にすげ替え、佐賀県下の士族反乱対策を準備しているので、これはたまたま起こったうってつけの口実に過ぎなかっただろう。

他方、かねてから《憂国党》から使者を送られていたが、三条実美から佐賀士族の動きを抑えてほしいと要請され、「死を賭して鎮撫する」心づもりで佐賀に向かった島義勇が、たまたま赴任途中の岩村高俊と同じ船に乗りあわせ、「佐賀人は文弱、臆病犬」などという侮辱的言辞を聞きつけて衝突。同時に熊本鎮台の出兵を知り、一転して佐賀士族のために起《た》つ決意を固めたというのは劇的なエピソードである。これについて木戸孝允は、無能なくせに横柄な岩村の性格なら必ず佐賀士族を侮辱し憤《いきどお》らせるような事態を起こすに違いないと見越した、大久保保の策略的人選だったと断定し、「それ以降、自分は大久保という男が決定的に嫌いになった」と久米邦武に洩らしている。

二月十一日に新平はその義勇と長崎で面会。これにより、新平もついに起つ決意を固め、佐賀入りして、新平は《征韓党》、義勇は《憂国党》の首領として擁立された。こうして、両者ともはじめは鎮撫目的で帰郷したにもかかわらず、反乱軍のトップに祭りあげられてしまったのである。義勇はともかく、新平には沸騰する熱狂になす術《すべ》なく巻きこまれてしまったという意識が少なからずあっただろう。いわば、かつての《鳥羽・伏見の戦い》のときの、熱狂に包まれた大坂城における慶喜と同じような立場に立たされたわけだ。ただ、慶喜はひそかに脱出することで難を逃れたが、新平はあえてその立場のまま突き進むことを選んだ。新平の頭にあったのは、佐賀が起てば薩摩の西郷も起つだろう。そうすればその動きが全国に燃えひろがり、新政府を打倒して第二の維新を実現できるという幻惑的な戦略構想だった。

だが、大久保の動きも素早かった。七日に三条実美に願い出、九日に佐賀における軍事・行政・司法の全権の委任を得ると、十四日に出京。引き連れた東京鎮台に大阪でも鎮台部隊等を動員し、十九日に博多に到着すると、現地でも兵を集めつつ、着々と部隊を配備していった。

二月十五日、県庁が置かれていた佐賀城に岩村高俊が入城すると、新平らは政府の真意を確かめるため使者を派遣。岩村の「答える必要はない」との返答を受け、翌早朝、駐留していた熊本鎮台部隊を攻撃し、大損害を与えて遁走《とんそう》させた。《佐賀の乱》の勃発である。しかし佐賀の乱における政府軍の死者はほとんどがこの戦闘におけるものだった。

そもそも征韓論を奉じる征韓党と封建体制への回帰を目指す憂国党のあいだには一定の隔た

りがあり、また新平と義勇も主義主張の違いや気質の相違から、これまで同じ佐賀閥の者から気がかりに思われるほど不仲だったため、両者はろくに連携を取りあうこともなかった。また、廃藩置県のときにいっさいの兵器を政府に献納したので、戊辰戦争時の兵力に較べれば見る影もないものだった。

三瀬《みつせ》峠や中原《なかばる》で一時優勢に戦ったものの、多数の鎮台兵が戦線に投入されると、たちまち佐賀軍は劣勢に陥り、敗走していった。二月二十三日、田手川《たでがわ》での敗退によって新平はもはや勝機なしと見、征韓党を解散して、西郷の助力を得るため鹿児島へと逃走した。これは憂国党に無断の行為だったので、敵前逃亡として憂国党の面々は激怒した。

なお、乱の発生前から佐賀軍は武雄領の鍋島茂昌《しげはる》に協力を要請していたが、もともと消極的であり、武雄出身の外務少輔《しょうゆう》・山口尚芳《ますか》からの助言もあって、乱への協力を断っている。しかし十四日、戦闘に加わらなければ攻撃すると脅され、やむなく六十四名を佐賀軍に送った。そのいっぽうで家臣を派遣して、長崎県参事や出張してきていた司法省検事に、乱に積極的に加わったわけではないことを説明し、これ以上加担しないことを約束している。二十六日には反乱軍鎮定の任を帯びた山口尚芳が着任し、武雄は政府軍側に属することになった。茂昌は乱の鎮圧後、謝罪文を提出。三月十三日に佐賀の裁判所の尋問を受けるなど、様ざまな取り調べののち、四月二十一日、諸々の事情を鑑みて特別に罪を免ぜられた。

さて、二月二十七日に鹿児島にはいった新平は、三月一日に鰻《うなぎ》温泉で湯治中の西郷に会い、薩摩士族の決起を請うたが、西郷にその意志はなく、あえなく断られてしまう。やむなく次に高知へ行き、三月二十五日、林有造《はやしゆうぞう》・片岡健吉《かたおかけんきち》に挙兵を訴えたが、やはり容れられなかった。

そこで今度は岩倉具視への直接意見陳述のために上京を図ったが、その途上、三月二十九日に高知県安芸《あき》郡東洋町甲浦《とうようちょうかんのうら》で捕縛され、佐賀へ送還された。手配写真が出まわっていたための速やかな捕縛だったが、この手配写真制度は新平自身が明治五（1872）年に採用したもので、皮肉にも制定者本人が被適用者第一号となった。なお、このとき、捕吏長《ほりちょう》の山本守時《やまもともりとき》は新平に脱走を勧めたが、既に裁判で闘う決意を固めたあとだったので応じなかったという。

いっぽう、義勇は佐賀で討ち死にするつもりだったが、弟の副島義高《よしたか》らに無理矢理脱出させられ、そのまま島津久光に決起を訴えるべく鹿児島へ向かったが、三月七日に捕縛された。

新平は裁判での闘いに期待していたが、そこで行なわれたのは彼が築いてきた司法制度に基づく裁判ではなく、当初から予定通りの暗黒裁判だった。そもそも東京ではなく、「佐賀での司法権」を手中にしていた大久保は急遽臨時裁判所を設置し、権《ごん》大判事河野敏鎌《こうのとがま》を裁判長とした。新平らは答弁や上訴の機会も充分に与えられず、法廷で拷問まで行なわれ、わずか二日間の審議で、四月十三日の判決当日に十一名が斬首となり、さらに新平と義勇は梟首《きょうしゅ》（晒し首）にされた。新典の刑法にはなく、旧典ですら士族には適用されない刑罰である。

河野はかつて新平が司法省で眼をかけ、可愛がっていた部下であった。その河野に「除族（士分の剝奪）の上、梟首」と言い渡された直後、新平は思わず立ちあがり、「裁判長、私は」と叫びかけた。そのとき縄尻を背後の獄吏《ごくり》が引き、尻餅をついた。そして一人が腕をつかみ、一人が後ろから首を絞め、そのまま力ずくで退場させていった。この様に腰を抜かしたとして、「江藤、醜躰《しゅうたい》、笑止なり」と大久保は日記に記している。

また、のちの第三十五代内閣総理大臣の平沼騏一郎《ひらぬまきいちろう》が「真偽は知らぬがこう聴いている」と前置きした上で、「佐賀出身の現職参議大木喬任が江藤の助命に動き、岩倉具視もこれに協力して明治天皇の裁可で特赦と定まった。岩倉が手紙を書いて使者が佐賀に発《た》ったが、大久保の留守を預かっていた伊藤博文が使者が着く前に殺してしまえと大久保に伝えた。使者は死刑執行より早く着いたが大久保は翌日会うと言って会わずに死刑を執行した。翌日使者に会った大久保は江藤の助命の手紙であればなぜ昨夜出さなかったのかと使者を叱責したため、その使者は宿に帰って腹を切った。真偽は兎《と》に角、使者が行ったこと、口供《こうきょう》完結前に殺したことは実際である」と回顧録に残している。

かくの如く、大久保の新平に向けての憎悪は尋常でない。新平も大久保を最大の政敵と見なしてはいたが、その比ではないだろう。政界から追いやっただけでは足りず、あらゆる手をつくして憤死に追いこもうとする様は、もはや妄執というほかない。恐らく大久保は新平のなかにある部分自分と似たものを感じ、またそれ故に、息の根を止めておかなければ終生自分の政治生命を脅かす存在であり続けることを予想していたのだろう。

しかしさすがにこの裁判については「戊辰戦争の榎本武揚の例などと比較して刑が重すぎる」と、当初から眉をひそめる向きが多かった。福沢諭吉《ふくざわゆきち》も「これを刑というべからず」と痛烈に批判している。

ともあれ、この佐賀の乱はのちの佐賀県に対して多大なる影響をもたらした。

佐賀の乱以降も佐賀県では士族に不穏な動きがあり、難治県の一つと見なされた。政府は難治県を近県に併合することで旧藩士族と県庁の結びつきを遮断し、県に対する政府の統制力を強化しようとした。

明治四（1871）年の第一次府県統合により、久留米県、三池《みいけ》県、柳川《やながわ》県が統合されて三潴《みずま》県が発足していたが、明治九（1876）年四月に佐賀県はこの三潴県に併合された。佐賀の乱の処分の意味あいが強い処置である。そして順次長崎県へ移管されるが、同年八月には三潴県そのものが廃止となり、旧佐賀県域はすべて長崎県へ併合された。つまり、佐賀県はいったん歴史から消滅したのである。

だが併合後の根強い復県運動によって、明治十六（1883）年五月にようやく長崎県から分離独立し、現在の佐賀県域となった。

こうした期間が差し挿《はさ》まれたことによって、かつてあれほど近代化を誇った佐賀は時間的に分断され、逆に近代化から大きく取り残されることになった。そしてその影響は現代まで引き続いている。佐賀の不幸である。

そもそも佐賀の第一の不幸は直正のいささか早すぎる死であった。もしも直正がもう少し長生きしていれば、新政府における佐賀の存在感は大きく異なっていただろう。そして第二の決定的な不幸が佐賀の乱であった。もしも大久保利通という人物さえいなければ、新平の復権が十二分にあり得ただろうとしてもである。

あるいは新平が晩年あれだけ苛烈に生き急いだのは、直正の死によって、心の一方の錘《おもり》を失ってしまったせいではないか――などという気がしないでもない。

それにしても、あれだけすべてを見通すかのような透徹した眼を持ちながら、佐賀の乱に踏みこんでしまうとどういうことになるか予測できなかったのかと、正直言って不思議でならない。だが、あまりにも何事かに傑出した人物というのはそういう欠陥をも併せ持っているのだろう。そしてそういう部分こそが江藤新平という人物の魅力でもあるに違いない。

さしあたり、もっと江藤新平のことが知りたい方には司馬遼太郎の『歳月』をお薦めしておこう。ただし、氏の作品は厖大《ぼうだい》な史料の上に成り立っているとはいえ、必ずしも史実のみで構成されているわけではなく、あくまで歴史「小説」であると本人も強調している通りである。久重に関しては林洋海《はやしひろみ》『東芝の祖　からくり儀右衛門――日本の発明王　田中久重伝』、直正に関しては植松三十里《うえまつみどり》『かちがらす　幕末を読みきった男』が優れた評伝である。なお、植松氏には、この物語ではふれなかった、佐賀本藩で反射炉建設や大砲鋳造に携わった本島藤太夫《もとじまとうだゆう》ほかの《御鋳立方《おいたてかた》七賢人》に焦点をあてた『黒鉄《くろがね》の志士たち』もある。

以上、鍋島直正、田中久重、江藤新平といった人物を配し、岩次郎をあまり話を回さぬ狂言回しとして、幕末の佐賀を仰望《ぎょうぼう》・鳥瞰《ちょうかん》しつつ話を進めてきた。やたら情報量の多い、閉じられぬままの挿話もある、いささか歪《いびつ》な物語である。とりわけ、解説が延々と続き、なかなか本筋（?）に戻らないのに面喰らわれた向きも多いだろう。ただ、歴史というものが切り取られた空間に収まるような閉じたものではなく、無数の回路によって否応なく開かれた多様体である以上、こういうかたちでの描き方にもそれなりの意義があるのではないだろうか。

そしてここまで来てしまうと、もう話はもとに戻せない。

佐賀の歴史に関する多くの部分の考証には武雄市歴史資料館専門官の川副義敦《かわそえよしあつ》氏、佐賀方言の監修には佐賀民話の会事務局長の小副川《おそえがわ》肇《はじめ》氏のご協力を戴いた。ここで深謝を表したい。

初出

商人屋敷の怪

ジャーロ80号（2022年1月）

斬り落とされた首

ジャーロ81号（2022年3月）

拾参号牢の問題

ジャーロ82号（2022年5月）

嘉瀬川人斬り事件

ジャーロ83号（2022年7月）

時計仕掛けの首縊りの蔵

ジャーロ84号（2022年9月）

からくり曼陀羅

ジャーロ85号（2022年11月）

本作は歴史的事実をもとにしたフィクションです。

時に史実と異なる箇所があることをご了承ください。

竹本健治
（たけもと・けんじ）
1954年、兵庫県生まれ。佐賀県武雄市在住。
1977年、『匣の中の失楽』を探偵小説専門誌「幻影城」に連載開始。破格のデビューを飾る。以後、『囲碁殺人事件』に始まる〈ゲーム三部作〉、『ウロボロスの偽書』に始まる〈ウロボロスシリーズ〉、『狂い壁 狂い窓』『閉じ箱』『闇に用いる力学』など著作多数。2017年には『涙香迷宮』で第17回本格ミステリ大賞を受賞。

話《はなし》を戻《もど》そう

2023年4月30日　初版1刷発行

著　者　竹本健治《たけもとけんじ》

発行者　三宅貴久

発行所　株式会社光文社

〒112-8011　東京都文京区音羽1-16-6

電話　編集部　03-5395-8254

書籍販売部　03-5395-8116

業務部　03-5395-8125

URL　光文社　https://www.kobunsha.com/

組　版　萩原印刷

印刷所　萩原印刷

製本所　ナショナル製本

落丁・乱丁本は業務部へご連絡くだされば、お取り替えいたします。

R〈日本複製権センター委託出版物〉

本書の無断複写複製（コピー）は著作権法上での例外を除き禁じられています。

本書をコピーされる場合は、そのつど事前に、

日本複製権センター（☎03-6809-1281、e-mail:jrrc_info@jrrc.or.jp）の許諾を得てください。

本書の電子化は私的使用に限り、著作権法上認められています。

ただし代行業者等の第三者による電子データ化及び電子書籍化は、

いかなる場合も認められておりません。

©Takemoto Kenji 2023 Printed in Japan

ISBN978-4-334-91524-7